The 수필

2022 빛나는 수필가 60

The 수필

2022 빛나는 수필가 60

Winter	Spring	Summer	Autumn
강향숙	강표성	권혜민	강대선
김건민	김명희	김순경	권현옥
김경애	김미경	김영수	김근우
김만년	김정태	김영인	김애자
김용삼	김주선	김은중	남홍숙
문경희	박금아	김응숙	노혜숙
윤온강	백남경	김혜숙	박석원
이다온	오정주	박관석	박종희
임이송	우광미	박모니카	송혜영
정승윤	이영옥	박용수	안춘윤
조현미	이은서	심선경	윤기정
최민자	정은아	이상렬	이방주
최현숙	최진	이상수	이필영
한경선	하석배	이은성	홍범식
허상문	황진숙	진해자	허정진

도서출판 북인

『The 수필 2022』 발간사

틀림이 아닌 다름

"수필 쓰기 어려워서 저는 수필을 쓰지 못합니다."

"시는 생각만으로 쓸 수 있지만 수필은 공부하지 않으면 못 쓰겠습니다."

타 장르의 작가들로부터 종종 듣던 말이다. 나는 그 말들을 들을 때마다 자부심을 느끼는 한편 씁쓸해지곤 했다. 수필이 문학 중에서도 지존의 가치를 지닌 장르라는 평가에는 으쓱해지지만, 한편으론 그럴 정도의 가치 있는 수필을 찾기 어렵더라라는, 수필가들의 글에 대한 폄하를 에둘러하는 것 같은 느낌을 지울 수가 없어서다.

수필을 폄훼하는 말로 '신변잡기'가 있다. 하지만 신변을 떠난 문학은 없다. 모든 장르의 문학은 신변잡사, 즉 일상으로부터 시작된다. 미학의 대상이 되는 최고의 예술 작품도 그 모티브는 소소한 것들로부터 온다. "풀꽃 한 송이만 있어도 나는 예술을 한다"고 했던 화가 앙리 마티스의 말을 상기해보아도 그렇다. 예술성은, 문학성은 그 소소한 것, 평범한 것을 그렇지 않은 것으로 변환시킬 수 있는 예민한 촉수를 가지고 있는가에서 판가름이 난다. 하지만 그 예민한 촉수는 선천적이라기보다는 후천적일 경우가 많다. 내적 충실을 위한 부단한 노력, 그리고 수없는 수련을 거친 끝에라야 얻어지는 것이다.

『The 수필』 선정위원회를 결성하고 첫 모임을 가졌을 때, 선정위원 중 한 분이 인상적인 질문을 하였다. 작품들을 어떤 관점에서 평가, 선정할 것인지 우리 모두에게 의견을 물은 것이다. 여러 위원이 각자의 기준을 얘기했고, 나는 '참신성'을 내세웠다. 하지만 모두의 의견을 종합해보면 결론은 위에서 말한, '예민한 촉수' 쪽을 향하고 있었다.

얼마 전 또 다른 심사에 참여한 적이 있었다. 심사위원들의 점수를 합산하여 우수작품을 선정하기 전, 작품에 대한 토론이 있었다, 나는 내가 높은 점수를 주었던 작품에 대해 낮은 점수를 준 다른 심사위원에게 이유를 물었다. 그러자 그분이 말씀하기를 수필의 형식면을 무시할 수 없어서라고 하였다. 아무리 장르 파괴의 시대라 해도, 그리고 아무리 참신하고 문학적 소양이 있는 글이라 해도 수필인 이상 기본 형식을 갖추어야 한다는 생각에 그리하였다는 것이다. 수필의 정체성을 말함이었다. 일리가 있는 말씀이었다. 결국 최상의 수필이란 예민한 촉수를 가졌으되, 수필이라는 형식을 크게 벗어나지 않는 작품이어야 하는 게 아닌가 하는 생각을 해보게 하였다. 하지만 그 둘을 아우른 글을 쓰는 것도, 그런 작품을 찾아내는 일도 여간 어려운 일이 아니다.

그런 어려움을 겪으며 올해도 여덟 분의 선정위원이 60편의 글을 뽑았다. 이번 4분기 작품 선정에는 브라인드 방식 외에 자기가 추천한 작품에 자기 점수를 넣지 않는 채점 방식을 추가해보았다. 조금이라도 더 공정한 평가를 하기 위해서였다.

■

심사를 거듭할수록 심사하기가 어려워진다. 공정이라고는 했지만, 위원 각자의 시각과 취향이 다르니 선택이 완벽했다고는 할 수 없을 것이다. 평점에 편차가 커 동점자가 많은 것도 그 때문이었지 싶다. 동점을 얻은 작품들 중에서는 최고 점수가 높은 작품을 우선 순위로 했다. 골고루 높은 점수를 얻은 작품은 위원 각자의 시각과 취향을 넘어서는, 앞서의 두 가지 여건을 충족시킨 작품이 아닌가 싶다. 어쩌면 여기 선정된 작품들은 여러 형태의 독자의 눈을 대변한 것일 수도 있겠다. 틀림이 아니라 다름으로 보아야 한다는 얘기다.

요 몇 년 사이 SNS를 통해 글쓰기 훈련들을 한 탓인지 글 잘 쓰는 사람들이 많아진 것 같다. 그 중에는 언어유희에 불과하거나 말초적 즐거움에 그치는 것들도 있지만, 전문직에 종사하면서 자기 분야에서 본 세상사를 세밀하고 감칠맛 나게 묘사한 글들도 많다. 우리 수필가들에게도 시대적 트렌드를 수용해 조금 더 시야를 넓히고 다양한 묘사법을 적용해보는 과감성이 필요하지 않나 하는 생각을 해본다. 형식을 무시하는 것만이 장르 파괴가 아님을 명심하면서.

선정되지 못한 작품들에도 아쉬움이 남는다. 선정위원들이 매 분기 수많은 문학지에 실린 수많은 글들 중에서 다섯 편씩을 골라 추천한 40편의 작품이니만큼 모두 우수한 작품임에 틀림이 없다. 앞서 말했듯이 틀림이 아니라 다름일 뿐이라는 얘기다. 여기 수록된 작품들은 또 독자의 눈에 의해 나름의 평가가 내려질 것이다. 다만 우리 선정위원은 이런 글들이 있는데 어떻게 생각하시는지요,라는 제시만 해줄 뿐이다. 어떤 방법으로든 글쓰기에 도움이 되었으면 하는 바람을 가지고.

일 년 동안 심사를 하면서 곤혹스러움도 있었지만, 즐거움도 있었다. 다른 선정위원들이 애써 골라놓은 좋은 글들을 거저 얻을 수 있어서였다. 그리고 이런 판을 깔아주신 도서출판 북인에도 늘 고마움을 느낀다. 손해를 감수하고라도 수필 발전에 도움되는 일을 하리라 마음먹기가 어디 쉬운 일이겠는가.

모쪼록 여기 실린 60편의 글들이 여러분의 수필쓰기에 자양분이 되기를 빈다.

2021년 12월 01일

선정위원

이혜연(글), 맹난자, 문혜영, 엄현옥,

조헌, 노정숙, 정진희, 한복용

| 차 | 례 |

2022 빛나는 수필가 60

Winter

Spring

The 수필

Summer

Autumn

社告

도서출판 북인은 2020년 1월에 출간한 『The 수필 2020 빛나는 수필가 60』에 수록된 김희자의 수필 「육탁肉鐸」이 필명으로 널리 알려진 배한봉 시인의 기발표작인 시 「육탁肉鐸」의 일부분을 무단 인용하고 변용한 표절작임을 확인하였습니다.

도서출판 북인은 계간 『수필세계』 2018년 겨울호(통권 59호)에 발표된 후 좋은 수필로 선정되어 김희자 수필가에게 재수록 허락을 받고 『The 수필 2020 빛나는 수필가 60』에 수록하였으나, 배한봉 시인의 시에서 내용의 일부를 가져온 표절작임을 사전에 인지하지 못한 점에 대해 깊은 사과의 말씀을 전합니다.

도서출판 북인은 앞으로 이러한 문제가 다시 일어나지 않도록 좋은 수필 작품 선정에 더욱 유의하겠습니다.

2022년 1월 1일

도서출판 북인

The 수필

Winter

입덧

강향숙 kdongbek@hanmail.net

꼿꼿하게 서 있던 무잎이 허망하게 꺾여 있다. 추위를 이겨내지 못하고 하루 사이 푸른 빛이 사라졌다. 몸집이 커진 무는 땅에서 불쑥 올라와 바람이라도 불면 뽑혀나갈 것만 같다. 땅속에 뿌리를 단단히 묻고 있더니 흙과의 밀당에서 밀려난 걸까, 아니면 떠날 때를 알고 미리 빼올린 것일까.

더위가 가실 무렵 씨를 뿌렸다. 씨앗이 흙에 묻혀 썩지나 않을까 이랑을 따라 얕게 묻었다. 일주일 후 드문드문 꽃 몽우리 피어나듯 싹이 올라왔다. 흙을 파면 영락없이 움츠리고 있던 싹이 보였다. 여린 잎은 바람 불고 비 오면 스러졌다 해가 뜨면 다시 꼿꼿이 일어섰다. 어쩌다 내리는 빗물을 받아먹으며 쑥쑥 자랐다.

하루가 다르게 잎이 진해지고 몸이 불어났다. 몇 번을 솎아내도 내 계산법은 자라는 속도를 따라잡지 못했다. 서로 방해받지 않게 멀찍이 거리를 둔다 해도 얼마 후면 자리가 턱없이 모자랐다. 서로 부딪혀 덧니처럼 어긋난 후에야 다시 뽑아내곤 했다. 그때서야 숨통이 트인 무는 마음껏 몸을 부풀렸다.

바람이 불면 무성한 이파리가 파도처럼 일렁였다. 그럴 때마다 밑동이 초록으로 짙게 물들어갔다. 제 몫을 할 날이 머지않아 보였다. 얄팍하게 썰어 끓인 무국, 생선과 큼지막하게 지진 조림, 채 썰어 개운하게 볶은 나물, 톡 쏘는 맛을 내는 동치미, 빨갛게 담근 무쪽김치, 밥상에 단골로 오르는 깍두기, 노랗게 물들인 단무지, 무말랭이… 셀 수 없이 많지만, 어머니가 만들어주시던 생채와 고추젓지가 먼저 떠올랐다.

바다와 가까운 고향에 봄이면 은빛 멸치를 실은 장사들이 마을을 돌았다. 그날은 집집마다 궤짝을 들여와 한해 먹을 젓갈을 담갔다. 소금을 듬뿍 머금은 멸치는 꽁꽁 동여맨 항아리 안에서 여름을 보내며 곰삭았다. 뚜껑을 열 즈음이면 가을이 깊어갔다. 진갈색으로 변한 젓갈에 텃밭에서 갓 뽑아 올린 무를 채 썰어 버무리면 비릿하고 고소한 내가 진동했다. 부뚜막 위 식초를 떨어뜨리면 맛이 더 살아났다. 솔가지로 주둥이를 막아놓은 식초단지는 마르지 않은 샘물 같았다. 뒤꼍에 묻힌 젓갈항아리와 부뚜막 위 식초단지는 오래도록 제자리를 지켰다.

결혼 후, 새 살림을 시작한 부엌에는 새우젓과 참기름이 자리를 대신했다. 남자와 나는 다른 것 투성이였다. 생각이나 성격, 취미, 하다못해 식성까지 달랐다. 무엇이든 다 해줄 것 같던 남자의 환상에서 깨어났다. 기름을 듬뿍 넣은 생채에 밥을 비벼 입이 미어지도록 숟가락질을 해댈 때면 더욱 그랬다. 나는 생채에 겉도는 기름처럼 외톨이가 된 기분이었다. 낯선 땅에 뿌리를 내리기 위해 내 입맛을 포기했다. 다른 문화에 적응해가다가도 때때로 비릿하고 새콤한 음식이 당겼다.

임신을 하면서 잊혀져가던 음식들이 되살아났다. 손가락 길이만큼씩

넙적하게 썬 무에 삭힌 고추와 젓갈을 듬뿍 넣어 만든 고추젓지가 간절하게 생각났다. 어린 시절 겨울에나 먹었던 별미였다. 새콤하고 알싸한 국물에 밥을 비벼 먹으면 미식거리는 속이 개운해질 것 같았다. 아이는 어미의 뿌리를 찾아가듯 그 시절로 나를 끌고 갔다. 입덧이 한창일 때는 여름이었다. 나는 과거 속으로 달려가 냄새를 맡고 맛을 음미하며 헛구역질을 가라앉혔다. 태중의 아기가 수시로 속을 휘젓거려 놓을 때마다 고추젓지 항아리가 놓인 뒤안을 찾았다.

겨우 입덧이 잦아질 무렵 갑자기 태동이 멈추었다. 유산 기미가 있어 산송장처럼 몇 달을 누워 지내야 했다. 밤낮으로 부른 배 위에 손을 얹고 아이의 움직임을 기다렸다. 불안한 마음 때문인지 얼굴에는 거뭇한 기미가 잔뜩 내려앉았다. 그 누구도 대신할 수 없는 고통스런 시간이 지나고 나서야 아이는 건강하게 태어났다.

살아가는 일은 여전히 뒤집히고 가라앉는 입덧 같다. 무와 흙처럼 뒤섞여 남자와 함께 뿌리내린 세월이 쌓여가지만 갈등은 계속되고 있다. 서로 좁혀지기도 하고 넓혀지기도 하는 불안전한 공간에서 거리를 가늠하지 못하고 울끈불끈하다가도 감정을 솎아내면 또 언제 그랬냐는 듯 품어안기를 반복한다. 인생의 텃밭에서 이제는 누가 흙이고 무인지 경계마저 모호하다. 그 사이 입맛도 두루뭉술해졌다. 때로는 식초와 참기름이 어우러져 새로운 맛을 내기도 한다.

무를 뽑아 올렸다. 석 달 하고도 사흘 동안 여문 몸을 순순히 내주었다. 흙과의 동거를 끝내고 둥글 길쭉 매끈한 나신으로 여기저기 스러졌다. 절기 따라 색을 바꾸던 밭은 움푹움푹 패인 모습을 그대로 드러냈다. 가느다란 뿌리로 마지막을 버티고 있었던 무도, 그것을 붙잡아준

흙도 참 용하다.

수필과비평

The 수필

●… 태아의 수정에서 모체가 받아들인 정자가 정착하는 과정에서 나타난 거부 또는 동화반응이 입덧이라던가. 모체는 몸이 기억하는 미각의 힘을 빌려 품은 꽃씨가 땅에 안착하기까지 안간힘으로 버틴다. 흙과의 밀당을 거쳐 씨앗에서 뿌리 내린 무는 생채와 고추젓지가 되어 작가의 울렁증을 가라앉히는 입덧의 명약으로 거듭났다. 무가 흙에 뿌리내리기까지의 과정은 동화와 조절이 필수였던 남편과의 관계에 대한 은유이며 갈등의 연속인 삶은 "뒤집히고 가라앉는 입덧"으로 비유된다. 인생의 텃밭에서 구분이 모호해진 흙과 무의 공생은 보편타당한 삶의 법칙이다./ 엄현옥

연필

김건민 kimgeonmin2813@naver.com

고등학교 3년 동안 사용하던 샤프를 버리고 연필을 다시 쥐었다. 가벼우면서도 단단한 연필의 촉감은 차가운 느낌을 주는 동시에 투박한 온기를 느끼게 해준다. 난 어릴 때부터 연필을 꾸준히 써왔다. 고등학교에 가서야 샤프를 처음으로 사용했는데 중학교를 졸업할 때까지 한 번도 사용해본 적 없던 샤프는 적응 기간이랄 것도 없이 빠르게 손에 익어갔다. 글씨를 쓸 때 큰 힘을 줄 필요도 없고 샤프심을 든든하게 넣어놓으면 짧게는 이틀, 길게는 몇 주까지 사용할 수 있어서 굉장히 편리했다. 사실 내 중학교 시절만 해도 연필은 구식 필기구라는 인식이 강했다. 때문에 내가 연필을 사용한다는 것을 알던 사람들이 아니면 나는 집안 사정이 어려운 학생이라거나 유행에 무딘 사람이라는 오해를 받기 일쑤였다. 그도 그럴 것이 그때는 디자인이 예쁜 샤프를 사거나 한정판으로 출시되는 비싼 샤프를 모으고 자랑하는 게 우리 사이에서는 일종의 문화로 자리잡고 있던 시기였기 때문에 샤프에 문외한이던 나에게서 이방인의 향기가 물씬 풍겼을 것은 충분히 이해가 간다. 그럼에도 내가 연필을 추구했던 것은 연필의 흑심이 종이와 맞닿을 때 느껴지는 촉감과 미세한 진동, 동시에 만년필 마니아들이 들으면 헤어나오지 못한다는 그 아날로그 감성의 마찰음, 무엇보다 쓸수록 짧아지는 연필의 길이와 손에 묻어 있는 흑연자국은 어린 내게 무언가를 열심히했다는 성취감을 안겨주었기 때문이다.

고등학교에서는 상황이 조금 달랐다. 모든 것이 시간과의 싸움이었다. 주어진 시간 안에 정해진 문제를 바쁘게 풀어내야 했고 결과에 따라 승자와 패자가 나뉘기도 했다. 물론 중학교 때에도 시간 안에 시험을 끝내야 했지만, 고등학교 시험은 곧 대학과 미래와 직결될 수 있다는 압박에 마음을 졸여야 했다. 연필은 더 이상 효율적이지 않았다. 연필은 소모품인 동시에 연필을 깎는 시간, 손에 묻은 검은 자국을 보며 성취를 음미하는 것조차도 고등학생이었던 나에겐 사치였기 때문이다. 반면 샤프는 글씨의 두께도 일정하고 심 종류에 따라 BB샤프심을 사용할 경우에는 굉장히 부드럽고 빠르게 글씨를 쓸 수 있었다. 특히 코팅된 종이 위에 글씨를 쓸 때 샤프는 마치 아이스링크 위를 지나는 스케이트 날처럼 춤추듯 선을 그어 나갔다. 그렇게 내 고등학교 생활은 글자 하나하나마저 빨리 쓰는 데에 급급했다.

글씨가 많이 망가졌다. 곡선이 대부분인 수식과 영어를 많이 쓰다보니 한글 글씨체에서 각진 곳을 찾아볼 수 없었다. 나는 어릴 때 오랜 기간 서예를 했다. 백일장에서 상을 받을 만큼 수준급이었던 반듯한 글씨는 내 강점이자 자랑이었다. 하지만 어느새 나는 글씨를 날려 쓰는 게 습관이 되어 있었고 문장을 일 자로 길게 적으면 파도치듯 위아래로 요동쳤다. 손에 힘도 많이 줄 필요가 없다보니 연필을 쓸 때는 자리잡고 있던 중지의 굳은살도 이제는 보이지 않는다. 새삼 내가 꽤 오랜 기간 연필을 쓰지 않았다는 게 실감이 났다.

문득 간만에 연필의 촉감을 느끼고 싶어 베란다 장롱에 쌓아뒀던 연필 한 다스를 꺼내 깎았다. 연필깎이는 언젠가 버렸는지 찾을 수 없어 칼로 깎아야 했다. 조각하듯 각도를 달리하여 주황색 오피스 연필을 다 깎고보니 마치 어릴 적 안고 잤던 애착 인형을 보는 것처럼 친근했다. 연필 한 자루를 잡고 유자효 시인의 「속도」라는 시를 A4 용지에 적어 내렸다. 한 자 한 자 힘주어 쓰다보니 샤프로 쓸 적보다 시간은 오래 걸렸지만 글씨체는 봐줄 만했다. '속도를 늦추었다. 세상이 넓어졌다. 속도를 더 늦추었다. 세상이 넓어졌다. 속도를 더 늦추었다. 세상이 더 넓어졌다. 아예 서버렸다. 세상이 환해졌다.' 고등학교 2학년 때 국어 수행평가하려고 찾은 시인데 당시 내 삶과 상반되는 내용이어서인지 기억에 오래 남는다. 그땐 '문학을 과학으로 설명하기'가 주제였기 때문에 상대성이론에 대입해 속도가 빠르면 거리 수축이 발생하여 속도가 느릴수록 시야가 넓어진다는 식으로 설명했는데 지금 생각하니 웃음만 나온다. 아마 작가는 느림의 미학에 대해 알려주고 싶었을 것이다. 느림의 미학. 워낙 널리 알려진 말이라 사람들은 느림은 좋은 것. 빠름은 성급하거나 안 좋은 것으로 생각하는 경향이 있다. 글쎄다. 빠름도 그것만의 가치가 있는 것을 나는 경험해보았다.

차를 타고 창밖을 볼 때만 생각해봐도 직관적으로 알 수 있다. 사람들의 표정, 산책하는 강아지, 꽃망울 터뜨린 식물과 같이 가까이 있는 것들을 보려면 느린 속도로 천천히 가는 것이 좋다. 반대로 색색이 산을 채운 단풍, 일 자로 끝없이 이어진 메타세콰이아 가로수 길의 분위기는 빠른 속도로 멀리 보며 감상할 때 눈에 더 잘 들어온다. 둘 중 아름답지 않은 것은 없다. 천천히 가까운 것을 보는 것도, 빠르지만 멀리 있는 것을 음미하는 것도 모두 아름답다. 우리 삶도 마찬가지다. 먼 미래를 준비하는 입장에서는 무엇이든 빠르고 바쁘게 살아야 되고 현재의 삶에 충실하기 위해선 천천히 짧은 보폭으로 삶을 살아야 하지만 둘 중 오답은 없다. 무언가를 이루어내기 위해 당장의 삶이 윤택해질 수 있는 가치들을 포기하는 것은 절대 틀린 것이 아니다. 그건 그러한 가치들이 중요하지 않아서가 아니라 또 다른 가치를 위한 용감한 투자이기 때문이다. 나 역시 마찬가지였다. 목표를 위해, 내 일을 해내기 위해, 효율성을 위해 나의 글씨체를 희생한 것이고 그 당시 삶의 속도에 맞추기 위한 나의 선택을 후회하지 않는다. 원하는 것을 위해서는 항상 기회비용이 발생하게 마련이라는 것은 우리 모두가 아는 사실이다.

연필을 쥐고 지난 시간을 떠올려본다. 기차를 타고 있으면 곧게 앞으로만 가는 것처럼 느껴지지만 뒤로 남겨진 철로를 보면 굽이져 있듯이 과거를 보는 것은 언제나 낯선 깨달음을 준다. 난 끊임없이 내 속도를 정해야 한다는 걸 배웠다. 이제는 성인인 만큼 누군가 페이스메이커가 되어줄 사람 없이 나만의 속도를 조절하며 내 삶의 다음 단계로 넘어가야 한다. 그 관문에서 이질감을 느끼지 않도록 내 자신의 선택에 자신감을 가져야 할 것이다.

연필심이 부러졌다. 힘을 너무 줬나보다. 괜찮다. 나는 칼을 꺼내서 천천히 연필을 깎는다.

The 수필

●… 언제부터인가 우리 사회를 흑백논리가 주도하고 있다. 좋음과 좋아하지 않음을 옳음과 그름으로 재단하려 한다. 디지털세대는 아날로그세대를 감성만 앞세우는 아웃사이더로, 아날로그세대는 디지털세대를 속도와 수치에만 의존하는 건조한 존재로 치부해버린다. 작가는 '연필'과 '샤프심', 둘 다를 사용했던 자신의 경험담을 들어 흑백논리를 중재한다. 천천히 가까운 것을 보는 것도, 빠르지만 멀리 있는 것을 음미하는 것도 모두 필요하기에, 필요에 따라 속도를 조절해가겠다는 작가의 의지가 미덥다./ 이혜연

슬픈 나비

김경애 kyoungai@hanmail.net

취방울덩굴에 꼬리명주나비가 앉았다. 날개 끝은 제비꼬리처럼 뾰족하고 날렵하게 생겼다. 수수하지도 화려하지도 않아 친근감이 가지만 좀처럼 보기 힘든 나비다. 운 좋게 만난 기회를 놓칠세라 나는 숨죽이고 들여다봤다. 미농지 같은 얇은 날개에 실핏줄 실금이 어른거렸다. 먼 데서 날아왔는지 온몸으로 할딱거렸다.

내가 이 나비를 처음 알게 된 것은 아이들 여름방학 숙제를 도와줄 때이니 꽤나 오래 전 이야기다. 과제물은 곤충채집인데 개학날이 다가와도 녀석은 생각도 않고 걱정은 엄마 몫이 되었다. 나는 곤충이라면 겨우 모기를 잡는 것이 고작이어서 마음이 무거워졌다.

궁리 끝에 4호선 삼선역에 있는 과학교재전문점을 찾았다. 진열장을 다 훑은 후 꼬리명주나비 표본 상자를 골랐다. 제비꼬리를 닮은 나비가 날개를 편 채 유리상자에 고정돼 있었고, 나는 그것을 신주단지처럼 모시고 왔다. 집에 돌아오자 학습도감을 뒤적여서 꼬리명주나비의 분포도와 한해살이를 적어서 개학날에 아이 손에 들려보냈다. 그것도 가다가 혹시 상자의 유리가 깨질까 싶어 학교 정문 앞까지 내가 들고 갔다. 그런 후 어쩌다 꼬리명주나비를 만나면 유난히 반갑다. 생각 짧은 어미의 과욕을 보는 듯해서 씁쓸하기도 하지만 한편, 그때의 젊음이 그립기도 하다.

내가 꼬리명주나비를 보면 유난히 반가운 이유는 또 있다. 내게는 외삼촌 세 분과 이모 두 분이 계셨다. 지금은 모두 고인이다. 그 중에 제일 작은외삼촌은 생후 사흘도 못돼서 어머니를 잃었다. 그러니까 내게는 외할머니신데 산후열로 핏덩이를 놔두고 훌쩍 떠나셨다. 지금처럼 우유가 있을 때가 아니어서 외할아버지는 어린 것을 포대기에 싸안고 이 동네 저 동네 젖동냥을 다니며 키우셨다. 그러다가 외할아버지마저 일 년 후 심장병으로 아내 뒤를 따라가셨다.

올망졸망 여섯 자식을 놔두고 떠나는 분의 마음이야 오죽했으랴. 맏이인 내 어머니는 열일곱에 졸지에 소녀 가장이 되었다. 그 후 어찌 생계를 꾸렸는지, 어린 동생들은 어찌 키웠는지 미처 묻지도 못했는데, 오래 전 어머니도 내 곁을 떠나셨다. 어머니는 그동안 겪은 길고도 긴 실타래 같은 이야기는 끝내 풀어놓지 않고, 가끔 사연의 중간 토막을 툭 잘라내듯 한숨에 섞어 토해내셨다. 불쌍한 막냇동생 이야기가 대부분이었다.

외삼촌은 어디에도 마음 붙일 곳이 없어 항상 울며 자랐다고 했다. 눈칫밥도 먹었으리라. 떠돌이생활도 하고 번개처럼 불쑥 나타났다가 바람처럼 사라지기도 했으리라.

그러다가 한참만에 나타났을 때엔 어엿한 발레리노가 되어 있었다고 한다. 떡 벌어진 어깨에 망토를 걸친 모습이 당당해 보였지만 그 생소해 보이는 패기가 어쩐지 낯설더라고 어머니는 그때 심정을 토로하셨다.

전쟁 전, 서울 명동에 있는 시공관은 지금의 세종문화회관 정도의 명소였다. 그곳에서 공연이 있다기에 어머니는 구경가셨다. 외삼촌은 오색찬란한 조명 아래 무대 위를 여기저기 물 찬 제비처럼 누비며 독무獨舞를 추시더란다. 히어로의 역할을 거뜬히 해낸 셈이다. 어머니는 도무지 동생이라고 믿기지 않아 호흡이 멎는 것 같았다고 하셨다.

뒷받침은 물론 주위의 관심조차 받지 못한 외톨이가 그 위치에 오르기까지 얼마나 고된 노력을 하고 몇 갑절의 피땀을 흘렸을까. 상상만으로도 가슴이 먹먹하다.

그런데 무용단 생활을 하면서 누구 꼬임에 넘어갔는지 용공사상에 흠뻑 빠져 있었다. 형제들은 당연히 펄쩍 뛰었고 마치 독사라도 보듯 막내를 멀리하게 되었다. 어쩌다 나타나는 막내에게 어머니는 손찌검까지 하게 됐고 호적을 파가라며 노발대발하셨다. 그 후 외삼촌은 종무소식이 됐다.

얼마 후 뜬금없이 서대문형무소에 수감됐다는 전갈이 왔다. 죄명은 사상범이었다. 그래도 피붙이라 어머니는 할 수 없이 면회를 가셨다. 여러 말로 충고해보고 타일러보고 차라리 함께 죽자고 애걸복걸도 해봤지만, 본인은 의외로 담담해 보였고 오히려 어머니를 설득하려 들더란다.

그 후 한국전쟁이 일어났고 전해오는 말에 의하면 형무소에서 총살됐다고 한다. 전쟁통에 어느 편이 그런 잔인한 짓을 했는지 알 길이 없다. 그것도 풍문으로 들었을 뿐 마지막도 거두지 못했다.

어깨에 날개 달린 의상을 입고 나비처럼 날아가는 순간이 유일한 흔적으로 남았다. 어머니께서 가신 후 어머니의 지갑 속에서 찾았다. 모서리가 다 닳은 희미한 흑백사진, 혼신을 다하는 몸짓이었다.

사랑 중에 제일 큰 사랑이 부모 사랑이라는데, 부모 밑에서 자란 내 아이는 나비 표본을 들고 으스대며 학교 정문으로 들어갔고, 부모 얼굴조차 모르고 자란 외삼촌은 꼬리명주나비가 되어 훨훨 날아서 종무소식이 됐다. 시신을 보았다는 사람도 없고, 한 인생이 그저 바람처럼 사라진 것이다.

나는 외삼촌에 대한 기억이 별로 없다. 전해오는 이야기로, 사진으로 남았을 뿐이다. 외삼촌은 좌우이념대립이 첨예한 나라, 유일한 분단국에 태어나 비참한 생을 마감했다. 더욱 나를 아프게 하는 것은 불우한 환경에 마음 붙일 곳 없어 이리 기웃 저리 기웃 떠돌이로 살다가 끝내는 누구 하나 마지막을 거둬주는 사람 없이 사라진 한 인생의 젊음 때문이다.

나비처럼 훨훨 날아보지도 못했다. 가족들의 기억 속에 안개처럼 희미하게 남았을 뿐이다. 매몰찬 세상에 왔다간 흔적을 이 지면에 남기게 되어 그나마 큰 위로가 된다. 그 청년의 이름은 김진수다.

에세이문학

The 수필

●… 아름다움은 덧없어서 슬프다. 나비도 그렇다. 지난至難한 애벌레 시절에 비해 짧은 우화羽化 후 삶이 그렇다. 생후 사흘 만에 어머니를, 곧 이어 아버지마저 잃고 떠돌다 어느 날 문득 발레리노가 되어 나타났다는 작가의 외삼촌, 용공사상 때문에 구금되었다가 한국전쟁의 소용돌이에 휘말려 자취 없이 사라져버린 외삼촌 이야기가 나비의 삶을 닮아 슬픔을 준다. 날개 달린 의상을 입고 공중을 차오르는 모습이 담긴 흑백사진 한 장으로 남은 외삼촌. 꼬리명주나비 같은 불운한 외삼촌의 삶과 행복한 화자의 아들 이야기의 대비가 비애감을 더한다./ 이혜연

마지막 벌초시대

김만년 sanha3000@hanmail.net

"아부지 어무이 놀라지 마이소. 이발 시작합니더!"

붕붕, 예초기를 돌린다. 한낮의 졸음에 빠져 있던 산마을이 화들짝 놀란다. 장탄식으로 울던 앞산 장끼도 소리를 뚝 멈춘다. 어머니는 모처럼 찾아온 자식들이 반가운지 풀잎 치맛자락을 들썩이며 허공으로 풀씨들을 자꾸자꾸 날린다. 그새 쑥새풀 엉겅퀴 박주가리 싸리꽃, 참 많이도 키워놓으셨다. 이렇게 잡초라도 부지런히 키워놓아야 그나마 일 년에 한번이라도 자식들을 볼 수 있다는 어머니의 그 속내일까. 봉분 앞에는 어머니 생전에 좋아하시던 보라 구절초 몇 대궁이 구월 소슬바람에 흔들린다. 몇 해 전에 심은 산수유 박티꽃도 가지치기를 해주고, 쓰지 않는 CD로 예쁜 명찰을 달아준다. 멀리서 보니 이발한 자리가 훤하다.

아버지 무덤은 군데군데 버짐자국 같은 흉터가 나 있다. 멧돼지들이 파헤친 곳을 작년 한식 때 메운 자리다. 잔디를 이식했지만 잘 아물지 못한 듯하다. 흉터 자리를 보노라니 피식, 웃음이 난다. 하필이면 상처난 자리가 무덤 뒤 꽁지 쪽이라니, 생전의 아버지는 거동이 불편해서 이발소 가실 형편이 못되었다. 부득이 이발 기계를 사다가 손수 이발을 해드렸다. 그런데 머리 뒤쪽이 문제였다. 뒤쪽에 작은 혹 한 개가 불룩 나와 있어서 그 부분이 너무 많이 깎여 늘 상처처럼 도드라져 보였다. 도무지 내 실력으론 무리였다. 아이들은 할아버지 주위를 빙빙 돌며 웃음보를 터트렸지만, 다행히 뒤쪽이라 아버지는 모르는 눈치였다. 저 무덤의 상처난 자리가 생전의 아버지 이발 후 모습 같다. 슬쩍 죄송한 마음이 든다.

"니가 장손이니 내 죽은 뒤에는 문중 산소는 니가 관리해라."

땀을 식히고 있는데 소나무 아래 엉거주춤 앉아 있던 작은아버지가 한말씀 하신다. 토를 달려다가 그만두었다. 병약하신 팔순 노인에게 괜히 마음을 불편하게 해드리고 싶지 않았다. 또 토를 달아본들 무슨 의미가 있겠는가. 작은아버지가 이승을 관장할 일도 아니지 않은가. 죽음 후는 다 산 자의 몫일진대.

작은아버지는 풍습을 지키는 일에는 고집불통이셨다. 작은어머니의 이장을 온 식구들이 반대했지만 수맥이 짚이고 개발이 염려된다는 이유로 기어이 이장을 결행하셨다. '처음 육신이 내려앉은 곳이 천 년의 안식처 아니던가. 이미 백골이 되어 지수화풍으로 돌아가는 중인 것을 그깟 뼛조각 몇 개 수습해서 다른 곳에 꽃단장을 해본들 무슨 의미가 있을까.' 이런 말씀을 완곡하게 드렸지만 별 소용이 없었다. 작은아버지가 개발이 범접할 수 없는 높은 산에 쌍봉을 올리고 당신 가묘假墓까지 만들고서야 흡족해하셨다. 생전에 부부 금실이 좋았으니 그렇게라도 애정을 표현하고 싶었을 것이다. 한 여인을 위해 궁전 무덤을 축조한 저 유명한 '타지마할'에 비길 바는 못되지만 생전에 못다한 정을 기리는 모습은 별반 다르지 않을 성싶다.

새파랗던 땡감이 가을볕에 연지 볼을 붉힌다. 번성하던 마을은 폐촌이 되고 겨우 두세 가구만이 허물어진 세월을 붙들고 명맥을 유지하고 있다. 논두렁 끝에 우람한 느티나무가 보인다. 연분홍 치맛자락 펄럭이며 그네를 타던 어머니도, 설탕 막걸리 한 사발에 고래고래 설운 울음을 토해내던 점촌 당숙모도 어느새 산으로 거처를 옮겼다. 어머니는 사촌 동서간 봉긋봉긋 다시 산중 일가를 이루며 한세월 또 푸르게 사신다. 아직은 찾아오는 자식들이 있어 봉분은 두텁고 잔디들은 파릇하다. '장차 저 산소를 어쩌지?' 불현듯 산소의 앞날이 걱정된다. 부모를 모신 마지막 세대이자 자식 공양을 받지 못하는 첫 세대가 베이비부머세대라고 한다. 역시 내가 벌초의 마지막 세대가 되지 않을까 싶다. 나는 탯줄이 묻힌 고향이고 부모님과 산 정情이 애틋해서 사는 날까지는 벌초를 오겠지만 아이들이 천 리 길을 달려 조부모님 벌초를 하러 오리란 확신이 서지 않는다. 조상이나 산소에 대한 생각이 나와 같지 않을 테고, 또 그런 숙제를 아이들에게 남겨서는 안 될 것 같다.

삼십 년 동안 한 해도 거르지 않고 한식과 벌초를 다녀왔다. 애틋하게 절명하신 어머니 때문인지도 모른다. 생전에 불효한 죄 갚음이라고 해도 무방하겠다. 살아 계실 때 인절미 한 조각이라도 당신 입에 넣어 주지 못한 것을, 잡초를 뽑듯이 해마다 성근 후회들을 뽑아내었다. 산 효자가 되지 못하고 죽은 효자가 된 것이다. 살아오면서 나는 산소에서 참 많은 위안을 얻었다. 어머니는 한 해도 거르지 않고 당신 발치에 제비꽃 진달래꽃 지짐 한 상 가득 차려놓고 늦철 든 장남을 반기셨다. 땀을 흘리며 꽃나무를 심고 잡풀을 캐다보면 달그락달그락, 무덤 속 어머니의 전언傳言이 들리는 것만 같다. 봄볕에 자주 앓던 관절 소리, 나박김치 씹던 틀니 소리도 들린다. 그럴 때면 나는 산수유나무 아래 앉아서 어머니 말씀을 또박또박 받아적곤 한다.

당신 누운 발치에/ 올해도 산수유꽃 피었습니다/ 노란 수다가 쟁글쟁글 가지마다 벙글었습니다/ 곤줄박이 한 마리/ 보풀한 꽃숭어리에 앉아 금분을 찍습니다

환한 꽃가지 한 구절/ 어쩌면 당신 알뜰한 소식일까/ 어느새 입안 가득 노란 물이 배어옵니다/ 저렇게 또 가을까지 붉어지면/ 참하고 영근 말씀 몇 됫박은 얻을 수 있겠습니다

애련애련/ 옛 생각 한 자락/ 오늘도 당신 발치에 앉아 저물고 있습니다/ 어린 바람 다독여 맨 먼저 보내온/ 당신의 꽃 편지를 읽습니다.

—「산수유 편지」 전문

어머니가 불러주신 노란 쪽지 편지 한 구절 받아들고 산소를 내려올 때면 발걸음이 한결 가벼워진다. 삶의 격랑에 떠밀릴 때 그나마 기댈 수 있는 곳이 나의 경우 어머니 산소였다. 그러고 보면 어머니는 한 평 무덤마저도 자식에게 내어준 셈이다.

사람들은 죽음을 '돌아가셨다'고 말한다. 한 인간이 생의 여정을 마치고 '있던 곳으로 돌아간다'는 뜻이리라. 있던 곳은 땅이고 하늘이다. 육신은 자연으로 회귀하고 영혼은 하늘로 돌아간다. 그래서 영혼의 오름

을 천도薦度나 귀천歸天으로 상징했다. 불가에서는 49재라는 전이기轉移期를 두어 망자의 극락왕생을 소원한다. 유가에서도 49재를 치르며 영靈을 중시했지만 육신에 대한 예도 엄격하고 극진했다. 효를 근간으로 한 매장 풍습이 선대先代까지 불문율처럼 확고했다. 시체를 새의 먹이로 내어주는 히말라야 부족들의 조장鳥葬 풍습은 석삼 년 시묘侍墓살이까지 마다하지 않던 우리의 매장 풍습에 비교해볼 때 놀랍다. '생전에 짐승들 덕분에 몸을 부지했으니 사후에는 짐승들에게 이 몸을 돌려준다'는 자연합일의 선행자들이었던 걸까. 아니면 사람이 죽으면 동물과 하등 다를 바 없다는 유물론적 가치관을 일찌감치 체득한 것일까. 육신을 중시하는 우리의 지엄한 매장 풍습에 견주어볼 때 자유로운 영혼을 가진 부족들임에 틀림이 없는 것 같다.

완고하던 매장 풍습도 쇠퇴해간다. 화장火葬이 대세이고 숲이나 잔디에 산골散骨하는 장례 방식도 많이 선호한다. 시대는 변했고 사람들은 합리란 명분을 앞세워 속속 편리성에 동승한다. 어험, 하며 '온고지신溫故知新'을 들먹이면 구태나 '꼰대' 소리를 듣기 십상이다. 어쩌겠는가. 씁쓸하지만 받아들여야 하지 않겠는가. 순류順流처럼, 그렇게 부모님 산소도 흙이 되고 숲이 되고 마침내 고요한 풍진風塵에 들 것이다.

'작은아버지, 아이들에게 묵뫼를 물려줄 수는 없습니다. 죽기 전에 제 손으로 평장平葬을 해서 자연으로 귀속시킬랍니다. 죄송합니다.'

속말을 삼키며 돌아서는데, 산수유나무가 살랑살랑 고개를 흔든다.

'글쎄, 그때 가봐야 알지.'

The수필

●… 매장문화시대 성묘는 단순히 조상들을 뵙고 절하는 데 그치지 않았다. 산소 주변을 정돈하며 그리움을 소환하고 하소연도 하는, 성찰의 자리를 마련하는 것이었다. 벌초를 '불효한 죄값음'이라 한 작가의 말에 공감이 가는 이유다. 작가가 무성해진 잡초들을 어머니가 키운 것으로, 제비꽃 진달래꽃을 어머니가 차려놓은 지짐한 상으로 묘사한 것은 글맛을 살리기 위함이기도 하지만, 어머니의 육신이 이미 자연의 일부가 되어 있기에 가능한 것 아닐까. 단지 안에 몇 줌 재로 갇혀 온전히 자연으로 돌아가지 못하는 납골당시대에 모처럼 향수鄕愁에 젖어본다./ 이혜연

쌀밥전傳

김용삼 onnoo2000@hanmail.net

사람들 앞에 벌거벗고 선 기분이었다. 이제부터 '넌 혼자야'라는 판결문을 거머쥐고 법원 문을 나설 때, 사람들의 시선은 돋보기 해 모으듯 나를 향했고 간혹 수군거림까지 환청으로 귀에 박혔다. 이미 바닥에 떨어진 자존감은 주위에서 갖은 처방을 들이댈수록 울컥울컥 부아로 나타났다. 생채기는 이대로 두면 더 곪을 것 같았다. 만원버스에서 갑자기 가슴을 조여오는 증세가 병이란 것을 알았을 때 '도피'를 감행했다.

큰 저수지를 품에 안은, 꽤 높은 농장을 도피처로 정한 것이 그 무렵이었다. 세상과 완전히 차단된 곳은 아니지만 애써 사람을 청하지 않으면 그나마 '관계'에서 오는 복잡함은 덜만 했다. 때맞춰 쌀밥도 거기로 들어왔다.

녀석은 아직 내 손이 필요한, 갓 젖을 뗀 애송이었다. 맑고 투명한 눈망울을 가진 순백의 털복숭이, 그 뽀송한 솜털 때문에 '쌀밥'이라 불렀다. 나는 아직도 동물에게 애완이라는 수식어를 붙이는 것이 마뜩잖다. 하물며 반려라는 단어에는 오죽했으랴. 당연히 처음엔 쌀밥도 내 손을 탄 강아지는 아니었다. 쌀밥은 그저 집 지키는 동물일 뿐이었다.

해가 지면 종일 채워뒀던 쌀밥의 목줄을 풀었다. 밤이나마 '자유'를 주겠다는 배려보다 혹시 있을지 모를 산짐승의 해코지를 쌀밥에 기대어 모면하겠다는 얄팍한 이기심 때문이었다. 무엇보다도, 알아듣든 말든 녀석에게 혼잣말을 해대면 가슴이 한결 가벼워지기도 했다.

그날은 블루문의 밤이었다. 저수지 너머로 달이 오르고, 하나뿐인 창을 통해 음기가 그대로 방으로 스며들었다. 간혹 윗마을을 찾아 올라오는 자동차의 거친 엔진 소리가 달의 기운을 잠시 잊게 해줄 뿐. 양력 한 달에 두 번 뜬다는 보름달을 두고 세상은 이런저런 의미를 붙여 웅성거렸지만 고즈넉한 산마을은 평소와 다름없이 괴괴할 뿐이었다.

블루문은 유난히 크고 음산했다. 그 달빛을 밟은 채 저수지 끝자락에 세워진 소나무 정자 옆에서 마지막 방광을 비울 때였다. 줄이 풀려 행방을 몰랐던 쌀밥이 목젖이 터져라 짖으며 쏜살같이 정자 쪽으로 달려왔다. 쌀밥의 서너 걸음 앞에는 같은 속력의 시커먼 괴물 하나가 정자를 향해 쫓기고 있었다. 멧돼지였다.

급랭한 얼음처럼 얼어붙은 나에게 멧돼지가 도달할 찰나, 쌀밥이 멧돼지 뒷다리를 물고 넘어졌다. 달빛 아래에서도 흙이 튀고 먼지가 회오리처럼 몰아치는 것이 보였다. 쌀밥보다 배 이상 덩치 큰 멧돼지는 다리를 물린 채 괴성과 함께 정자 앞을 뒹굴었다. 그 덕분에 얼음공주의 마법에서 풀린 나는 잽싸게 방으로 뛰어들어갔다. 돌아보면 야박한 처사였지만, 오직 그 자리를 피해야 한다는 생각밖에 없었다. 이런 일을 대비해 설치해둔 농장 비상등을 켤 엄두도 내지 못했다.

얼마나 지났을까. 멧돼지의 꽥꽥거리는 소리가 잦아들고 농장은 다시 밤의 정적 속으로 빠져들었다. 바깥 상황이 궁금하기는 했지만, 끝내 창밖을 내다보지 못했다. 밤새 이불 속에서 오한으로 떨었을 뿐.

여느 때와 같이, 아침이 왔고 나는 어제의 비겁함을 감추며 쌀밥의 안위를 살폈다. 녀석은 간밤의 흔적만 정자 앞에 남긴 채 평소처럼 우리 속에 누워 있었다. 몸의 반쯤은 안에 들어 있고 머리는 비죽하게 나온 채로. 그러나 쌀밥은 어제의 쌀밥이 아니었다. 주둥이 주변은 벌겋게 피로 물들었고 옆구리는 군데군데 찢겨 말라붙은 피로 검은 빛을 띠었다. 그 모습은 자칫 내가 겪었을지도 모를 참상이었다. 그 와중에도 쌀밥은 겨우 고개를 들어 나의 등장에 반가운 꼬리를 흔들고 있었다.

기별을 듣고 아랫동네 사는 매형이 올라왔다. 매형은 개에 관한 한 전문가였다. 쌀밥의 상처를 살펴본 후 여기저기 소독을 하고 상처를 꿰매곤 연고를 발라주었다. 그게 치료의 끝이었다.

"개안타. 근데 안 죽은 게 다행이다. 혼자서 멧돼지랑 싸우다니…."

쌀밥은 진돗개 백구의 잡종이다. 여러 피가 섞여, 모양은 진돗개지만 족보는 흔한 똥개에 가까웠다. 그날 쌀밥은 위험에 처한 나를 위해 제 몸속에 눈곱만큼 남은 진돗개의 본능을 혼신으로 끄집어냈던 것이다. 첫 주인을 평생 잊지 않는다는 진돗개 앞에, 가족이라는 세상 가장 귀한 매듭조차 가차 없이 끊어낸 나의 이기심이 부끄럽기만 했다.

매형의 처방처럼 얼마 지나지 않아 쌀밥은 다시 꼬리를 흔들며 평상을 되찾았다. 멧돼지가 남긴 상처도 아물어갔다. 고작 세 치 혀로 남을 해치고, 제 눈의 들보는 보지 못한 채 남의 눈의 티끌 탓만 했던 나에게, 쌀밥은 '더불어 사는' 법을 몸으로 보여 주었다. 하지만 낮에도 목줄을 풀어주고 목욕으로 순백의 털을 찾게 해준 것 말고는 딱히 해준 건 없었다. 그래도 쌀밥은 옷에 붙은 도깨비바늘처럼 종일 내 주변을 떠나지 않았다.

목줄에서 해방되니 쌀밥은 동네 수캐들과 종종 사랑에 빠졌다. 검은 개와는 '탄밥'이란 애비 닮은 까만 새끼를, 누렁개와는 '보리밥'을 선물해 주었다. 쌀밥은 크든 작든, 희든 검든 품에 든 새끼들과 농장을 누비며 곳곳에 생기를 불어넣었고, 그 덕분인지 내 마음병도 빠르게 호전되었다. 나는 다시 세상과 싸워볼 힘을 얻어 도시로 내려왔지만, 쌀밥은 여전히 농장을 지키며 터주 노릇을 다했다.

열두 살. 쌀밥이 짧은 생을 마친 날, 나는 기회가 오면 '쌀밥전傳'을 글로 남기리라 다짐했다. 그것이 내가 녀석에게 바치는 유일한 진혼곡이었기 때문이다.

에세이스트

The 수필

●… 이혼 판결문을 쥐고 찾아든 저수지 옆 농장. 혼자라는 절망 속에서 순백의 강아지 '쌀밥'과의 동거가 시작된다. 어느 날 멧돼지로부터 사력을 다해 나를 구한 '쌀밥'. 첫 주인을 평생 잊지 않는다는 진돗개 앞에, 가족이라는 세상 가장 귀한 매듭조차 가차 없이 끊어낸 나의 이기심을 부끄러워한다. '쌀밥'은 '더불어 사는' 법을 몸으로 보여주었다. 쌀밥을 통해 차츰 삶의 생기를 회복한 작가는 열두 살, 짧은 생을 마친 쌀밥을 오롯이 기억하며 진혼곡을 마련한다. 문학은 상처의 해석이고 치유라는 점에서 독특한 소재, 그리고 고뇌를 극복해가는 과정이 신선하고 곡진하다./ 조헌

베르쿠치

문경희 haidy92@hanmail.net

그를 돌아선 지 석 달째다. 유야무야 시간을 끌었던 것까지 합하면 두 해가 가까워진다. 무시로 간절해지던 자유지만, 마음을 다잡는 수순이 생각보다 길었던 것은 그가 없는 허무를 감당할 자신까지 챙겨야 했던 까닭이다.

그의 환심을 사기 위해 굽실굽실 비굴하기조차 했던 순간들을 생각하면 통쾌한 복수였다. 시원섭섭했지만, 걸음걸음 그를 이고지고 날랐던 노역의 시간에서도 해방이라고, 만나는 사람마다 광고를 하고 다녔다. 혹여 내가 나를 져버릴까봐 공공연하게 언약의 고삐를 매어두었다고 할까.

처음 그를 만난 것은 불혹 즈음이었다. 아무것에도 미혹되지 아니한다는 나이, 마흔. 그러나 불혹지년不惑之年의 고빗사위에서 나는 자주 시동이 꺼져버렸다. 육신과 정신이 내지르는 언어는 극과 극을 치달았다. 절절 끓어오르다가 쩡쩡 얼어붙다가, 살고 싶다가 살고 싶지 않다가, 내가 나를 컨트롤할 수 없는 순간이 무시로 생겨났다. 돌파구를 찾아 두

리번거렸던 것이 그 무렵이었다.

그와 나 사이에 필연이나 운명을 들먹인다면 가소로운 일이다. 핏덩이가 세상에 나와 처음으로 눈 맞춘 어미를 각인하듯, 내 절절함의 촉수에 가장 먼저 닿아진 것이 그였을 뿐이다. 그나마 다행인 것은 우연으로 만나졌으나마 제법 궁짝이 잘 맞았다는 사실이다.

바위처럼 무표정하던 그에게 눈웃음으로 추파를 던졌던 것은 절박함의 다른 표현이었지 싶다. 불특정 다수에게 공평한 품을 내어주는 것이 그의 속성이라는 것을 모르지는 않았으나, 그때는 유독 나에게만 총애의 눈빛을 보낸다고 확신했다. 어쩌면 야무진 오해의 뿌리도 절박함이었을 것이다.

그가 선사하는 비상의 순간은 황홀했다. 두 발이 움직일 수 없는 거리를 정신으로 날아올랐다. 내 손을 떠나버린 어제들과 소통하고, 치료시기를 놓쳐 방치된 생채기를 어루만졌다. 앞도 뒤도 문득 막막해지는 순간, 거짓말처럼 환하게 비상구를 열어준 것도 그였다. 그의 굵은 팔뚝 위에서, 흔들리는 일이 바로서는 일이며, 떠남이 곧 돌아옴이라는 아이러니를 무수히 체험했다. 보이지 않던 것이 보이고, 들리지 않던 것이 들리는 황홀한 날갯짓. 무량한 허공을 이끌고 그에게 착지하는 순간 내가 비로소 나를 찾은 것 같았다.

시도 때도 없이 그의 환영에 달떴다. 나를 젖게 만드는 그를 찾아 꿈길을 헤매기도 했다. 그의 충실한 복속이 되어 내 육신과 정신의 갈피마다 문신처럼 그를 새기고 싶었다. 그를 청할 수만 있다면 잠을 설치는 일쯤은 차라리 홍겨운 노동이었다. 알아주는 이 없어도, 그가 내게 매어둔 글의 시치미를 자랑스레 떠벌리며 꿋꿋하게 세상을 활보했다.

너무 쉽게 기선을 잡아버린 득의만만이었을까. 언제부턴가 그는 야박한 본성을 드러내기 시작했다. 열었는가 싶으면 빗장이 걸리고, 뜨거운가 싶으면 다시 냉랭한 등짝을 내밀었다. 때로는 한 보따리 눈물을 원했고, 그 보상으로 주체 못할 허탈감을 안겨주기도 했다. 그가 나를 길들이기 위해 휘두르던 당근과 채찍의 전법이라니. 잡힐 듯 잡히지 않는 무지개처럼, 그는 나로 하여금 애면글면의 늪을 대책 없이 허우적거리게 만들었다. 일편단심, 죽어도 변치 않을 사랑의 맹약으로 눈과 귀가 멀 때까지 나를 담금질할 모양이었다. 어느 스님의 즉문즉설처럼 단방에 그와의 속 시원한 관계정립을 원하던 나로서는 난감지경이었지만, 이렇다 할 항거조차 해보지 못한 채 십여 년 동안 그를 주인으로 모셨다.

그는 시종일관 벗으라 했다. 보이는 것 너머 보이지 않는 것들, 때로는 나 자신조차 알지 못하는 나를 벗어야 한다고 닦달했다. 전부가 아니면 아무것도 아니라며 핏기가 어리도록 내 안의 바닥을 벅벅 긁어올렸다. 더 많이 사랑하는 사람이 약자라면 나는 어디까지나 약자였다. 무릇 약자는 굳이 복종하려 하지 않아도 복종되는 계급이 아닌가. 자청해서 나를 벗고 나를 까발리는 일이 잦아졌다.

그러나 시간으로 퇴색되지 않는 것이 그리 흔하랴. 나의 시원찮은 나신裸身에 그도 시큰둥한 반응을 보이기 시작했다. 그러나 여전히 그는 나를 살아 움직이게 하는 동력이었기에 내칠 작정을 하지는 못했다. 때로는 애써 불러낸 초심으로, 때로는 그저 그런 매너리즘으로, 그마저 여의치 않을 때면 막연한 의무감을 동원해 그를 안았다. 그것이 더러는 약이 되고 더러는 독이 되어 내게 돌아왔다.

청춘들의 가벼운 연애사처럼, 날마다 끝을 외치면서 그와 나 사이의 불협화음은 점점 깊어졌다. 과연 젊은 날의 선택이 옳은 것이었는지, 나는 원론적인 회의에 봉착하지 않을 수 없었다. 내 삶에서 그를 몰아내는 일은 그렇게 시작되었다.

그에게 돌아가지 않기 위해서는 그를 돌아보는 게 먼저였다. 그의 제단에 뿌렸던 눈물과 자책과 회한, 그로 인해 잠들지 못했던 밤들. 수없이 무너지면서도 다시 일어서며 그를 먹고 마시고 껴입고자 안달복달했던 시간을 되새김질하는 것으로 '그만 안녕'에 대한 명분을 만들어갔다.

그와 함께 하는 시간만이 유용하던 나는 요즘 쓰잘머리 없다고 치부해왔던 일들에 꽤 많은 시간을 투자한다. 시시콜콜한 수다로 시간을 축내고, 하지 않아도 좋은 일에 몰두를 한다. 그와 더불어 가장 황홀했던 자정 너머의 시간은 잠으로 때운다. 그를 영접하기 위한 보물 제1호였던 컴퓨터도 부팅되지 않는 날들이 더 많다.

이별에도 요요搖搖라는 게 있는 것인지. 잡초를 뽑고, 호미질을 하고…, 그가 있던 자리를 심심파적의 노동으로 채우지만 매순간이 소금 빠진 음식처럼 슴슴하다는 게 문제다. 부재라는 그의 존재감이 들숨날숨마다 또박또박 찍힌다. 기승전, 그러나 마침내 '글'이 되어버리는 야릇한 논리의 감옥에 갇혀버린 기분이다.

매정하게 등을 떠밀지만, 결국은 돌아올 수밖에 없다는 확신으로 시나리오를 완성하는 베르쿠치. 멀리 떠날수록 돌아오는 길도 먼 법이라며 나의 갈 지之 자 불편한 보법을 모른 척 눈 감고 있는, 아직도 그가 나를 부리는 베르쿠치란 말인가.

*베르쿠치 : 매나 독수리를 길들여 사냥을 하는 사람.

The 수필

●… "시도 때도 없이 그의 환영에 달뜼다. 한번도 이런 언어로 토해내 본 적 없는 내 안의 뜨거움이 울컥, 불려나왔다. 의심하지 않았다. 그러나 글 중반을 넘어서며, 뭔가 눈치채기 시작했다. 벗으라 닦달해놓고 까발린 나신에 시큰둥한 반응을 보여? 아, 낚인 거였네. 필자의 노련함에, 그런데 유쾌했다. 나 역시 40년을 같은 베르쿠치에게서 벗어나지 못하고 살아왔으니 구구절절 울림이 컸다./ 문혜영

창문, 그 오묘하고 신비한

윤온강 ysyoonok@hanmail.net

내가 사는 남양주 호평동에서 천마산은 아주 지척이다. 버스를 타면 10분 거리요, 걸어서도 30분 정도면 산 밑에 닿는다. 등산로가 시작되는 수진사 입구에 들어서면 주차장 옆 산 쪽으로 통나무 건물이 하나 보인다. 지붕에 박공 모양의 유리창이 있어 언뜻 산장 분위기가 풍기지만 상호에 '커피'란 말이 들어 있는 것으로 보아서 카페가 아닌가 싶다.

좀처럼 들를 일이 없던 그곳에 딸아이가 점심을 먹자고 해서 아내와 셋이 찾아간 것은 금년 오월 말경이다. 투박하게 생긴 외관과 달리 실내는 앤티크 풍으로 꾸며놓아서 제법 분위기가 있어 보였다. 이층을 둘러보고 아래층 창가에 자리를 잡고 앉으니 바깥이 환히 내다보였다. 수진사의 기와지붕들 너머로 뾰족한 석탑이 까치발을 들고 내려다보고 있었다. 그 주위로 천마산 기슭의 봄기운이 바야흐로 자욱이 피어오르고 있었고….

이렇게 풍광이 좋은 걸 왜 여태까지 몰랐을까. 그동안 무심히 지나치기만 했었나? 아니지, 그런 것은 아닌 것 같다. 늘 보던 것이지만 그냥 산만하게 흩어져 있던 것들에 창문이라는 틀을 갖다댐으로써 비로소 형태를 지은 것이 아닌가 싶다.

사람의 시야 각도는 고개를 돌리지 않고 좌우로 고작 100도의 수평 시각, 상하로는 60도의 수직시각이라고 한다. 그렇지만 그 시야에 들어오는 것도 모조리 인식하는 것은 아니다. 창문은 그린 것을 일정한 범위로 한정해줌으로써 사물을 개성적으로 인식하도록 도와준다.

사물이나 풍경에는 가장 아름답게 보이는 위치와 각도가 있게 마련인데 그걸 잘 찾아서 우리 앞에 제시하는 사람이 화가들이지 싶다. 사실 그림이란 그것을 그린 화가 자신이 본 사실이나 느낌을 사각틀 안에 묶어서 제시한 것이 아닌가. 그렇다면 우리 일반인도 누구든 각자 사물을 바라보는 자기 나름의 시선이나 각도를 갖고 있다고 보아도 되지 않을까? 내가 수진사 앞 카페에서 본 창밖 풍경도 그런 기제機制가 작용한 그림이라고 보아도 무방할 것이다.

문득 창문은 과연 우리에게 무엇인가 하는 의문이 고개를 들었다. 생각해보니 창문은 단순히 공기나 햇빛을 받거나 밖을 내다보라고 벽이나 지붕에 뚫은 구멍이 아니다. 창문은 안과 밖을 이어주는 경계이면서 또 다른 세계로 이어주는 매개체라고 할 수 있다. 그리고 바깥 사물이 내 인식의 안에 들어오게 하는 중요한 통로 구실도 한다.

얼마 전 티비에서 본 〈창문 너머 오딧세이〉라는 프로가 떠올랐다. 세계 각국의 창을 소개하면서 창문의 의미와 역할을 짚어보는 프로였다. 그 프로는 세계 각국의 창문을 소개하면서 지역에 따라 창문이 어떻게 변모되는지 추적해 보여주기도 하였다.

헌데 거기에 소개된 그 많은 창 중에서 내가 제일 좋아하는 창은 단연 스테인드글라스였다. 그것도 고딕식 성당의 스테인드글라스 말이다. 유럽 여행 중에도 성당만 만나면 제일 먼저 스테인드글라스부터 찾아보지 않았던가. 그 현란한 색채를 통과하는 신비스러운 빛을 바라보고 있노라면 금방 천상의 세계로 떠올라가는 듯한 고양감을 느끼게 된다.

창은 원래 창 자체를 구경하라고 있는 것이 아니다. 창으로 바라보는 풍경이야말로 그 창의 존재를 드러내는 실존이다. 마테오 페르콜리라는 건축가 겸 일러스트레이터는 뉴욕처럼 삭막해보이는 도시도 어떤 창에서 어떻게 바라보느냐에 따라 수많은 모습으로 변주될 수 있다는 것을 실제로 증명해 보였다. 그는 뉴욕 곳곳의 건물에서 내다보이는 창밖 풍경을 모아서 『창밖 뉴욕』이라는 책을 펴냈다. 그 책에서 페리콜리는 소설가, 작곡가, 사진작가 등 뉴요커 63인의 창밖 풍경이 어떻게 다른가를 각각 한 컷의 강렬한 그림과 글로 소개하고 있다. 그렇게 고층빌딩으로 이루어진 도시에도 나름의 풍경이 있다는 사실에 새삼 놀라게 되고, 또한 감탄하게 된다.

그런데 한 가지 의문이 생긴다. 같은 창문으로 같은 풍경을 본다고 해도 사람마다 느낌이 같을 수는 없지 않을까? 페리콜리도 그 점을 염두에 둔 듯 답변을 미리 마련해두고 있었다. "창문 너머의 풍경은 바깥세상이 아닌 우리 내면의 일부"라고 말이다. 사람마다 내면이 다르니까 같은 풍경이 달리 보일 수도 있다는 이야기다. 저술가 대니얼 매니커는 한술 더 떠서 숫제 "내다보는 사람은 자기 눈에 들어오는 세상의 주인"이라고 말하고 있다. 이 얼마나 오묘한 일인가. 창도 오묘하고, 그 창을 통해 풍경을 바라보는 사람도 오묘한 것이다.

창 이야기를 끝내려는 참에 문득 추사秋史 김정희金正喜(1786~1856) 선생의 '작은 창小窓'이 떠오른다. 선생은 제주도 귀양 시절에 '小窓多明使我久坐'라는 글귀를 멋진 글씨로 써서 남겼는데, 풀이하자면 "작은 창문으로 많은 빛이 들어오니 나로 하여금 오랫동안 앉아 있게 하는구나"라는 뜻이다. 몸은 비록 갇혀 있는 신세지만[圍籬安置] 내면으로는 광활한 자유의 광명을 누리고 있음을 토로하고 있는 것이다. 이로써 보면 추사의 창은 보통 창이 아니고 마음의 창이요, 사색의 창이었던 것이다. 이 또한 오묘한 창 이야기가 아니고 무엇이랴.

창, 그것은 생각할수록 오묘하고 신비한 그 무엇이다.

에세이문학

The 수필

●… 창문이란 어떤 존재인가? 시초엔 단순히 답답한 시야를 해소하거나 공기 순환을 위해 뚫어놓은 구멍에 불과했을지도 모른다. 하지만 필요에 의해 뚫어놓은 그 구멍을 통해 보이는 풍경은 많은 것을 시사하게 된다. 바깥세상과의 소통을 넘어 '바깥 사물이 내 인식의 안에 들어오게 하는 중요한 통로 구실'을 함으로써 '바깥세상이 우리 내면의 일부'가 되게 하는 역할을 하는 것이다. 그리고 우리의 내면은 그 풍경을 재구성한다. 보는 이의 마음에 따라 같은 풍경이 달리 보이는 이유다. 결미 부분, 쓸쓸한 적소謫所의 창가에 앉아 '小窓多明 使我久坐'를 절창한 추사 김정희 마음 풍경이 가슴 아픈 한편 아름답다./ 이혜연

달항아리

이다온 gmlsskf@hanmail.net

진열대 위로 둥실 달이 떠오른다. 은은한 불빛이 바닥에 고인다. 조명을 받은 항아리는 방금 목욕하고 나온 아낙네 같다. 천의무봉의 살결이 백옥처럼 희다. 아무런 무늬가 없는 데도 마음이 고요하고 편안해진다. 자세히 보면 달항아리는 좌우균형이 맞지 않는 비대칭이다. 보름달이 약간의 기울기를 가진 것처럼.

가슴이 사라졌다. 마취에서 깨어나자마자 왼쪽 가슴을 확인했다. 불룩하게 솟아 있던 자리가 분화구처럼 푹 꺼져 있다. 움푹 팬 곳에 낯선 어둠이 만져졌다. 두꺼운 밴드가 선홍색 칼자국을 애써 가렸다. 와락, 울음이 밀려왔다. 재빨리 환자복을 내려 걷잡을 수 없는 슬픔을 덮었다.

이태 전이었다. 부산스럽게 외출 준비를 하고 있을 때 왼쪽 가슴에서 심하게 통증이 느껴졌다. 급하게 달려간 병원에서 청천벽력 같은 소릴 들었다. 의사는 조용한 음성으로 말했지만 내 귀에는 더 이상 아무것도 들려오지 않았다. 벚꽃이 만발했던 어느 봄날, 그렇게 암은 내게로 왔다. 아무 예고도 없이.

임파선으로 퍼진 암덩어리 크기를 작게 하고 나서야 수술을 할 수 있었다. 크기를 줄이기 위해선 먼저 여덟 차례의 항암치료를 해야 했다. 일차 항암치료를 받기 위해 수술실 안쪽의 긴 복도를 따라갔다. 암환자를 위해 마련된 별도의 공간은 미로처럼 복잡했다. 일반인의 출입이 철저하게 통제되는 곳이었다. 민둥산처럼 머리를 깎은 환자들이 침대마다 누워 있었다. 선뜻 들어가지 못했다. 내가 왜 이 자리에 서 있어야하는지 실감나지 않았다. 이건 꿈이라고, 잠시 꿈속으로 들어온 것이라고 애써 위로했지만 현실은 결코 꿈이 되지 않았다.

시부모를 모시는 맏며느리였지만 고부간에 큰 갈등은 없었다. 남편은 자상했고 어머님은 집안일에 서툰 나를 딸처럼 대해주었다. 결혼한 지 이십 년이 다 되어가도록 가끔씩 동서들과의 갈등이나 속상한 일이 더러 있었지만 크게 상심하거나 어려운 일은 겪지 않았다. 아이 둘도 잘 자라주어 행복한 나날이었다. 그런 내게 신은 암이라는 시련을 툭! 던져주었다. 단 한마디 말도 없이. 돌멩이 던지듯 무심하게.

생년월일을 확인하고 이름이 불리어졌다. 간호사는 친절하게 몇 개의 액체가 들어 있는 비닐봉지를 보여주면서 의례적인 설명을 했다. 숨소리가 거칠어졌고 두려움이 엄습해왔다. 이렇게 세상이 끝나는 건 아닐까? 다시 병실 밖으로 나갈 수는 있을까? 도대체 이곳에서 얼마나 많은 사람들이 임종을 맞았던 것일까? 항암제가 잘 스며들 수 있도록 길을 만들어준다는 조형제가 몸속으로 들어오자 전기에 감전된 것처럼 전율이 흘렀다. 얼마간의 시간이 지나고 자줏빛 종이상자 안에 있던 항암제가 천천히 내 안으로 들어왔다. 까무룩 잠 속으로 빠져들고 말았다.

열흘 정도가 지나갔다. 머리카락을 쓸어올릴 때마다 한 움큼 검은 시체들이 손아귀에 쥐어졌다. 숭덩숭덩 빠지는 머리카락은 책상 위며 화장대, 거실 탁자에 어지럽게 널려 있었다. 어떻게든 살아보겠다는 삶의 의지마저도 한 움큼씩 빠져나갔다. 항암치료는 마흔 살 나이에 생리를 멈추게 했고, 모든 일상의 시간들을 정지시켰으며, 까마득한 벼랑 끝에 나를 세워놓았다.

항암치료를 시작한 지 반 년이 지날 즈음 왼쪽 유방절제수술을 했다. 임파선을 제거한 팔은 조금만 무리해도 붓고 아팠다. 나이가 젊을수록 예후가 좋지 않을 수 있다고 의사가 말했다. 삶의 의지와 죽음의 두려움이 씨줄과 날줄처럼 교차했다. 때론 침대 난간에 머리를 쥐어박으며 죽고 싶다며 야단을 피웠고 어떤 날엔 머릿속이 하얗게 비워져 시체처럼 누워 있었다. 다섯 개가 넘는 피 주머니가 흔들릴 때마다 통증은 시시때때로 찾아왔다. 하루에도 몇 번씩 정신을 놓아버렸다.

불행은 먼 나라의 것이라 생각했다. 이따금 들려오는 남의 고난은 그냥 타인의 일일 뿐이었다. 어느 나라에선 지진이 일어났다 하고 또 다른 곳에서는 기아가 넘쳐난다고 해도 관심 밖의 일들이었다. 쇼핑을 하고 몸매를 가꾸고 먼 곳으로 여행을 하고, 그런 순간이 언제까지나 지속될 거라 믿었다. 가끔씩 현기증 같은 게 찾아왔지만 그건 내가 너무 행복해서 느껴지는 감정 같은 거라고 가볍게 넘겨버렸다. 불행의 씨앗이 조금씩 내 몸에 똬리를 틀기 시작하는 것도 모르고.

아마조네스는 여자들만으로 이루어진 군대이다. 그리스와의 전쟁에서 트로이를 구출하기 위해 만들어진 강력한 특수부대였다. 아마조네스의 '아'는 '없다'는 뜻이며 '조네스'는 '유방'이라는 뜻이다. 즉, 유방이 없다는 것이다. 여자들로 구성된 이들 부족은 활을 쏘는데 오른쪽 유방이 불편했기 때문에 그것을 미련 없이 제거했다. 조국이라는 더 큰 가치를 위해 여자로서의 아름다움을 당당하게 버린 것이다.

어쩌면 나의 전생은 아마조네스인지 모르겠다. 가슴에 활시위를 대고 적의 심장을 바라보던. 그래서 한 쪽 가슴을 도려내야 했는지도. 행복에는 반드시 대가가 따르게 마련인 걸까. 암은 무의미한 일상에 함몰된 내게 삶을 향해 제대로 활시위를 당기라며 가슴을 도려내게 했는지도 모를 일이다. 파르르 떨리는 그 활이 너무 무겁고 감당하기 벅차긴 했지만.

달항아리는 조선 후기에 유행했던 도자기다. 둥글고 커다란 모습이 달덩어리 같다고 해서 붙여진 이름이다. 높이가 사오십 센티미터에 달하는 커다란 항아리를 제작하려면 흙으로 윗부분과 아랫부분을 따로 만든 뒤에 서로 이어붙여야 했다. 그래서 접합 부위가 약간 뒤틀린 모양이 되었다. 하지만 조선시대 도공들은 이것을 칼로 깎아내거나 매끈하게 다듬지 않았다. 인위적인 힘을 가해서 정교하고 둥글게 만들 수도 있었겠지만 비대칭인 상태 그대로 둔 것이다.

수술 결과는 좋았다. 더 이상 항암치료를 받지 않아도 된다는 진단이 내려졌다. 몇 번의 작은 수술과 치료가 있었지만 처음의 두려움은 조금씩 사라졌다. 벼랑 끝에서 아스라하게 버텼던 지난 날의 흔적은 가족들의 관심으로 조금씩 치유되어져 갔다.

전시대 위로 떠오른 달을 쳐다본다. 어린 시절 초가지붕 위의 박처럼 푸근하다. 문득 항아리 속의 달이 내 안으로 파고든다. 가슴이 사라진

자리에 밀물처럼 고요하게 달이 들어찬다. 보름달이면서 비대칭인, 한쪽이 약간 기울어져 슬픈 달, 그러나 어떤 대칭의 사물보다도 완벽한 구형이다. 달을 품은 내가 어느새 달항아리가 된다. 따뜻한 달무리가 빈 가슴에 둥글게 번진다.

전북일보 신춘문예

The 수필

●… 수술을 통해 왼쪽 가슴을 덜어낸 작가는 '유방이 없다'는 여인특수부대 아마조네스를 떠올리며 다른 차원의 의미를 성찰한다. 일상이 함몰된 자신을 일깨우는 채찍으로. 그리고 약간 비대칭인 달항아리의 이미지를 통해 자신의 심정을 우회적으로 서술한 부분도 좋았다./ 맹난자

울음을 풀다

임이송 ns-lim@hanmail.net

나에게 울음은 두 가지 의미를 지닌다. 하나는 나를 묶는 것이고 또 하나는 푸는 것이다. 오늘 도심 한복판에서 뻐꾸기 울음소리를 들었다. 도시에 살면서부터 점점 불감증 환자가 되어가는 나에게 뻐꾸기 울음소리는 두 이야기를 불러냈다.

5년 전, 시아버지 장례식장에서 나는 목놓아 울었다. 입관 예배를 드리기 위해 교인과 가족들 40여 명이 모인 자리였다. 젊은 내 아버지가 죽었을 땐 눈물 한 방울 흘리지 않았던 것과 달리, 통곡했다. 울음이 터진 곳은 엉뚱한 지점에서였다. 예배를 인도하던 목사님이 '사랑하는 큰며느리를 두고…'라는 부분에서였다. '사랑하는 큰며느리!' 그 단어가 메아리처럼 귓속을 파고들었다. 그가 나를 얼마나 사랑했을까. 시아버지의 영정 사진을 올려다보았다. 그의 입술이 굳게 닫혀 있었다. 다시는 열리지 않을 입술은 내 창자를 뒤틀리게 했고 내장 깊숙한 곳에서부터 울음이 용솟음치듯 터져올랐다. 아무리 울음을 끊으려 해도 끊어지지 않았다.

평생 그에게 듣고 싶은 말이 있었다. 단 한마디였다. '미안하다'는. 마지막 2~3년 병간호를 하는 동안 기회가 여러 번 있었지만, 그는 끝내 한마디를 아꼈다. 단단했던 벽, 둘이 마주 보고 뚫을 수 없었던 걸 울음으로 혼자 풀었다. 그날 그 자리에서 그렇게라도 풀어내지 않았다면 나는 아버지 때처럼 오래 그에게 묶여 있었을 것이다. 모인 사람들은 나의 길고 깊은 울음에 적잖이 놀라고 당황했을 것이다. 예배는 십여 분간 중단됐고 모두 내 울음이 그치기를 묵묵히 기다려줬다.

마치 예전 대갓집에서 대곡代哭하는 여자처럼 울었다. 내 안에 그렇게 많은 설움이 들어있을 줄 몰랐다. 그래서일까, 나는 시아버지가 죽은 계절이 돌아와도 마음이 담담하다. 남은 게 없다. 그날 그 자리에서 다 풀었다. 혼자 푸느라 쉽게 울었다. 내 울음소리에 걸려 시아버지가 저승 가는 길에 발걸음이 멈칫멈칫했을까, 안 그랬으면 좋겠다. 둘 중에 더 아픈 사람이 풀면 되는 거였다. 그와는 그렇게 정리가 됐다.

40여 년 전, 아버지가 죽던 날은 봄날 치고 좋았다. 잔잔하고 말갛고 따뜻하고 고요했다. 그런데 오후 세 시, 아버지의 마지막 숨이 넘어갈 즈음 갑자기 여우비와 함께 앞산의 뻐꾸기가 울었다. 그때부터 아버지는 뻐꾸기 울음소리로 잠겨 매년 봄 나를 찾아왔다. 아버지의 부재로 인해 오랜 시간 우울을 앓았다. 산 같은 존재 하나가 느닷없이 사라진 봄은, 장미꽃 없는 5월처럼 막막했다.

그때 나는 지금의 나보다 젊은, 마흔다섯의 아버지가 가졌을 두려움에 대한 이해가 전혀 없었다. 갑자기 맞닥뜨려야 했던 죽음과 어린 자식들과 세상 물정 모르는 순한 아내와 산더미 같은 빚을 남기고 죽어야 했던, 아버지의 마음에 대한 고찰이 없었다. 내 나이 탓이었을 것이다.

아버지를 무조건 살려야 한다는 생각에 암에 좋다는 굼벵이를 찾으러 썩은 짚단을 뒤지고 다녔지만, 그조차도 불순했을지도 모른다. 어려운 형편에 장학생으로 간신히 입학한 대학을 3주 만에 자퇴해야 하는 마음과 여린 어머니와 초등학생인 막냇동생과 어마한 빚을 떠안아야 한다는 걱정이 내 등에 얹혀 있었을지도 모른다.

아버지가 죽고 10여 년간 몸이 아팠다. 아픈 내내 이유를 몰랐다. 걱정이 된 어머니가 철학관을 하는 먼 친척에게 물어보았다. 그는 내가 아버지를 묶어두어 아픈 거라고 했다. 처음엔 말도 안 된다고 생각했지만, 곰곰이 생각해보니 일리가 있었다. 아버지를 잃은 충격과 그 이후 닥친 사나운 일들을 고스란히 삼키기만 했지 한번도 뱉어낸 적이 없었다. 아버지가 내 무릎에서 숨을 거두는 순간부터 묻고 오는 내내, 그리고 그 이후에도 한 톨의 눈물도 흘린 적이 없었다. 마비된 슬픔을 껴안은 채 살고 있었다.

서른 즈음 아버지가 죽은 봄날, 하얀 사과꽃을 보며 실컷 울었다. 그러고 나서부터 꿈에 아버지가 덜 보였고 내 몸도 조금씩 나아졌다. 비로소 아버지도 자신의 집으로 돌아간 모양이었다.

아파트 숲에서 뻐꾸기 울음소리를 듣게 될 줄은 몰랐다. 울음소리를 따라가보니 불곡산 자락이었다. 소리의 진원지를 확인한 후 한참을 서서 울음소리를 들었다. 그 소리는 사과꽃 하얗던 봄날의 과수원과 아버지와 빚쟁이들을 불러내 나를 공감각적으로 뒤흔들었지만, 그리 나쁘지는 않았다.

뭐든 흐르는 게 좋다. 생각이든, 마음이든, 인연이든 한곳에 오래 묶어두면 고약하고 완악하고 아프고 깊어진다. 아버지를 보내고 오래 참았던 울음은 그 시간만큼 나를 옭아맸고 시아버지를 보내며 빨리 풀었던 울음은 그만큼 나를 빨리 놓아주었다. 나 또한 누군가에게 깊고 오래 잠겨 있을 수 있다. 그들도 나처럼 한바탕 풀어낸 후 나를 놓아주고 자신도 가벼워지길 바란다.

원주수필문학 창간호

The 수필

●… 태어나는 순간부터 잘 우는 아이는 건강하다. 언제부턴가 우는 법을 잊은 듯 살아가는 우리, 문학은 삼킨 울음을 퍼올리는 일이다. 맑은 우물이 되기까지, 편안한 노래가 되기까지, 뭐든 흐르는 게 좋다. 생각이든, 마음이든, 인연이든 한 곳에 오래 묶어두면 고약하고 완악하고 아프고 깊어진다. 울음을 풀어내는 일은 나를 자유롭게 하며 내 안의 너를 자유롭게 하는 일이다./ 문혜영

뜰 앞에 잣나무

정승윤 devlin8978@hanmail.net

낮의 광명은 사라지고 어둠이 밤을 지배합니다. 어둠은 모든 것을 뭉뚱그려놓습니다. 낮에 분리되어 싸우던 것들이 어둠이란 용광로 속에서 용해됩니다. 폭력에 의해 속박되고 지배당하던 것들이 밤의 어둠 속에서 해방됩니다. 굴욕과 수치가 밤의 따뜻함 속에서 치유되고 가리워집니다. 밤은 내 존재 자체를 지워버립니다. 나는 밤의 어둠 속에서 은회색을 띠기도 합니다. 내 머리는 별들에 닿고 내 두 발은 지하로 뻗어나갑니다. 밤에는 모든 것들이 자체의 빛을 뿜으며 하나가 됩니다.

나는 전기가 없던 시절에 살았던 적이 있습니다. 그때는 밤이 되면 호롱불을 켰습니다. 온 세계는 어둠에 묻히고 호롱불이 밝힌 조그만 공간이 세상의 전부였습니다. 석유 졸아드는 냄새가 났고 그마저 아까워 심지를 콩알만큼 줄이곤 했습니다. 그러면 이 세상도 콩알만큼 줄어들었습니다. 그 불빛에 비치는 희미한 얼굴들이 내가 아는 사람들 전부였습니다. 그 불빛 안에서 형제들과 함께 뒤척이며 자는 일만이 내가 할 수 있는 일의 전부였습니다. 그 어둠 속에서 허우적이며 머릿속으로 몇 가지 그림을 그리다가 나는 곧 잠의 세계에 빠져듭니다. 그러다가 한밤중에 문득 잠이 깰 때가 있습니다. 바람소리가 들렸습니다. 이상한 새소리도 들렸습니다. 나는 어둠 속을 헤치며 밖으로 나옵니다. 칙간에 가기 위하여 두 발로 섬돌 근처를 더듬거립니다. 조금씩 어둠에 익숙해지며 나는 마당에 서게 됩니다. 그때 나는 어둠이 갑자기 광막한 세계로 펼쳐지는 걸 느낍니다. 온 우주의 끝까지 내 감각이 이어지는 느낌을 받습니다. 온 세계의 물들이 은백색으로 흘렀습니다. 온 세계의 풀들이 은회색으로 빛났습니다. 내 안의 모든 것들이 그것들을 향하여 흘러갔고 세상의 모든 것들이 내 안을 향해 흘러들어왔습니다.

전기가 들어온 이후에 우리는 그 같은 밤의 세계를 잃었습니다. 손가락 하나만 까딱해도 밤은 곧 낮의 세계로 뒤바뀝니다. 낮의 밝음 속에서는 우리는 경쟁해야 합니다. 상대방을 치고 때리고 모욕줘야 합니다. 지치고 상처 입은 채 집으로 돌아와 불타는 증오와 보복의 갈증으로 날을 새웁니다. 우리는 언젠가부터 편안한 잠을 잃었습니다. 어둠이 모태처럼 우리를 감싸던 따뜻한 밤을 잃었습니다. 각자의 밀폐된 방에서 분리된 개체로 살아가고 있습니다. 저마다의 태양을 켜고 저마다의 협소한 우주 속에서 저마다의 진리를 찾습니다. 그러나 모든 진리의 말씀들은 결론이 아닙니다. 끝없는 사변의 시작에 불과합니다. 이웃이 누구인지 사랑이 무엇인지 어떤 이웃들을 얼마만큼 사랑해야 하는지, 그것이 우리가 직면한 문제들을 어떤 방식으로 얼마만큼 해결할 수 있는지, 끝없는 질문들이 꼬리에 꼬리를 뭅니다. 그러나 우리들의 사변과 사념에는 어떤 해결책도 없습니다. 그 진리를 따르는 어떤 실천에도 반드시 오류와 모순이 등장합니다. 결국 절대적 진리나 절대적 도덕의 존재에 대한 의심에까지 이르게 됩니다.

나는 어둠이 그립습니다. 인위적인 불 한 점 없는 절대 어둠이 그립습니다. 그 어둠 속에 서 있는 한 그루 잣나무가 되고 싶습니다. 직립한 존재 자체만으로 우주의 끝에 이르고 직관의 뿌리가 온 세계에 뻗어 그 존재를 단단히 붙잡고 있는 한 그루 온회색 잣나무가 되고 싶습니다. 콩알만 한 호롱불마저 바람에 불려 꺼져버리면 나는 뜰 앞에 한 그루 잣나무가 될 것입니다. 그리하여 모든 존재가 하나가 되는 영원한 밤을 기원할 것입니다.

좋은수필

The 수필

●… 어둠은 암흑의 시간이 아니라 세상 모든 존재가 아직 드러나지 않은 시간이다. 밤은 존재의 해방이고 치유이다. 작가에게 어둠은 포근하고 안온한 대상이다. 그러나 전기가 들어오고 밤의 세계는 사라졌다. 작가는 어둠 속에 서 있던 한 그루 잣나무가 그립다. 인위적인 밝음이 아닌 절대어둠. 작가에게 잣나무는 "존재만으로도 우주의 끝에 이르고" 마는 또 하나의 세계이다. 어둠 안에서 원시의 평온함을 찾으려는, 어둠은 그에게 또 다른 영역이다./ 한복용

기다리는 집

조현미 acaso07@hanmail.net

한 채 집을 마주하고 있다. 더러 집이 우는 소리를 들었다. 동네가 떠들썩한 한가위 저녁이거나 정초 무렵이었다. 처음엔 풍경 소린 줄 알았다. 그러나 바람이 자는 중에도 소리는 찾아왔다. 그 집이 온몸으로 사람을 부르고 있었다. 살붙이를 죄 떠나보낸 늙은 주인 같았다.

집의 상심은 생각보다 중했다. 용마루는 휘었고 굴뚝은 잣바듬했다. 아궁이는 검게 입을 다물었고 부뚜막도, 불목도 온기를 잊었다. 해진 창호 너머 그 집의 속살이 적나라했다. 꼭 주인의 알몸을 훔쳐보는 기분이었다.

뼈대가 탄탄하고 옹골진 것으로 보아 한때 꽤 헌칠한 집이었다. 행랑까지 거느렸으니 살림 또한 윤택했을 것이다. 종달새와 빗소리와 살강 위 귀또리 소리가 아이들 웃음소리와 뒹굴었겠으나…. 체온이 떠난 집엔 이제 제비조차 들지 않는다.

집은 혼과 백의 거소, 육신과 같다. 집과 사람은 함께 연명한다. 사람이 떠난 집의 몰골도 처연하지만, 육신의 객수는 오죽할까? 어쩌면 그 집, 십수 년째 주인을 기다리고 있었나보다. 사력을 다해 집의 넋을 초혼하고 있었던 거다.

살아오는 동안 참으로 많은 집을 만났다. 한 칸 방이 곧 집일 때가 있었고 식구 수대로 방을 소유하기도 했다. 자를 재고 썬 듯 한결같이 곡선이 부재중인 집이었다. 집이 커질수록 식구들은 겉돌았다. 각자의 방에 찬밥처럼 담겨 있는 날이 많았다. 한집에 머물되 함께 사는 게 아니었다.

옛 집이 그리웠다. 천장과 마주하고 누우면 집의 골격이 한눈에 들어왔다. 대들보를 중심으로 대부분의 가구재가 살짝 허리를 비틀었다. 부챗살 같은 서까래와 곱게 눈을 내리깐 처마선, 하늘 귀퉁이를 살짝 추킨 추녀는 또 얼마나 아름다웠는지. 집은 곧 한 채의 물후物後. 여름엔 마루로, 겨울엔 아랫목으로 사람들을 불렀다. 집을 닮은 사람들이 두리반에 이마를 맞대고 경단 같은 말을 빚었다. 하늘과 바람과 별과 더불어 사철을 살았다. 오로지 옛 집에서만 가능한 일이었다.

땅과 집은 서로를 만나면서 의미 있는 장소로 거듭난다. 대지야말로 한 칸 방, 한 채 집의 배아다. 그런 만큼 집은 자연의 순리를 따랐다. 산의 팔부능선쯤에 처마를 두었고 땅을 깎는 대신 축대를 쌓았으며 물의 본성을 따라 집안에 수로를 두기도 했다. 그런 집의 수명은 대개 길었다. 집과 사람이 서로를 배려하며 백 년을 해로했다.

갓 개관한 한옥박물관에 들렀다. 건장한 인부들이 크레인과 합심해 한옥의 뼈대를 세우고 있었다. 마침 대들보를 올리는 중이었다. 도편수가 손짓하자 크레인이 사자후를 토하면서 대들보를 들어올렸다. 아름드리나무가 공중에 가로획을 그으며 천천히 떠올랐다. 인부 둘이 호흡을 모아 들보를 내리쳤다. 망치를 받은 나무는 비명 대신 향기를 지르며 모로 누웠다. 보와 기둥이 마치 퍼즐처럼 들어맞았다.

수 세기, 하늘바라기로 살아온 나무가 아니던가. 수십 년, 아니 수백 년을 여윈잠에 들어야 할지도 모를 일, 대들보의 보시에 맘이 짠했다. 그때 알았다. 왜 한집안의 가장이나 장손을 대량大樑에 비유하는지. 보가 없는 서양의 기둥을 아틀라스라 칭하는지. 대들보야말로 한옥의 알짬이었다.

보와 도리, 기둥의 끈끈한 결구結構를 보면 단란한 한 가정이 떠오른다. 모양도 크기도 이름도 제각각이지만 대들보와 연대하며 이들은 하나로 응축된다. 불룩함은 우묵함으로, 모서리는 곡선으로 붙안는다. 지아비와 지어미가, 음과 양이 그러하듯 내밀하게. 형과 아우처럼 의좋게 서로를 보듬는다.

그 집이 한 채 집을 데려왔다. 백 살 가까이 삼대를 바라지 해준 나의 옛 집이었다. 한때 장년의 아버지처럼 건장했으나 식구들이 떠난 뒤 집은 급격히 쇠락했다. 빼뚜름한 돌담과 버름한 마루, 휘우듬한 바람벽이 와병 중인 살붙이 같았다. 오래된 족보처럼 해진 집을 대들보가 사명처럼 건사하고 있었다.

자식들이 떠난 집에서 아버지가, 어머니가 저렇듯 불면을 앓았을 것이다. 찬 방에 체온이 깃들기를 열망하며 빈 고둥처럼 울다, 끝내 한 줌 재로 소신공양했을 것이다.

내객來客조차 끊겨 선득한 문고리에서 집의 외로움이 만져졌다. 달력의 붉은 숫자 같은 기억만 골라 찬마음에 불을 넣었다. 퇴창을 넘어온 햇살이 웅크리고 누운 내게 와 등을 포갰다. 허기진 속이 아랫목에 묻어둔 밥처럼 따뜻해졌다. 바람벽에 덕지덕지 붙은 상장과 달력 속 동그라미, 집을 떠나던 날에 고정된 시침과 분침, 집은 아직도 옛 모습을 간직하고 있었다. 한 그릇 고봉밥 같은 추억의 힘이 빈집을 연명케 했는지도 모른다.

우리는 누구나 한 채 집의 기억을 갖고 산다. 할머니가 몸소 형제들의 태胎를 받은 집, 아버지와 어머니, 아버지의 아버지와 어머니의 어머니들 생의 연보가 거미줄처럼 얽혀 있는 집. 늙고 낡아 더 정이 가는 집. 아이들이 우당탕 뛰놀고 저녁이면 숟가락 소리가 달그락거리는, 소리들이 살아 있는 집. 보와 기둥처럼 서로를 부둥켜안고 늙어갈 수 있다면, 웃자란 외로움을 비스듬히 기댈 수 있다면 생의 가을을 그곳에 부려도 좋으리라. 우리는 모두 돌아가기 위해 떠나왔으니. 오랜 객고 끝의 허기를 옛 집만이 치유하리니.

그 집에 들어서자 익숙한 냄새가 훅, 끼쳤다. 앞섶 가득 저문 들을 안고 오던 어머니의 체취 같은, 아버지가 부려놓은 한 짐 나뭇가리 같은, 오래된 우물내 같은…. 오동나무 아래 약봉지처럼 낙엽이 수북했다. 흘러간 노래처럼 풍경이 흐느끼고, 바람벽에선 숭숭 황소바람이 울었다.

쇠잔한 빈집을 대들보가 간신히 지탱하고 있었다. '돌아오겠다'던 약속의 힘으로 쓴 약 같은 세월을 견디고 있었다. 달맞이꽃에 달빛 댕겨 불 넣어둔 채, 집은 여전히 주인을 기다리고 있었다.

문학나무

The수필

●… 주인을 기다리고 있는 빈집의 서사가 고즈넉하다. 각진 세상을 살아낼 수 있는 건 오래 전 옛 집에서 후덕을 누린 힘이 아닐까. 우리가 잊고 사는 것을 불러와 쓸쓸하면서도 훈훈한 시간으로 이끈다. 진부할 수도 있는 소재인데 알짬을 추려 풍성하게 배치했다. 작가의 깊은 시선이 돋보인다./ 노정숙

죽었니 살았니

최민자 cmj1208@hanmail.net

칭얼대는 무릎을 얼러가며 탐방로를 오른다. 병풍바위를 지나친 지 한참이지만 윗세오름까지는 아직 멀었다. 얼키설키 뒤엉킨 관목들과 죽었으되 죽지 않은 주목들 사이로 찬바람이 쌩, 볼을 에고 달아난다. 생명의 빛이 꺼져 있는 겨울산, 겨울이 다 가고 봄이 이울 즈음에야 털진달래와 야생화들로 산은 다시 환해질 것이다.

해발 1600고지를 지난다. 비탈이 외려 완만해지는 느낌이다. 아픈 다리도 쉬어줄 겸 한숨 돌릴 양으로 노루샘 옆 바위에 걸터앉는다. 그제야 영실 입구에서부터 줄기차게 따라붙던 조릿대들이 눈에 들어온다. 산죽山竹이라 불리는 조릿대들이 끈질긴 생명력으로 영역을 확장해 한라산 생태계가 교란되고 있다는 기사를 오기 전에 읽은 기억이 있다. 뿌리줄기가 빽빽이 얽혀 다른 식물들이 발붙이기 어려운 까닭에 고지대의 식생까지 위협받고 있다는 것이다.

비탈을 따라 뭉텅이져 있는 조릿대 군락마다 누리시든 잎들이 더러 보인다. 초입에서보다 키도 낮아졌다. 제주조릿대는 여름에는 이파리가 녹색이다가 가을이 되면서 가장자리가 말리고 얼룩이 생겨 테두리의 연황색이 선명해진다. 피침형의 날렵한 이파리 끝이 대뇌피질 어딘가를 찔렀던가. 머릿속에 반짝, 알전구가 켜진다. 알 것 같다. 여리고 가는 이 상록관목들이 어떻게 온 섬을 장악할 수 있었을지. 잎을 떨어뜨리는 대신 가장자리의 엽록소를 자진 헌납함으로써 대사에너지를 절감하는 방식으로 궁핍한 계절을 견디어왔을 것이다. 죽음으로 테두리를 두른 삶, 살아 있는 것들의 죽은 척하기는 위기에 직면한 약자들 특단의 생존전략 아닌가.

연전, 새로 낸 수필집을 받아 읽은 선배가 카카오톡으로 소감을 전해왔다.

"은유로 가득 찬 육감적 필치…. 성性적 해탈이 덜 된 여자의 관능이 왜 이렇게 슬프게 와닿지?"

문학이건 예술이건 저변의 생명력은 관능일 터이나 대놓고 드러내는 일은 삼가는 편이어서 숨겨진 코드까지 간파해내는 밝은 눈이 반갑기보다는 살짝 뜨끔했다. 들키고 싶지 않은 것을 들켜버린 민망함으로 애써 변명 아닌 변명을 했다.

"죽은 여자의 안 죽은 척하기지 뭐…."

"노노, 안 죽은 여자의 죽은 척하기 같은데?"

침착하고 이지적인 듯 보여도 속에서는 잉걸불이 이글거릴 거라고, 늘 그렇게 냉정과 열정 사이에서 아슬아슬 줄을 타며 살고 있지 않느냐고, 그가 넌지시 밑밥을 놓았다. 뜨겁게 활활 타보지 못했어도 못다 탄 동강들이 후미진 가슴 안에서 내연內燃하고 있기는 할 거라고, 일생 그렇게 뜨거운 얼음으로, 이도저도 아니게 살아낸 것 같다고, 나도 성의껏

입질을 했다. 죽은 여자의 안 죽은 척하기건, 안 죽은 여자의 죽은 척하기건, 나는 왜, 무엇 때문에 그런 운신의 묘법까지 동원해가며 반생반사半生半死로 늙고 있는 것일까. 불완전 연소된 열정의 찌꺼기들이나 활자 속에 타닥타닥 던져넣으며. 불합리와 불공정을 바꾸어보겠다고 띠 두르고 구호 외치던 젊은 날의 그가 입 다문 꽃처럼 살고 있는 것도 살아남기 위한 전략적 타협일까.

탐방로 옆 바윗돌에 황갈색 이끼들이 눌러붙어 있다. 죽은 바위에 산 이끼가 붙어사니 산 것들의 생명력이 죽은 것에서 나오는 건가. 별이 죽어 별이 되고 꽃이 죽어 꽃이 피듯 이미 죽은 목숨 안의 못 다한 기운이 또 다른 색色을 입고 피어나는 것 아닐까. 모든 산 것들의 이마마다 죽음이 한 발을 걸치고 있듯, 죽음의 옷자락 어디에서 생의 홀씨가 묻어나오는 건지도 모르겠다.

꽝꽝하게 웅송그린 떨기나무 사이로 한겨울 햇살이 나지막이 비껴든다. 천번만번 죽었다가 천태만상 되살아오는 불사신 같은 바람이 잠에 취한 관목들을 흔들어 깨운다.

'정신차려 이 친구야. 잠든 척만 해야지, 아주 잠들면 못 깨어나….'

에세이스트

The 수필

●… 화자의 자기 응시를 보이는 작품이다. 겨울 등반 중, 본 조릿대의 죽은 척하는 생존전략. 엽록소를 자진 헌납함으로써 궁핍한 계절을 견디는 산죽의 생리에서 자신을 만난다. '죽은 여자의 안 죽은 척'이라고 자신을 둘러대다 결국 '안 죽은 여자의 죽은 척'이라고 실토한다. 이렇듯 세상 숨탄것들의 생존전략은 능청맞고 치열하다. '문학이건 예술이건 저변의 생명력은 관능일 터'라고 털어놓는 필자는 분명 '안 죽은 여자의 죽은 척'이 확실하다. 마지막 관목을 흔들어 깨우며 하는 말은 죽음과 삶의 새로운 연결고리 속에서 생의 홀씨를 기대하며 자신을 일깨우는 말일 게다. 문장이 정확하고 흐름도 정연하다. 표현과 논리가 바르면 내용도 믿음이 간다. 견고하고 향기로운 산문의 맛이 흠뻑 넘친다./ 조헌

죽은 자의 집 청소

최현숙 nonoza@hanmail.net

특수청소부가 마주한 고독사의 얼굴을 다룬 책『죽은 자의 집 청소』를 읽었다. 대학에서 시詩를 전공한 저자 김완이 시인의 감성과 비유로 표현한 글은 독자도 마치 그 현장에 함께 있는 듯 착각하게 했다. 저자가 차린 특수청소서비스 회사는 특별했다. 일상적으로 맞닥뜨리는 죽음의 현장과는 다른 곳을 찾아가는 일이었다. 누군가 스스로 목숨을 끊거나 가족과 사회로부터 격리된 채 외롭게 살던 무연고자가 세상을 떠난 뒤 한참이 지나서야 발견된 현장을 달려갔다. 경찰의 의뢰를 받고 범죄현장의 참혹한 흔적을 치웠다. 자신의 집에서 일어난 일이라는 것이 절대 알려지기를 원하지 않는 집 주인의 의뢰에 답했다.

저자는 공포와 절망으로 가득했던 죽은 자의 흔적을 말끔하게 지우며 그들이 남긴 마지막 흔적을 통해 깨달은 인간의 삶과 존재에 대한 상념을 기록으로 남겼다. 저자는 섬세한 문장으로 죽음의 흔적을 어떻게 지웠는지 표현했다. 사이좋은 벗처럼 함께 찾아온 가난과 외로움은 어떻게 벼랑 끝에 선 사람들을 위협했는지 그들이 남긴 물건이나 약봉지를 통해 설명했다. 살아갈 의지를 꺾고 스스로 생명의 소중함을 포기할 수밖에 없었던 사람들은 가족들로부터도 외면당했다. 주검을 인수해 장례를 치를 비용조차 내지 않겠다는 저열한 속내를 보이는 가족도 있었기 때문이다.

영화나 드라마에서 연출한 것처럼 주검은 잠자듯 온전하지 않았다. 뇌졸중이나 심근경색 같은 심혈관계 질환이나 폐색전증 같은 허파질환으로 사망한 경우 2~3일만 내버려두면 엄청난 양의 피와 액체가 몸에서 나왔다. 목을 매고 숨을 거둔 사체는 직립한 채 늘어져 근육을 조절하는 힘을 잃은 탓에 온갖 오물을 배설해놓았다. 번식한 박테리아는 온갖 장기를 부풀어오르게 했고 터진 복부는 온갖 액체를 몸 밖으로 쏟아냈다. 부패한 냄새는 창문과 벽을 넘어 복도를 채우고 골목 어귀까지 비극적인 냄새를 뿜어냈다. 그곳을 치우고 다시 새로운 꿈과 희망을 채울 수 있도록 해야 했다. 죽은 자의 공간에서 산 자의 공간으로 자연스럽게 넘어갈 수 있도록 하는 것이 그의 일이었다.

고시촌의 한두 평 공간, 햇살 들지 않는 반지하, 쓰레기로 가득 쌓인 방, 파리와 구더기가 들끓는 방에서 나는 악취는 불쾌하고 음산했다. 그는 "이런 일을 하는 것이 힘들지 않나?"는 질문을 가장 많이 받는다고 했다.

그의 대답은 이렇다.

"힘들지 않다고는 말하기 힘듭니다. 벽지가 뜯겨나가고 장판 한 장 없이 오로지 시멘트벽만 남은 집을 보면 그제야 어깨에 긴장이 풀리고 자유로움과 해방감을 느낍니다."

남은 음식을 치우는 일은 가볍고 쉬운 것이고, 죽은 사람이 남긴 육체의 조각과 혈흔을 없애고 냄새나는 살림을 치우는 일은 무겁고 엄숙한 것이라고 누가 선을 그을 수 있는가. 그는 말한다.

"특수청소를 하는 것은 남다른 일, 특별하고 어려운 행위를 한다는 뜻이 아닙니다. 일상적이지 않은 상황에 대한 처치일 뿐 그 일 자체가 특별하지 않아요. 누구라도 해야 할 일을 누군가 대신하는 것뿐입니다."

그래서 세무서가 발행한 사업자등록증엔 이 사업의 업태를 '서비스'라고 표기한다. 독자의 입장에서 특수청소부라는 직업에 대한 호기심으로 저자의 흡입력 있는 문장을 따라가다보면 고단한 노동이지만 성스러운 의식처럼 느껴진다.

책을 읽으면서 몇 년 전 5개월 간격으로 차례로 돌아가신 친정어머니와 시어머니의 유품을 정리하던 때가 생각났다. 그 분들 역시 일찍 남편을 잃고 뒷바라지해 키운 자식들 떠나보내고 오랫동안 홀로 생활했다. 자식된 입장에선 자주 찾아뵙고 연락을 하느라 했지만 늘 외로웠을 것이다. 두 분 다 병원 중환자실에서 운명하셨다. 드라마에서처럼 자식들 불러놓고 지나온 삶을 뒤돌아보며 회한에 젖거나 유언을 남기는 일 따위는 없었다. 마지막 운명의 시간을 앞두고 무척이나 고통스러워하셨다. 그 고통을 덜기 위해 맞는 진통제는 혈관을 타고 흘러들어가 깊은 수면에 빠지게 했다. 그러다 자연스럽게 심정지 상태가 됐을 때 의사는 자식들을 불러 모아놓고 사망선고를 했다.

어머니의 유품을 정리하며 함께했던 시간이 떠올라 가슴이 먹먹했다. 그리움은 가시처럼 아프게 파고들어 부드러운 달무리처럼 나를 감싸 울먹이게 했다. 인생은 공수래공수거空手來空手去 빈손으로 왔다가는 것이라지만 떠난 분들이 남긴 것은 이름만이 아니었다. 소중하게 간직해온 집 문서와 통장, 젊은 날의 예쁜 모습이 담긴 사진, 사랑하는 사람들에게 받은 편지, 아직 받지 못해 미련이 남은 차용증서, 집안의 경조사를 치르며 적어놓은 공책에 남아 있는 전화번호, 고스톱 치러가려고 모아둔 동전 지갑 등을 보며 애틋했다. 어머니의 삶의 방식과 흔적을 오롯이 만나는 시간이었기 때문이다.

살아계실 때는 뒷수발이 힘들어 마음속으로 원망할 때도 있었다. 돌아가시고 나니 더 잘해 드리지 못한 것이 아쉽고 서운하게 해드린 것만 떠올라 죄책감만 커진다. 뒤늦게 후회하지만 어쩔 수 없다. 그래서 더 가슴이 아프다. 가끔 그리울 때면 하늘을 쳐다본다. 왠지 내려다보며 다독여주시는 것 같아서다.

우리 사회는 직접적으로 죽음을 언급하는 것을 꺼리고 불경한 것으로 여긴다. 예전에 상가喪家에 조문을 다녀오면 대문 앞에서 집안에 있는 사람이 굵은 소금을 뿌려주기도 했다. 죽음은 어둡고 찜찜한 것이기 때문에 나쁜 기운이 집안에 들어와서는 안 된다는 금기 때문이었다. 지금은 세월이 변해 예전 같지는 않지만 죽음에 대한 막연한 두려움은 여전하다. 하지만 『죽은 자의 집 청소』 같은 책은 다시 죽음을 돌아보게 했다. 죽음의 의미를 되묻는 동안 삶이 더 소중해졌다. 삶을 더 가치 있고 굳세게 살아야 한다는 생각 말이다.

The 수필

●… 작가가 읽은 『죽은 자의 집 청소』는 제목에 모든 게 드러나 있다. '말할 만한 가치가 있는가? 명료한가? 아름다운가?' 샤론 파머는 모든 글에 이 세 가지 질문을 했다. 아름답지 않고, 명료할 수도 없지만, 말할 만한 아니 전할 만한 가치가 충분하다. 외면하고 싶은 죽음을 담담히 전하는데 오래 먹먹하다./ 노정숙

첫눈 내린 아침

한경선 lalahks@hanmail.net

어제 저녁부터 눈이 몇 잎 흩날렸다. 작년에 눈 한번 제대로 내리지 않고 겨울이 가는 것을 보았기에 그러려니 하고 잤다. 아침에 내다보니 세상이 제법 하얗다. 눈 두께를 가늠하고 출근 채비를 했다.

눈길을 그리 무서워하지 않던 날이 언제였나. 온몸의 감각을 곤두세워 길을 걷는데 엄마가 해주시던 말들이 어디선가 토막토막 튀어올랐다. '사람이 밟지 않은 곳이 덜 미끄럽다. 주머니에 손 넣고 걷다가 넘어지면 더 많이 다친다. 눈 덮인 대리석은 피해서 걸어라.' 흘려들었던 말들이 눈길 걷는 공식처럼 떠오른다.

가게 앞을 지나며 보니 가게 주인들이 제각각 마음밭 평수를 그려놓았다. 겨우 출입문 앞에만 눈을 쓴 곳, 출입문 앞 사람이 오고가는 곳까지 비질한 곳, 문 열지 않은 옆 가게 앞길까지 말끔하게 길을 튼 곳도 있다. 내가 가끔 가는 과일가게 털보아저씨는 일찌감치 문을 열고 양쪽 가게 앞까지 눈을 쓸었다. 내 마음까지 환히 열리는 듯했다. 지난 봄에 문을 연 작은 타이어가게 젊은이도 자기 덩치만큼 넓게 넓게 눈을 쓸고 있다. 가을에 가로수 낙엽도 그렇게 쓸곤 했다. 계절이 바뀌어도 헌 타이어가 높이 쌓이지 않아 마음으로 응원하며 오가는데 마음밭 평수만큼 길이 열리지 않겠는가.

예닐곱 개 건널목을 건너 교회 마당에 도착했다. 지름길이고 한적해서 출근길에 긴장이 잠시 풀어지는 곳이다. 넓은 마당에 들어서니 깨끗한 눈이 소복하다. 화단 근처에 작은 고양이 발자국만 꽃잎처럼 몇 개 있을 뿐이다. 숫눈길을 몇 걸음 걷는데 미안한 생각이 들었다. 힐끔 뒤돌아보니 고양이 발자국만큼 곱지 않은 내 발자국이 따라와 민망했다. 마당 끄트머리 집 근처에 눈이 살짝 덮인 큰 발자국이 보였다. 얼른 그 위에 내 걸음을 얹어 발자국을 숨겼다.

오늘은 병원에 계신 시어머니가 우리 집으로 오시는 날이다. 당신이 내게 서운하게 했던 일들을 지금도 가끔 되새기는 줄 모르는, 내게 바람막이가 되어주지 못한 당신 아들에게 마음을 온전히 풀지 않은 것도 모르는 시어머니가 오신다는 날이다. 심란해서 뒤척이는 마음도 모르고 구순의 노인이 육남매 다 마다하고 큰며느리 집으로 오고 싶다고 하신다. 귀한 첫눈이 사람의 집들을 하얗게 덮은 날, 마음 평수를 들여다보라고 눈을 주신 날.

수필과비평

The 수필

●… 눈 내린 아침 출근길을 걷는다. 가게 주인들은 저마다 마음밭 평수만큼 문 앞을 쓸어놓았다. 그걸 보며 오늘은 병원에 계신 시어머니가 큰며느리 집으로 오시는 날, 화자는 서운한 마음을 뒤척이다가 자신의 마음밭 평수를 돌아본다. 이렇듯 '마음'을 제자리에 놓을 줄 아는 문학이 수필이 아닌가 한다./ 맹난자

오로라를 기다리던 시간

허상문 smhuhh@naver.com

오로라aurora는 좀처럼 모습을 드러내지 않았다. 칠흑 같은 어둠 속에서 찬란한 모습을 드러내길 기다렸지만 오로라는 끝내 나타나지 않았다.

자연이 만들어내는 가장 아름다운 경이驚異라는 오로라를 만나기 위해, 지상의 마지막 남은 순백의 빙하를 찾기 위해 북극으로 떠났다. 오로라와 빙하 천국이라는 알래스카를 자동차로 달리면서도 나는 오로라를 볼 수 없을지 모른다는 초조감을 느꼈다. 지금 내가 달리며 내뿜는 자동차의 매연에 질린 오로라가 어찌 그 모습을 보여줄 것인가. 이렇게 생각하면서도 알래스카의 페어뱅크스를 지나 북극선 위 카츠브 지역까지 차를 몰고 신나게 달렸다. 그곳은 여름 석 달은 밤이 없는 지역이고, 겨울 두 달은 낮이 없는 지역이다. 어둠이 밀려와 세상은 고요해져 갔지만, 북극곰과 나무와 꽃들은 잠들지 못했다. 그들은 수런대며 이 세상과 인간에 대해 근심하고 있었다. 그들의 가장 큰 걱정은 인간이 더는 자연과 함께 어울리며 살려하지 않는다는 사실이다.

오로라는 라틴어로 '새벽'이라는 의미를 지니고 있다. 오로라는 빨강 초록 노랑의 다양한 색채로 물감을 풀어놓은 듯 칠흑의 하늘에 커튼처럼 펼쳐진다. 별이 빛나는 밤하늘 위에서 펼쳐지는 이 광경을 보고 있으면 누구라도 자연에 대해 경이로움을 느끼지 않을 수 없다. 이 신비하고 아름다운 자연현상은 인간의 힘으로는 도저히 흉내낼 수 없는 것으로 그린란드와 알래스카 같은 북극 지방에서만 간혹 볼 수 있다. 태양에서 방출된 빛의 일부가 지구 자기장에 이끌려 대기로 진입하면서 공기 분자와 반응하여 나타나는 현상이다. 이런 신비롭고 아름다운 자연현상이 나타난다는 것은 이 지역이 아직 철저하게 원시적 자연상태로 보존되고 있다는 사실을 말해준다.

원주민들은 오로라를 '공놀이'라고 부른다. 오로라를 보면서 휘파람을 불면 오로라가 가까이 굴러 다가오고, 개처럼 마구 짖으면 오로라가 사라지기 때문이다. 또한 오로라는 이승을 떠난 영혼들이 저승에 모여 있다는 증거라고 한다. 오로라는 길을 잃고 방황하는 나 같은 여행자를 최종 여행지까지 안내하는 또 다른 영혼이라고 사람들은 믿고 있다. 어둠의 밤하늘을 바라보면서 오로라가 나타나기를 기다리고 있는 나는 이 풍진 세상에서 홀로 떨어져 헤매고 있는 슬픈 영혼이다.

우리는 모두 한조각 별이 되어 어둠 속에서 헤매고 있다. 한 많은 이승에서나 아득한 저승에서나 별이 되어 언어를 주고받으며 다시 한몸이 되고자 한다. 우리는 별에서 태어나 별로 살다가 별로 환생할지 모른다. 너와 나는 죽어서 별이 되어 저 밤하늘에서 다시 만나리. 별들로 모여 옛 이야기를 나누며 또 다른 추억을 쌓아갈 것이다. 사백삼십 광년을 달려 이제 막 지구에 도착한 북극성처럼, 우리는 별이 되어 뒤늦게

나마 서로의 헐벗은 영혼을 달래줄 것이다. 오로라는 슬픈 영혼을 달래주려는 또 다른 영혼의 불빛이다.

그 옛날에는 모두가 하나였다. 밤하늘에 모인 별들이 하나가 되어 서로를 다독이고 있듯이, 강을 만나면 물이 되어 함께 건너자고 했다. 하늘과 별, 강과 물, 모두가 하나였다. 바람이 불어도 우리는 함께 넘어지고 함께 일어났다. 번개와 홍수도 우리를 갈라놓지는 못했다. 그렇지만 언제부터인가 우리는 흩어지고 멀어졌다. 알래스카와 북극지역에서 자연은 있는 모습 그대로 인간을 맞이하고 보낸다. 쓰러진 나무는 쓰러진 대로 썩은 나무는 썩은 대로 또 다른 생명을 탄생시킨다. 알래스카는 인간 삶과 자연의 적층積層이 어떻게 쌓여왔고 어떻게 무너져내리고 있는가를 보여준다. 무너진 아름드리 큰 나무에 나이테가 선명하게 드러나 있다. 나는 그를 통하여 세월과 기억의 적립을 읽을 수 있었다. 나이테에는 지난 시간의 아픔과 슬픔이 담겨 있다. 나이테는 자연의 역사이며 인간의 역사이다.

이곳에서는 오래된 숲을 베어내어 길을 만들고 도시를 만든다는 것은 상상할 수 없다. 자연은 천 년의 세월을 묵묵히 견뎌내고 있다. 견딘다는 것은 인간에게만 특화된 일이 아니다. 오랜 세월을 꿋꿋이 견디어 가는 자연의 만물을 볼 때 저들이 살아가는 고난의 무게가 얼마나 위대한 것인지를 실감하게 된다. 인간 삶이 이 우주를 지탱하는데 아무리 엄청난 공헌을 했다고 하지만 인간이 만든 상처는 너무 깊다. 또한 그것을 치유하는 것이 얼마나 가능할까.

지구온난화현상으로 전 지구가 폭염에 휩싸여 있다는 소식이다. 알래스카와 북극지역도 섭씨 30도를 오르내린다. 이곳 기상관측 이래 최고의 더위라고 한다. 북극지역의 이상 기후에 에스키모 후예인 원주민들도 공포에 떨고 있다. 수백 년 동안 자연상태를 유지하던 만년설과 빙하가 녹아내리고, 집을 잃은 곰들은 여기저기 헤매며 눈물을 흘리고 있다. 이 모든 것은 인간이 스스로 만든 재앙이다.

인간은 자신들의 위대한 업적을 자랑하고 있지만, 지금 지구는 축복과 재앙의 갈림길에 서 있다. 북극의 녹아내리는 빙하를 통하여 나는 불을 본다. 인간이 대지에 질러대는 거대한 불난리로 인해 빙하는 거침없이 녹아내리고 있다. 지구는 이글대는 화로가 되어가고 뜨거운 용광로가 되어간다. 인간은 자연을 침탈하고 살육하지만, 자연은 여전히 어디서나 너그럽다. 인간과 달리 자연은 모든 것을 용서해주며 제자리에서 있다. 곰과 펭귄과 연어에게 돌아갈 집이 사라진다는 것은 슬픈 일이다. 집을 잃은 자들은 어디서나 처참하다. 이제 그들에게 낯익은 보금자리는 아무리 찾아보아도 사라지고 없다.

그러면서도 사람들은 자연을 찬미하고 시를 짓는다. 하늘에 떠 있는 구름과 별이 아름답게 보이지만 그건 어디까지나 눈앞의 현상일 뿐이다. 그 아래에는 죽음이 있다. 시인은 구름과 별을 바라보면서 위대한 생명을 노래하고 있지만, 그것은 곧 죽음을 노래하는 것이다. 알래스카 데날리Derali의 거대한 자연 속에서도 동물과 꽃과 나무들은 저마다 제자리에서 아름답고 신비로운 존재가치를 보인다. 아무것도 아닌 듯 그 자리에 가만히 서 있는 것만으로도 위대한 일이다. 인간이 이 세상의 주인이 아니라 그들이 주인이다.

그렇지만 인간의 탐욕은 끝이 없다. 하루가 멀다고 여기저기 파헤쳐 집을 짓고 도로를 만든다. 자연에 앞서 인간이 먼저라고 하면서, 수백 년 동안 자라온 나무를 베어내고 숲을 없애는 것을 예사로이 생각한다. 그들은 무지하게도 자연이 없어지는 것이 곧 인간이 멸망하는 길이라는 사실을 모르고 있다. 자연이 없다면 인간이 이 지구상에서 살아갈 수 있을까. 우리에게 숲과 나무와 물이 없다면 인간이 어떻게 살아갈 수 있을 것인가. 인간도 결국 집을 잃고 여기저기 헤매고 있는 북극곰과 같은 운명이 될 것이다. 이런 사실을 아는지 모르는지 오늘도 인간은 자연을 끊임없이 파괴하고 있다. 지금 북극곰이 흘리는 눈물을 머지않아 인간도 흘리게 될 것이다.

빙하가 녹아내리고 오로라가 사라져가지만, 인간은 자연에 대해 갈수록 교만해져가며 자연을 이용대상으로만 생각한다. 나는 북극지역에서 수백 년 된 빙하가 바닥을 드러내면서 녹아가는 것을 바라보면서 이제 곧 이 지구에 종말이 올 것이라는 생각을 했다. 그렇지만 사람들은 당장 내일 지구가 망한다고 해도 이 지구를 파헤치고 이용하는 데만 골몰할 것이다. 푸른 지구는 자꾸자꾸 검게 변해간다.

우리에게 희망이 있는가. 어디에서도 희망의 모습은 찾아보기 힘들다. 자연에서는 희망을 볼 수 있지만, 인간에게서는 절망의 모습만 보인다. 사람들이 이 세상에서 저지르는 탐욕과 집착과 타락의 모습에서 희망이라는 단어를 찾아보기란 쉽지 않다. 인간이 자연을 돌보는 것이 아니라 자연이 인간을 돌보아야 할 단계에 이르고 말았다. 봄날의 나비처럼, 여름의 산들바람처럼, 가을의 단풍처럼, 겨울의 흰 눈처럼 살아가야 할 것이지만 인간은 오직 혼자만 잘 살기 위해 몸부림친다.

오로라는 결국 그 모습을 드러내지 않았다. 아니 오로라는 이제 영원히 그 모습을 인간에게 보여주지 않을지 모른다. 앞으로 갈수록 자연은 인간에게 축복이 아니라 저주를 줄 것이기 때문이다. 찬란한 '새벽'이라는 축복이 아니라 어두운 '밤'의 저주를 줄 것이다. 어둠이 지나야 빛나는 태양이 뜬다고 하지만, 인간이 살아가는 이 초록별 지구에는 밝음보다는 어둠이 짙어가고 있다. 인생이 그렇듯이 언제나 저무는 시간은 빨리 왔다 빨리 간다. 시간이 흐르고 세월이 간다는 것은 우리가 가장 사랑하는 것들과 서서히 작별하는 것이다. 인간에게 유토피아가 '어디에도 없는 것'이 되어버렸듯이 오로라도 우리에게 영원히 오지 않을 것이다.

오로라는 나타나지 않고 밤하늘은 더욱 어두워져 갔다.

수필미학

The 수필

●… 오로라를 만나기 위해 찾아간 북극. 그러나 오로라는 끝내 나타나지 않았다. 북극으로 가는 여정에서, 작가는 인간의 탐욕이 만들어낸 기후위기와 환경훼손을 보면서 마음이 아프다. 인간은 자연의 지배자가 아니라 단지 일부일 뿐. 혼자만 잘 살기 위해 몸부림치면 결국 혼자가 되고, 혼자서는 살아갈 수 없다. 인간은 자연 앞에서 어떤 존재인가를 생각하게 한다./ 한복용

The 수필

Spring

초록을 품다

강표성 kps750@hanmail.net

연초록 물결이 출렁인다. 절 입구에서 경내까지 오 리나 된다는 오리숲길이다. 느티나무, 팽나무, 갈참나무 이파리들이 봄빛을 쟁이느라 부산하다. '춘 마곡 추 갑사'라는 옛 말이 무색하게 봄만 되면 나는 갑사 쪽으로 기운다. 초록이 고픈 게다.

매일 백색 풍경에 젖어 사는 에스키모인들은 흰 색을 수십 가지로 분류할 수 있다는데, 이 땅의 녹색이야말로 그렇지 싶다. 나무마다 색감이 다르다. 같은 나무도 며칠 전에 나온 이파리와 오늘 나온 그것이 다르고, 앞 뒤 혹은 위 아래에 따라 색의 깊이와 파장이 제각각이다. 햇살이 미끄럼을 타는 애채는 파릇파릇하고, 새 싹을 피워낸 나무초리는 푸르스름한가 하면, 거친 줄기마다 푸르죽죽하고, 오래된 졸가리는 검푸레하니, 뿌리에 가까운 밑동은 갈빛으로 기운다. 그야말로 녹색 잔치다.

꽃은 피어 열흘 붉지만 초록은 날마다 새로운 그늘을 펼친다. 숲은 그들만의 신전이다. 세상의 삿된 것은 끼어들 수 없는 천 년 그늘, 그 아래 서면 박하사탕을 머문 듯 화안하다. 가슴이 열리고 상큼한 기운이 온몸에 고이기 시작한다. 나도 한 그루 나무가 된다.

서 있는 문장들이 즐비하다. 읽고 읽어도 질리지 않는 명문장에 눈맛이 시원하다. 온몸으로 읽는 줄글이 얼마나 아늑한지 마음이 차오른다. 괜찮아 괜찮아, 속삭이는 잎새에 파묻혀 내가 걸어온 길을 내려놓는다. 잠시 기대는 것만으로도 가벼워진다. 새도 은빛 소리로 몇 음절 읽다가고 바람도 몇 마디 들추다가 지나간다.

푸른 잠언의 숲, 거기서는 행간에 신경을 쓰지 않아도 된다. 밑줄을 긋거나 괄호 표시를 할 필요가 없다. 스치거나 잠시 앉아 있거나 해도 넉넉하다. 솜털 하나하나 열리어, 온몸으로 스며드는 기운을 받아들면 그만이다. 일체의 것을 벗어놓고 존재 자체가 되어본다. 더할 나위 없는 위로의 편지, 따뜻한 처방전이 거기 있다.

사람들 사이에서 길을 잃을 때면 녹색을 기웃거린다. 입에 쓴 물이 고일 때, 마음이 쑥대밭 같을 때면 나무 그늘을 찾는다. 울울창창 할수록 좋다. 거친 숨결을 다스리며 헉헉대노라면 그들은 내 몸의 신호를 경청한다. 호들갑 떨지 않고 억지로 연민의 표정을 짓지 않고 묵묵히 지켜본다. 말없이 어깨를 다독이는 초록 물결들, 풍경이 내 안으로 걸어온다.

이 세상에 초록이 없다면 얼마나 삭막할까? 보이는 곳마다 하얀 알래스카 지방, 회색으로 빛나는 툰드라 지역, 붉은 색에 빠져드는 사막 지대는 생각만 해도 답답하다. 풀빛의 넉넉함과 나무의 생기를 맛볼 수 없다는 사실만으로도 먼 유배지에 내몰린 듯하다.

삶의 현장에서도 초록은 필수다. 길을 가다보면 도처에 신호등이 있다. 성급한 마음에 길목을 지나치려면 금지 표시가 발목을 붙잡는다. 기다릴 줄 알아야 한다. 작은 길 하나 건너는데도 그런데 하물며 인생은 어떨 것인가. 머잖아 초록불이 나오겠지, 그 믿음으로 생의 횡단보도 앞에 멈춰 선다. 이럴 때는 희망의 색이자 질서의 색이다.

빨상이 뜨겁다면 파랑은 차가운 색이다. 이를 중화시켜주는 것이 녹색이다. 자신의 존재를 드러내기보다는 한 발 물러나 중립을 지킨다. 어디서나 스스럼이 없이 어울리며 참을 줄도 안다. 뜨겁지도 차갑지도 않는 포용력이 있기에 보색인 밤색과도 잘 어울린다. 나무와 땅처럼 서로를 받쳐주니 주위에 생기가 흘러넘친다. 하여 조물주도 해가 바뀌면 연둣빛 붓으로 대지를 채우시나보다.

초록을 볼 때마다 내 삶도 그리 물들기를 바란다. 그것이 주는 기쁨을 배우고 싶다. 어디서나 편안하고 넉넉한 그림이었으면 한다. 꽃처럼 주목받지 않으면 어떤가, 존재 자체로 바탕이 되는 것도 좋다. 온화하고 믿을 수 있는 분위기면 족하다. 잠시 반짝이는 것보다 오래 바라볼 수 있는 편안함이 좋고, 비바람에 쉬 흔들리지 않고 제 자리를 지킬 수 있다면 더 바랄 게 없다.

어린 시절부터 녹색은 특별했다. 대여섯 살 무렵에 아버지가 새 옷을 사오셨다. '아빠가 간따앙구 사왔당', 자랑했더니 '아따, 참말로 이쁘다잉' 하는 추임새가 이어졌다. 원추리 이파리 같은 그걸 입고 얼마나 깡충거렸는지. 원피스보다는 '간따앙구'라는 일본말에 익숙하던 시절이라, 나일론 소재의 연초록 원피스를 보고 첫눈에 반한 것이다. 치마 부분에 자잘한 주름이 달려 있던 그 옷은 나를 소공녀로 만들고도 남았다.

내 아이를 키우면서도 초록색 계열을 보면 손이 먼저 갔다. 얼마 전에 딸아이의 옷장에서 비슷한 원피스를 발견했다. 순간, 작은 요정이 내게로 걸어오는 것 같았다. 보석 같은 순간들이었다. 내 아버지가 그러신 것처럼 나도, 딸애에게 연초록 원피스를 입히면서 뿌듯했다. 그 애 인생이 봄날 같기만을 바랐고, 맑고 부드러운 성정으로 어디서나 잘 어울리는 사람이길 빌었다. 삼십 년도 더 된 옷을 장롱에 다시 넣으며 새로운 주인공을 기다리기로 한다. 머잖아 우리에게 올 또 다른 생명.

나이 들수록 초록을 탐한다. 이와 비슷한 시간대가 많지 않아서인지도 모른다. 나무들이 광합성을 하듯, 사람도 해마다 푸른 시간이 돌고 돌면 좋으련만. 나무로 치면 밑동이 완만해지고 거친 옹이도 여기저기 보인다. 속절없이 속만 비어가는 그루터기를 닮을까봐 눈길은 우듬지 주위에 머물곤 한다.

숲에 와서 인생을 다시 생각한다. 사람 또한 새순일 때가 있고, 울울창창 빛나기만 할 것 같은데 낙엽으로 내려앉을 때가 있다. 주어진 시기를 받아들이는 것, 그리고 때를 즐길 줄 아는 것, 미련 없이 자리 내어 줄 준비를 하는 게 바로 초록이 주는 깨달음이 아닐까 싶다.

시간을 아끼며 즐기려 한다. 머잖아 기회가 오면 딸을 빼닮은 아이를 앞세우고 갑사의 오리숲길을 거닐고 싶다. 순하지만 빛나는 생명과 손잡고 걷는 길, 상상만으로도 봄물이 고인다. 내 영혼이 저절로 광합성을 한다.

현대수필

The 수필

●… 초록에 담은 희망 메시지가 푼푼하여 이내 마음에 초록물이 든다. 연초록 생명의 기척부터 생의 순환에 이르는 사유가 깊고 촘촘하다. 한 그루 한 그루 나무가 어엿한 숲을 이루듯, 한 줄 한 줄 내려쓴 문장에 공력이 깃들어 있다. / 노정숙

빨간 하이힐

김명희 jinjumom@hanmail.net

에나멜을 칠한 빨갛게 반짝거리는 7센티 굽의 하이힐이 스무 살의 나를 쳐다보고 있었다. 운동화를 신고 있던 내 발에서 양말을 벗겨내고, 얇은 스타킹을 빌려 신게 만든 그 빨간 하이힐. 마침 그날 메고 갔던 빨간 핸드백과 어울려 꼭 사야 할 것 같았다. 함께 간 친구들의 열화와 같은 부추김과 직원의 잘 어울린다는 말, 그렇게 나는 내 생애 처음으로 하이힐을 구입했다.

빨간 힐을 신은 날이면 친구와 수다를 떨다가도 괜스레 건물 외벽의 유리를 들여다보곤 했다. 빠르게 걷는 걸음 위로 까르르거리는 스무 살의 웃음소리가 춤을 추고 있었다. 다리에서 하이힐 굽까지 이어지는 선처럼 내 마음의 선도 날렵한 곡선이 되어 전에 없이 아름다운 선을 이루고 있을 것 같다고 생각하며 즐거웠다. 뒤꿈치가 조금 까져 살짝 피가 나는 정도는 아무 문제가 아니었다. 오히려 뒤꿈치의 고통이 어딘가 멋진 곳으로 가게 해주는 보상인 듯 기대감에 마음이 설레곤 했었다.

내 어깨에 힘이 빠지고 둥글둥글한 공처럼 굽어져버린 것은 하이힐을 신지 않으면서부터였다. 어쩌면 굽어지면서부터 하이힐을 신지 못하게 된 것인지도 모르지만…. 닭이 먼저인지 달걀이 먼저인지 알 수 없듯이 나도 그 순서를 잘 모른다.

생각해보면 첫 아이 임신을 안 그날 이후 십 년 가까이 힐을 신지 않았다. 임신과 출산 육아를 반복하며 두 아이를 키우는 동안 그저 편안한 신발이면 불편함도 큰 아쉬움도 느끼지 못했다. 그때만 해도 굽은 어깨보다는 앞으로 밀고 나온 배가 더 동그랬고 출산 후 그 자리에는 방긋방긋 웃는 아들이 한참을 동그랗게 매달려 있었다. 가끔, 아주 가끔, 높은 힐을 신고 어딘가로 떠나가고 싶다는 생각을 하긴 했었다. 하지만 안고 있는 아이의 체온을 느끼며 눈을 맞추다보면 온몸과 마음이 따스해져 그런 생각을 금방 잊어버리곤 했었다.

아이들이 내 어깨를 잡아당기며 그 온기를 전해주는 기간은 길지 않았다. 나는 아이들과 함께 걷고 싶어서, 그리고 함께 뛰고 싶어서 늘 편한 신발을 신고 대기하고 있었다. 아이들이 자라 어딘가로 떠나고 싶어 할 때에도 한참을 자리를 비운 시기에도 나는 하이힐을 신지 못했다. 엄마는 이제 그 자리에 계시라고 이야기하는 아이들의 뒷모습을 바라보면서 나는 걸음을 멈추었다. 신발장 속의 높은 구두들은 어디에도 나가고 싶어지지 않는 나를 기다리며 숨죽이고 있다가 하나씩 없어졌다. 아이들과 함께 가는 길이 익숙하고, 함께 어디든지 가야 할 것 같아서, 아이들과 같은 기억을 공유하고 싶어서 늘 끌고가고 따라가려고만 했었나보다.

얼마 전 구두가 필요하다고 하는 아이들의 말에 나도 모르게 아직은 필요 없을 텐데 하는 생각이 먼저 들었다. 하지만 정장을 고르고 구두를 고르는 아이들의 옆에서 스무 살의 내 친구들이 그랬던 것처럼 멋지다고, 어울린다고 부추기고 말았다. 양복을 차려입고 구두를 신은 아이가 자신의 모습을 보며 쑥스러운 듯 곁눈질을 한다. "멋지다 아들!" 큰 소리로 외쳐주었다.

어딘가로 가고 싶다거나, 누군가를 향해 달려가고 싶다는 생각을 하며 사놓은 구두들은 여전히 신발장 안에 가지런히 자리를 잡고 있다. 장 안에서 구두의 빛이 점점 바래는 만큼 나의 무기력이 늘어간다. 아니 나의 피곤이 그 윤기를 바래게 하는 것 같다. 혼자 어딘가로 가고 싶다는 욕구는 혼자가 되는 순간 '함께 가고 싶다!'로 바뀌고 말았다. 벗어나고 싶던 나의 둥지는 세상 무엇보다 소중히 지켜야 할 보금자리가 되었고 내가 나가서 만나고자 했던 것을 보잘것없게 만들어버렸다.

신발장 밖으로 나오지 못하고 있는 구두들은 조금의 힘겨움을 견디지 못하는 나의 발에게 원망을 한다. 나의 힘들은 나를 지탱하기 힘들어하고 나의 발은 한 곳만을 지향하는 힐의 그 뾰족함과 탄력 없음을 견디지 못한다. 익숙해질 때까지의 기분 좋은 통증은 상상만으로도 이미 너무 아프다.

그렇지만 여전히 내 신발장에는 반짝이는 에나멜 구두와 금빛 장식이달린 까만 샌들이 있다.목이 긴 앵클 형의 힐도 있다. 촌스런 꽃장식이 달리거나 핑크 빛 얇은 가죽으로 속을 댄 뱀피 무늬의 힐도 하나 넣어두었다. 요즘은 백화점에 갈 때마다 공단을 덧대 만든 윤기나는 힐에 눈독을 들이고 있다. 며칠 전 또 신발장을 정리했다. 낡아져서 가죽이 살짝 일어나려고 하는 구두 하나를 재활용봉투에 얼른 버렸다. 신발장 안에 동그란 구멍이 생겼다. 하지만 곧 메워질 것이다. 눈독을 들이던

새 구두를 살 핑계가 생겼기 때문이다. 구두를 사기 위한 하나의 핑계만큼 나에게 하나의 욕망이 분명 있는 것이겠지!

분홍신을 신고 춤을 추던 동화 속 소녀처럼 혹은 유리구두에 미친 듯이 발을 맞추던 신데렐라의 언니들처럼 자신의 욕망에 충실하던 시절이 내게도 있었다. 신에 발을 맞추며 웃던 스무 살의 나는 없어졌다. 뛰쳐나가서 함께 춤을 추고 싶은 사람도, 내 발에 피를 흘리면서라도 만나고 싶은 이도 없다. 그런데도 나는 아직도 힐에 발을 맞추고 싶다. 그리고 알고 싶다. 여전히 내 안에서 춤추는 내가 가진 욕망은 무엇일까?

한국산문

The 수필

●… '하이힐'은 여성과 젊음을 동시에 상징한다. 더구나 '빨강색' 하이힐은 여성이라면 한번쯤 소유하고픈 욕망의 대상일 것이다. 작가는 '빨간 하이힐'이 상징하는 젊음과 욕망이 세월 속에 어떻게 흘러왔는지를 보여준다. 엄마로서의 숭고함이 느껴짐과 동시에 한 여성으로서 감출 수 없고 포기할 수 없는 욕망이 잘 드러나 있다. "내 안에서 춤추는 내가 가진 욕망은 무엇일까?"라는 물음은 삶에 대한 근원적 질문과 맞닿아 있다. 체험을 통한 내면에서 건져올린 진솔한 글은 공감의 폭을 넓히고 독자를 움직이게 하는 힘이 있다. /정진희

배추흰나비 겨울을 날다

김미경 migyong7711@hanmail.net

베란다가 환해졌다. 나붓나붓 공기를 박차고 오르는 저것은 무엇인가. 눈송이 같기도 하고 호흡하는 유기체 같기도 하다. 함박눈이 내리면, 오색미로 하얀 세상이 품어줄 것 같은 존재. 눈 미립자였다면, 바닥에 사뿐히 내려앉을 그것이 공기를 꼭꼭 밟으며 하늘거린다. 삐뚤빼뚤 허공에 길을 내고 있는 건 배추흰나비다. 이제 막 두꺼운 번데기를 찢고 날개를 펼쳤나보다. 공기 속을 뒤척이며 팔랑거린다.

창밖에는 겨울이 깊어졌다. 눈발은 점점 굵어지고 칼바람에 휩쓸린 눈송이가 유리창에 달라붙는다. 우렁우렁 바람이 소리를 키울 때마다 빈 나뭇가지가 흔들린다. 거처에 느닷없이 나타난 나비 한 마리는 창밖의 세상을 모르는 듯 날갯짓이 부드럽다. 호기심이 묻어나는 몸짓이 서럽도록 맑다. 날개에 진회색 점이 선명한 배추흰나비, 어쩌자고 나비는 이 겨울, 베란다에서 몸을 푼 것일까.

베란다 한쪽에는 아버지의 한생이 들어앉아 있다. 배추벌레가 보금자리를 마련한 푸른 둥지다. 아버지가 농사지은 월동배추다. 겨울철

입맛을 돋울 먹을거리다. 하지만 배추는 사람들의 차지만은 아니었던가. 늦가을 터를 잡지 못한 나비가 숨어들기 좋은 방이었던 모양이다. 배추 속은 알을 키우고 애벌레를 먹이기에 충분했다. 배추가 상할세라 돌돌 말아놓은 신문지는 애벌레가 얼어죽지 않도록 이불이 되었을지도 모른다.

신문지를 풀어본다. 노란 속잎 갈피엔 배추벌레가 배설한 진초록 점들이 모여 있다. 그것들은 배추가 애벌레에게 내어준 푸른 살점이다. 살점을 뜯어먹고 몸을 키운 애벌레는 하필 눈 오는 날, 아름다운 날개를 펼쳤다.

베란다에는 고요함 속에 작은 몸짓만이 두드러진다. 애벌레에게 제 몸을 내어준 배추는 겉잎이 누렇게 말라 시들고, 속잎이 문드러져 있다. 나비가 유년시절을 살았던, 초록빛 집이 이울고 있다.

너른 등바대기를 어린 내게 내밀던 아버지가 떠올랐다. 어렸을 적 아버지의 등은 나의 안식처였다. 살 비비고 콧물도 바르며 애벌레처럼 통통하게 살을 찌웠다. 눈물도 웃음도, 서러움도 다 받아주던 아늑한 곳이었다. 하지만 아버지의 등도 점점 비쓸비쓸하였다.

아버지는 생전에 땅 한 뙈기라도 있었으면 하였다. 그래서였을까. 친정오빠의 공무원 발령지 철원 관사 근처 공터에 자루가 튼튼한 호미를 꽂았다. 개망초꽃과 잡초가 무성한 잔돌밭에 쭈그리고 앉아 있는 아버지를 보았다. 자갈을 골라내고 풀을 뽑으며 농사지을 생각에 들렁들렁한 가슴을 웃음으로 푸는 아버지였다. 풀 한 포기, 잔돌 한 개 없는 밭은, 멀리서 보면 번듯하고 펀펀했다. 푸서리가 옥토로 바뀌면서 아버지의 손은 갈퀴손이 되고, 발바닥에는 소금꽃이 피고 졌다.

뙈기밭에 배추와 쪽파가 쑥쑥 자랐다. 그것들을 다독거리는 아버지의 발걸음도 바빠졌다. 아버지의 얼굴에 깃든 넉넉함은 햇살보다 환했다.

초겨울, 아버지가 찾아오셨다. 결실의 계절을 꼭꼭 싸서 등에 메고 온 아버지에게서 흙냄새가 났다. 비바람을 견딘 배추와 쪽파가 쏟아져 나왔다. 그때 밭을 날아다녔을 나비가 눈에 아른거렸다.

배추 포기는 실했다. 겹겹이 층을 이룬 채 서로를 감싸고 있었다. 겉잎만이 상해서 너덜거렸다. 그것은 아버지의 굽은 등처럼 보였다. 안간힘으로 우리를 보듬어안았을 아버지는 늙고 쇠락했다. 푸른 둥우리를 틀고 삼남매를 품어주었던 등이 내려앉고 있는 걸 뒤늦게 알았다. 삼남매는 둥지 안에서 아버지의 살점을 파먹고 자란 배추벌레였다. 아버지의 등이 기울고 있는지도 모른 채 날개만을 벼르고 있었다. 자식들을 훨훨 날려보낸 뒤 빈 둥지에는 바람이 고이고 어둠이 쌓였다.

세밑 추운 날, 아버지가 갑자기 쓰러졌다. 그처럼 든든하던 등이 빈 벽처럼 허물어졌다. 외로움과 그리움에 멍들었을 아버지의 등을 차마 바라볼 수 없었다. 아버지는 다시 일어나지 못한 채 반 년을 버티다가 한여름 날, 먼 길을 떠났다. 이 세상에서 다시는 볼 수 없는 아버지의 등이 그리웠다.

어느새 희뜩희뜩 날리던 눈발이 흰 무채 같은 함박눈으로 바뀌었다. 베란다 창틀에 앉아 있던 배추흰나비가 작은 날개 밑에 돋은 뒤꿈치로 허공을 박차고 창밖으로 날아간다. 겁 없는 날갯짓이 눈에 밟힌다. 언뜻, 언젠가 아버지 품을 떠나왔던 어느 시절의 나를 생각나게 한다.

빙설로 가득한 세상과 회색빛 하늘 어디에도 배추와 배추벌레를 감싸주던 신문지의 따스함은 없다. 나비는 스스로 먹이를 찾아야 한다. 차갑고 거친 세상을 맨몸으로 맞서야 하리라. 살을 에는 바람에 날개가 찢겨나가는 아픔을 견뎌야 할지도 모르겠다. 그럼에도 내게는 안간힘으로 버티는 나비의 비상이 보인다. 부디 겨울 끄트머리에서 봄빛이 나비에게 깃들기를.

함박눈을 뚫고 날아가는 배추흰나비의 날갯짓 소리가 펄럭펄럭, 고요한 마음에 파장처럼 번지고 있다.

수필미학

The 수필

●… 작품 속 글자들이 그림처럼 읽힌다. 아버지와 세 자식을 작가는 배추와 배추벌레로 치환한다. 배추를 파먹는 배추벌레는 해충이지만 배추는 배추벌레가 살 수 있는 터전을 기꺼이 내주고 누렇게 시든다. 비상할 날개를 벼른 삼 남매를 자신의 품에 안간힘으로 보듬던 늙고 쇠락한 아버지도 그렇다. 차갑고 거친 세상과 마주한 배추흰나비 같은 필자, 그가 날 수 있는 원동력은 아버지의 사랑이었다. /한복용

나비물

김정태 j-tae42@hanmail.net

우물터는 집에서 멀지 않았다. 삽짝을 나서 고샅을 조금 걸어나오면 마을의 가운데를 가로지르는 큰길이 나왔다. 큰길과 고샅이 만나는 골목 삼거리에 우물터가 있었다. 마을에서 공동으로 쓰는 우물이다. 빗물이 들어가는 것을 막기 위해 머리에는 조악한 함석지붕을 이고 있었다.

수도 시설은 생각지도 못하던 시절이다. 집안에 펌프로 길어올리는 샘이라도 있는 집은 이웃들로부터 귀한 대접을 받았다. 우리 집은 공동 우물을 사용했다. 우물물을 길어와 부엌의 큰 항아리에 부어놓고 식수는 물론이고 몸을 씻는 물까지 항아리의 물에 기댈 수밖에 없었다. 어머니의 고단함으로 옮겨져 온 물을 허투루 쓸 수가 없었다. 힘을 써야 하는 일이었음에도 누구네 집이나 물을 길어오는 일은 아낙들의 차지였다. 남자인 가장이 물지게를 지고 양쪽에 양동이를 매달아 길어오는, 자상함이 엿보이는 집도 있었으나 아낙들은 되레 눈을 흘겼다. 남자들이 출렁이는 물의 중심을 잡아가며 부엌 물동이까지 옮기는 일은 힘만 세다고 할 수 있는 만만한 일이 아니었다.

들에서 돌아오신 아버지는 세숫대야에 두어 바가지의 물을 받아 마당가의 두엄밭머리에서 들일의 고단함을 씻어내곤 하셨다. 세수를 하고 머리를 감고 흙 묻은 발을 씻고, 흰 고무신 안에 흙을 깔끔히 씻어내고서야 세숫대야의 물은 소임을 다한 듯했다. 뿌옇게 흐려지기는 했으니 착하고 순한 물이다.

그러나 세숫대야에 담겨져 온 물의 소임은 여기가 끝이 아니었다. 마당가의 푸성귀에 부어주거나, 흙먼지 폴폴 날리는 마당에 휙 뿌려지곤 했다. 때로는 삽짝을 나서 고샅의 뽀얀 흙길을 적셔주어 지나는 이의 발걸음을 가볍게 했다. 물의 마지막 여행길이다. 나비물이다.

마지막 여행길을 떠나는 나비물이라고 똑같은 허드렛물은 아니다. 부엌에서 설거지를 한 물이나 생선이라도 다듬은 비린내나는 허드렛물은 나비물로 쓰이지 못했다. 이런 물은 하늘 한번 시원하게 날아보지 못하고 두엄밭에 부어져 스며들거나 하수구에 버려져 생을 마감했다. 순결을 잃은 딱한 물이다.

'나비'에 덧붙여 쓰이는 말은 대체로 나비의 사뿐한 날갯짓과 얇고 여리게 펼쳐진 나비 날개의 모양을 연상케 한다. 세수를 하고 발을 닦고, 거기에다 바깥 마루의 먼지를 훔쳐낼 걸레라도 빤 순한 물이 쓰이는 것이다. 우물에서 부엌의 물항아리로, 바가지에 담겨 세숫대야로 옮겨져 자신의 모든 임무를 마친 물이라야 나비물로 제격인 것이다. 그런 허드렛물이 나비 날개 모양으로 쫙 퍼지며 마당의 뽀얀 흙먼지를 안고 바닥에 가라앉을 때 물은 나비의 춤사위가 되어 그 모습은 최고조에 달한다.

어디 그뿐이랴. 텃밭의 상추며 아욱 같은 푸성귀들은 아버지의 나비물과 어머니의 신기에 가까운 나비물의 춤사위로, 아주 가끔은 신통치 못한 막내아들의 나비물을 먹고 자랐다. 이튿날 마당에서 곡식 타작이라도 있는 날이면 나비물은 온통 마당을 날아다녔다. 흙먼지를 잠재우고 싸리비로 깔끔하게 비질된 마당은 이발소를 막 나서는 새 신랑의 얼굴처럼 정갈했다.

모두가 오래 사는 세상이고 보니, 이순을 넘긴 나이 가지고 어른의 행세는 언감생심이다. 하지만 예나 지금이나 살아온 물리적 시간이 지나갔음은 매양 같을 터다. 허드렛물도 쓰임새를 찾아 나비가 되어 한번 더 비상했다가 까무룩하게 바닥에 내려앉는 나비물을 떠올려도 예사롭지가 않다. 삶의 방향이 그 어디쯤의 굽이를 지나고 있지는 않나 하는 생각이 들기 때문이다.

요즘은 나비가 춤추듯 뿌려지는 나비물을 볼 수 없게 되었다. 거주의 형태도 바뀌고 마당이나 고샅은 잔디나 시멘트로 포장되어 나비물이 내려앉는 것을 허락하지 않는다. 설령 마당이 있다 한들 얼굴이나 머리를 감고 씻는 것이 마당가나 두엄밭머리가 아니다. 이런 일들은 모두 집안으로 들어앉았다.

나의 이 별 볼 일 없는 생애는 그 누구에게 허드렛물이라도 되는 삶이었는가. 순한 허드렛물로 마지막 비상을 꿈꿔보기는 했는가. 여러 용도로 쓰여 탁하기는 하지만 거슬리는 찌꺼기도 없고, 어떤 역한 냄새 한 숨 배어 있지 않은 순결한 허드렛물의 마지막 비상. 나비물로 날아, 오가는 고샅에 흙먼지를 잠재우고, 타작을 앞둔 농가의 마당을 정갈하게 해주던, 그런 허드렛물의 마지막 비상을 내 삶에 그려본다.

수필과비평

The 수필

●… 마당과 골목길의 먼지를 재우기 위해 끼얹는 물의 모양을 칭하는 '나비물'은 쓰고 남은 물이어야만 한다. 허드렛물조차도 쓰이는 과정에 의해 용도가 정해졌던 '나비물'을 끼얹는 일은 엄연한 가사 활동이었다. 「나비물」은 작가의 경험에 의한 관찰과 사색의 대상으로 불려나왔으나 단순한 일화 기억의 반추에 머무르지 않고 서술자아의 자기성찰에 이르렀다. 삶과 생태의 순환고리는 굳이 거대 담론을 필요로 하지 않는다. 체험과 소재의 의미 부여, 자기성찰로 귀결된다./ 엄현옥

당신의 잠실蠶室에서

김주선 jazzpiano63@hanmail.net

삼십오 년 전 봄, 부모님은 생계의 수입원인 잠업蠶業에서 손 떼셨다. 섬유산업의 발달로 합성섬유가 대중화되고 누에고치 수매가격이 폭락하면서 뽕밭을 갈아엎고 땅을 묵혔다. 토질이 안정되면 과실나무 묘목을 심을 요량이었다. 휴지기를 보낼 무렵, 시집간 막내딸이 다 죽어간다는 소식을 들었던 모양이다. 첫차를 타고 달려온 부모님은 시댁 세간살이를 보고 기가 찼는지 방으로 들어오기도 전에 땅바닥에 털썩 주저앉았다.

아이 아빠는 변변한 직업도 없이 얼굴만 반지르르한 연기지망생이었다. 결혼식도 올리기 전에 아이가 생겨, 나는 어쩔 수 없이 시댁의 단출한 집에 얹혀살았다. 살림과 직장생활을 병행했음에도 눈칫밥을 먹었다.

출산과 함께 부실한 산모의 몸속으로 결핵균이 급성으로 왔다. 시댁 부엌의 연탄불은 시퍼런 혓바닥을 놀렸고 펄펄 끓는 소독물에서 달그락거리는 내 숟가락과 밥그릇처럼 나는 떨었다. 엄마는 사위를 영영 안 볼 사람처럼 나의 손목을 잡고 강원도 영월 친정으로 끌고 내려갔다. 한 사흘은 기생오라비 같은 사위놈 욕하는 시간으로 보내더니 더 보탤 욕도 없어진 모양이었다. 어느 날 아침 일어나보니 무엇엔가 홀린 듯 엄마는 분주했다. 잠실蠶室로 쓰던 사랑채를 청소하고 바닥이 뽀송뽀송 마르도록 군불도 지폈다.

그해 6월쯤, 일흔이 넘은 엄마는 느릅재 떡갈나무숲에서 살다시피 했다. 떡갈나무 잎이 결핵균을 죽이는 데 효능이 있다는 말을 어디서 들었는지, 물결 모양을 한 넙적넙적한 이파리를 따와 잠실에 쏟아부었다.

"걱정하지 마라. 아무 걱정하지 마라."

한 달 후면 툭툭 털고 일어날 것이라는 엄마의 낯빛은 햇살처럼 빛났다.

마흔여섯에 늦둥이로 낳은 막내딸의 병시중을 들게 된 엄마의 하루는 마치 누에를 치던 그 모습과 흡사했다. 침대만 한 평상을 만들고 그 아래에는 떡갈나무 잎을 깔았다. 심지어 침상 보료 밑에도 잎을 몰래 넣었다. 그 위에 빳빳하게 풀 먹인 하얀 광목천의 이부자리를 펴고 나를 눕게 했다. 한 잠(누에잠 2일 가량)을 자고 나면 엄마는 새로운 잎으로 또 갈아넣었다. 그렇게 넉 잠(누에가 네 번째 자는 마지막 잠)을 잤을까. 숨이 죽은 잎에서 군내가 나 없던 병도 도질 지경이었다. 그런데도 나는 뽕잎만 먹고 채반에 누워 사는 누에처럼 떡갈나무 이파리를 사각사각 파먹으며 베고 자고 뒹굴었다.

봄이면 돈이 되는 두릅나물 고사리 산나물 등, 궁한 시골살림이 피는 좋은 시절임에도 엄마의 넝마에는 언제나 떡갈나무 잎사귀뿐이었다. 하루가 고된 줄도 모른 채, 어스름 저녁이면 멍석을 펴고 또 한번 잎을 선별했다. 부드럽고 향이 짙은 여린 잎은 방 구석구석 바구니에 담아놓았다. 물에 깨끗이 헹군 잎은 삶은 감자나 음식도 싸서 보관하는 등 다양한 용도로 떡갈나무 잎을 사용했다. 엄마의 손은 풀독이 올라 늘 벌겋게 부어 있었다.

조금씩 밥술을 뜨고 말린 육포에도 손이 갈 즈음, 풀물이 들어 누렇게 더러워진 이불 홑청을 뜯던 엄마가 짓궂은 농담을 던졌다.

"봐라, 누에가 오줌 쌌다!"

딸을 웃기려고 한 소리지만 나는 죽을까봐 겁나서 몰래 울었다. 실을 뽑기 전 마지막으로 오줌 한번 싸고 고치집으로 들어가 번데기가 된다는 말을 얼핏 들은 기억이 났기 때문이다.

1937년, '식물이 내뿜는 휘발성 기체인 테르펜 속에 살균 효과가 있다'는 것을 발견한 구소련의 토킨Torkin 박사는 '떡갈나무 잎을 결핵균과 함께 넣어두었더니 얼마 지나지 않아 균이 완전히 죽어버렸다'는 연구 결과를 발표하고 질병을 치유하는 삼림욕이란 새로운 분야를 탄생시켰다.(이우충 저, 『삼림욕』, 김영사, part 2)

정보가 귀했던 시골 촌노인이 신문 칼럼을 오려 부적처럼 가슴에 품고 산 이유를 나도 자식을 낳고 기르면서 알게 되었다. 살다보면 지푸라기라도 잡고 매달리고 싶은 날이 얼마나 많은가. 가슴 졸이고 숨죽여 울어야 할 어머니의 숲, 떡갈나무숲이 얼마나 많았겠는가. 족히 한 달이면 훨훨 날아가게 될 것이라 믿었던 나는 엄마의 잠실에서 겨울까지 살았다. 표준 월령에 비해 작았지만, 다행히 내 아기는 건강했고 서울 친할머니 품에서 쑥쑥 잘 자랐다. 어머님의 기도로 정신을 차린 아이아빠는 이듬해 신학대학원에서 목회자가 되기 위해 신학을 공부했다.

도토리 씨가 말라 산짐승이 다 굶어 죽었다는 우스갯소리를 먼 옛 이야기처럼 하다가 몇 해 전 엄마는 돌아가셨다. 백수는 못 채웠어도 정정한 삶이셨다. 평생 비단옷을 입어본 적 없는 엄마였지만 누에고치 품질은 언제나 최상급이었다. 노란 누에고치로 만든 황금 수의를 입혀드렸어야 했는데 수의 또한 소박한 베옷이었다. 어쩌면 나의 완치는 엄마 때문일 것이다. 물론 의학의 발달로 질병에 맞는 치료약 덕분이겠지만 엄마의 처방만 할까. 당신의 잠실에서 무지개 색깔로 고치를 지은 딸이 최상의 품질인 마지막 잠업蠶業이었을 것이다.

새로 지은 아파트에 입주하고 집들이 선물로 떡갈나무 화분 하나가 배달되었다. 상춧잎처럼 몇 장 따서 냉장고 속에 두면 좋다고 해 골랐으니 잘 길러보라는 친구의 축하 화분이었다. 살균과 탈취효과가 있는 정화식물이라는 문구가 눈에 띄었다. 굳이 관상용으로 길러보라는 말이 탐탁지 않았지만, 친구의 속 깊은 의미를 알기에 자리를 만들어 집안으로 들였다.

바람이 불면 흉에 겨운 떡갈나무 이파리가 서로 손뼉을 친다. 잎을 만지면 어머니의 손을 보듬는 기분이 들어 마른수건으로 매일매일 닦아준다. 낮잠이 스르르 오는 날이면 누에나방 한 마리 꿈속으로 찾아오고 도토리를 품고 있는 껍질에서 종소리가 들린다.

The 수필

●… 신은 모든 곳에 있을 수 없어서 어머니를 만들었다는 말 맞다. 딸을 구완하려고 온 정성을 쏟는 일흔이 넘은 엄마를 통해 신을 느낀다. 병 앞에서 전사처럼 맞서며 '걱정하지 마라, 아무 걱정하지 마라' 이르는 엄마의 말은, 이사야 41장 10절의 성경 구절만큼 든든하기도 하다. '당신의 잠실에서'는 최상의 누에고치로 짠 비단무늬다. 오래 기억에 머물 것 같다./ 문혜영

등꽃 포스트잇

박금아 ilovelucy@hanmail.net

등나무 한 그루가 있습니다. 늦은 봄이면 서원동 성당 '쉼터' 지붕 너머에서 연보랏빛 향을 피워내는 나무이지요. 하지만 성당을 옮기고 십여 년이 되도록 그곳에 등나무가 자라고 있는 줄 몰랐습니다. 그날 아침에 그녀를 만나기 전까지는요.

평일 아침, 미사가 끝난 시간이었습니다. 교우들 몇이 반가운 인사를 나누었습니다. 선 채로 한참을 이야기하더니 쉼터로 가더군요. 웃음소리가 나를 그녀들 곁으로 당겼습니다. 얼마나 지났을까요. 점심을 먹으러 가자며 성당을 빠져나갔습니다. 어느 한 사람 내게 눈빛 한번 주지 않더군요. 투명인간이 된 기분이었습니다. 이사를 온 후로 아는 이 하나 없으니 외로웠던지도 모르겠습니다. 금세 고요해졌습니다. 휘영하니 그네들이 있던 자리에 가 앉았습니다.

저쪽 건너편 어둡진 자리에 젊은 여인이 앉아 있었습니다. 등나무처럼 배배 마른, 흘부들한 모습이었어요. 앞에는 유모차 한 대가 있고, 네댓 살 사내아이가 땅바닥에 엎드려 개미쫓기놀이를 하고 있더군요.

여인의 눈길이 성당 담 너머를 향했습니다. 세상을 바라보는 것 같기도, 허공을 응시한 듯도 했어요. 가끔 어깨 위로 떨어져 내리는 등꽃이 그녀를 깨웠습니다. 그때마다 꽃잎을 후~ 불어 날려보내고는 유모차 속 아이와 큰아이를 번갈아 보았습니다. 목이 마른지 조금씩 물을 마셨어요.

흘레바람이 불어왔습니다. 떨어진 등꽃 잎들이 한데 뭉쳐 마당가를 돌아다녔습니다. 그녀는 볼펜을 꺼내어들더니 턱을 괴고서는 생각에 잠긴 듯했어요. 큰아이는 힐끔힐끔 나를 쳐다보았지요. 눈이 마주치자 쪼르르 달려가 엄마 가슴팍을 파고들더니 안심한 듯 웃음을 보내더군요. 유모차 속을 들여다보았다가 등나무 둥치를 잡고 맴을 돌았어요. 여인의 눈길이 또 먼 데를 향했습니다. 애절한 눈빛이 안개 속 같았지요.

자판기에서 커피 두 잔을 뽑았습니다. 그녀에게 건넬 생각이었어요. 무언가를 끄적이고 있더군요. 그런데 용기가 나지 않는 겁니다. 무거운 침묵 속으로 들어설 용기 말이지요. 망설이다가 한 발자국도 다가가지 못한 채로 커피 두 잔을 혼자서 마셔버렸습니다. 하릴없어진 나는 기도를 하러 성전으로 올라갔습니다. 자꾸 그녀가 생각났습니다. 기도실에서 나와보니 젊은 여인과 아기들은 사라지고, 탁자 위에서 종이쪽지 하나가 바람에 펄럭이고 있더군요.

연보랏빛 포스트잇이 나무 틈에 끼어 있었습니다. 막 등나무에서 떨어진 꽃잎 같았어요. 포스트잇에 적힌 맨 위 '190'이라고 된 숫자에는 밑줄이 그어져 있었습니다. 아래에 월세 60, 이자 20이라고 쓰였더군요. 10, 20, 5, 40, 10, 15, 20이라는 숫자들이 또박또박 이어졌어요. 맨 끝에는 '-10'이라고 적혀 있었습니다. 웬일인지 여러 겹의 동그라미가 올가미처럼 느껴졌습니다.

숫자들을 상상해보았습니다. 월세와 이자라는 단어로 보아 '190'만 원의 수입에 대한 지출 내역 같았습니다. 맨 앞의 숫자 '10'과 '20'은 무엇일까요? 공과금과 육아비일까요? 5만 원은 교통비? 40만 원은 생활비? 10만 원은 남편의 용돈일지도 모르겠습니다. 순서가 바뀔 수도 있겠군요. 아이 둘을 키우자면 병치레도 했을 텐데 건강보험료는? 핸드폰 요금은? 부모님께 드릴 용돈과 아이들 장남감, 한 끼 외식비는? 궁금증이 꼬리를 물었습니다. 한 가족의 지출이 달랑 9개의 항목만으로 채워질 수 있는지 가늠조차 되지 않습니다. 그래도 마지막 15만 원과 20만 원은 미래를 위한 보험이거나 적금이었으면 좋겠다고 생각했습니다. 최저임금을 간신히 넘는 임금을 쪼개고 쪼갠 숫자들이 그 가정에 산소와 영양분을 실어나르는 푸른 실핏줄로 읽혔어요.

비밀장부를 훔쳐본 느낌이었어요. 나무 틈새에서 팔락이는 포스트잇이 아기엄마의 몸짓 같았습니다. 등나무 줄기처럼 얽힌 삶의 갈피에 오무락달싹 못하게 끼어버린 몸을 빼느라 안간힘을 쓰고 있는 모습 말이에요. 포스트잇을 빼들고 길가로 달려갔습니다. 꼭 만나야 할 것 같았습니다. 해줄 수 있는 것이라고는 아무것도 없었지만 말이지요. 쌩쌩 달리는 버스뿐, 그녀는 온데간데없었습니다. 애줄없이, 들고 있던 포스트잇을 성경책 갈피에 끼웠습니다. 네잎 클로버를 간직할 때처럼 간절해졌어요.

그날 후, 성당에 들어서면 등나무께로 눈길이 갑니다. 그녀를 만나지 않았더라면 그렇게 힘들게 살아가는 젊은 부부들이 있다는 사실을 모른 채로 살았을 겁니다. '쉼터' 너머에서 등꽃이 내리기 전에는 등나무가 있다는 사실을 몰랐던 것처럼요. 함께하면서도 얼마나 많은 것을 인식하지 못한 채로 살아온 걸까요. 그러고 보니 등나무 둥치가 바싹 말랐더군요. 처음으로 수돗가에서 물 한 바가지를 떠다가 밑동에 부어주었습니다.

나무가 꽃을 피우는 순간은 극도의 고통에 이를 때라지요. 포스트잇이 그녀의 시간이 밀어올린 통증 같았어요. 꽃판 속으로 발설되지 못한 말들이 들려옵니다.

'한마디 말이라도 건네볼 걸. 아이에게 나이라도 물어볼 걸. 이름이라도….'

하르르 내리는 꽃잎처럼 하염없이 후회만 내리는 아침, 한 잎 등꽃으로 피어난 연보랏빛 포스트잇의 기억입니다.

좋은수필

The 수필

●… 수필이 독자에게 주어야 하는 것은 상상을 환기시키고 감정을 자극하여 독자에게 감동을 느끼게 하는 것이다. 흘레바람을 맞으며 성당 쉼터 후미진 자리에 아이 둘을 데리고 앉아 있던 여인, 그녀가 흘리고 간 등꽃 색깔의 작은 포스트잇에는 팍팍한 삶이 몇 개의 숫자로 적혀 있다. 한적하고 아늑한 영화의 한 장면을 고스란히 묘사해놓은 그림 같은 정경이다. 나열된 숫자를 보며 통증 같은 삶의 고단함을 상상하고 등꽃으로 살짝 가린 채 독자에게 제시하는 작가의 후회가 축축한 공감을 자아낸다. 특유하고 호소력 깊은 소재가 신선하지만 아리고 애잔하다. /조헌

까치밥

백남경 nkback@busan.com

대설인데도 눈 한 송이 없는 날이다. 한나절의 햇살이 제법 몸을 풀더니 어느새 내려온 그늘에 움츠린다. 몇 그루 나무 우듬지에 작은 새들이 앉아 있다. 희끗한 비둘기 한 마리가 베란다 창끝에 날아와 앉는다. 녀석은 빼꼼 목을 뽑아보더니만 멋쩍어서인지 날아가버린다. 이번엔 까치 한 마리가 슬며시 날아와 고개를 주억거리며 남의 집 살림살이를 넘어다본다.

오지랖 넓은 녀석을 다 보겠다. 그러고 보니 아파트 베란다 너머에서 까치가 무어라 지껄여댔던 것 같다. 노래하였는지 울어댔는지 말을 걸어왔는지 분명치는 않았지만 한동안 창밖이 떠들썩했던 것만은 분명하다. 유년시절에도 그랬었지만 녀석들의 소리를 구체적으로는 포착하지 못하겠다. 귀를 모아 청력을 곤두세워 보아도 입을 모아 곱씹어보아도 나의 언어에는 잡히지 않아서 일자一字로 묶어둘 수가 없다. 깍깍까각 하였는지, 까가까악 하였는지, 깍깍 하였는지 도무지 특정할 수 없어 언어의 도단이 생기는 것이다.

그 소리는 언제 들어도 기연가미연가하고 묘연하기만 하다. 다만 아련한 추억을 불러내며 동화 같은 시간과 만나게 해주는 것이다. "독사를 만나면 처치하고 지렁이를 만나면 피하고 까마귀는 쫓아라" 하신 살아생전의 어머니였다. 독사는 더러 사람 목숨을 앗아가는 일도 있었기에 어머니는 최악으로 쳤다. 그런데 유독 까치만은 "좋은 일이 생길 것을 알려주는 길조"라며 귀빈으로 대접하였다. 한켠에선 정전사고의 주범으로 몰아 일망타진도 불사하는 요즈음인데 미상불 나는 훼손해서는 안 될 유산이기라도 한 양이다.

그 마을 사람들은 감나무의 감을 다 따지 않고 몇 알 남겨두고선 까치밥이라 불렀다. 까치들은 그런 감들을 쪼아먹으며 겨울을 났기 때문이다. 봄부터 감잎이야 감꽃이야 감홍시야 곶감이야를 차례로 내어준 감나무들은, 마지막으로 까치밥 몇 개를 빈 가지 끝에 매달고서는 한겨울 바람 앞에 서 있어야만 했다. 새처럼 자유로이 날아보지 못하고 좁은 골짜기에 뿌리를 박고 사셔야만 했던 어머니의 일생을 닮은 겨울 감나무. 그렇게 감나무의 까치밥을 쪼아먹고 혹한을 견딘 그 마을 까치는 또 한 부류의 소박한 주민이었다.

그곳은 궁산벽촌이었다. 산은 높았고 하늘은 낮았다. 산비탈과 바위군이 어우러진 8부능선께 세트장 같은 초옥들이 모여 있었는데 가을이면 주황으로 익어가는 감나무의 감들로 온 동네가 물들었다. 다랑이논이 내려다보이는 고샅길을 따라 초입에 들면 담장에는 감을 매단 가지들이 비죽배죽 넘어와 있었다.

그 마을에서 감 따기는 몹시 중요한 가을걷이에 속했다. 우리 집에선 고교생이던 작은형이 그 일을 도맡았고 초등생이던 나는 조수로 따라

다녔다. 가지 끝을 향해 창으로 찌르듯 장대를 쭉— 밀어올리면 물주머니가 찢겨 시퍼런 물이 쏟아지는 대신, 그 끝에 감들이 대롱대롱 매달렸다. 작은형은 그런 동작을 반복했고 광주리를 가득 채운 감들이 줄을 타고 내려오면 나는 밑에서 고르는 일을 하느라 바빴다. 해질녘이면 납품받아갈 트럭이 하루에 딱 한 차례 다녀가도록 돼 있었기 때문이다. 그러노라면 어머니는 집에서 먼 밭으로, 다시 먼 밭에서 집으로 오가시면서 "어이구, 많이 땄네!" 하셨다. 그러면서 "까치밥은 꼭 남겨두어야 한대이!" 하곤 하셨다. 그러면 작은형은 한 나무에 여남은 개씩 남겨두고 내려오고는 했다.

그 동네 겨울은 산그늘 따라 산에서 내려왔다. 나와 형은 감 따는 일이 끝나면 벼 수확을 끝낸 텅 빈 논에서 보리를 묻거나 김장 준비를 거들었다. 외양간을 손질하고 빛바랜 초가지붕을 갈아입히는 건 아버지 몫이었다. 이윽고 밀가루 포대를 엎질러놓은 듯 사방이 발자국 하나 없는 설국으로 변하였고 그렇게 한번 눈이 왔다 하면 녹을 줄 몰랐다. 골바람의 부채질에 대지는 겹겹이 눈주름이 졌고 산그늘의 발호에 길이란 길은 죄다 얼어붙었다. 눈의 하중을 견디지 못하여 산에선 나뭇가지, 대숲에선 대마디 끊기는 비명이 절규처럼 떨어져 나왔다. 서식처를 잃은 개개비, 직박구리, 까치, 참새, 꿩, 까투리 같은 날짐승들은 자연히 먹을 것이 궁했다. 새들은 "치까 치까, 깍 깍, 짹 짹…" 하며 제 나름의 인사법으로 모여들었다. 그들은 지붕이나 땔나무더미 같은 데에 앉았다가는 가지 끝에 매달린 까치밥이나 디딜방앗간에 흩어져 있던 낟알을 쪼아먹곤 하였다. 사정은 길짐승들도 다르지 않았으므로 이른 아침 어머니는 아궁이에 불을 지펴 밥이 끓는 동안 먹이를 챙겨 마당 끝이나 뒤란 군데군데에 내어놓곤 하셨다. 수확 끝에 잉여분으로 남기는 것, 먹을 것을 쪼개어 내어주는 것, 입고 있는 것을 한 겹 벗어주는 것, 누군가에겐 연명할 양식이 되고 또 누군가에겐 생존의 끈이 될 수 있다는 배려지심일 것이었다.

토끼 같은 아내와의 사이에 참새 같은 자식 셋이나 둔 갑남을녀의 가정을 이룬 지금이지만, 삼십 년 전 무일푼으로 결혼을 하고 나니 빚이 만만찮았다. 간신히 전세방 한 칸 얻어 신접살림을 시작하긴 했어도 거지반은 은행 신세였다. 열악한 터전에서 가난하고 형제 많은 집안의 막내인데다 늙으신 부모님 도움은 기대할 수 없었다. 처가에 손 내미는 것도 용기가 없었고 알량한 자존심도 허락지 않았다. 그나마 맞벌이를 하니 세월 가면 빚을 갚으며 어떻게든 살아가겠지, 했다.

그러던 어느 날 우거에 찾아오신 노모께서 오래되고 꼬깃해진 통장 하나를 꺼내며 빚 갚는 데 보태라고 하시는 게 아닌가. 그 덕에 기한을 넘기지 않고 빚을 갚았고 까치집같이 소쇄하였지만 머잖아 내 집 마련의 꿈을 이룰 수 있었다. 그 통장은 6남매 중 가장 아픈 손가락이었을 내게 남겨주신 어머니의 마지막 까치밥이었다.

수필오디세이

The 수필

●… 문장이 수려하여 읽는 동안 한번도 가보지 않은 궁산 벽촌의 사계가 눈앞에 수채화로 그려졌다. 그 사계 속에서 펼쳐지는 뭉클할 정도로 아름다운 파노라마. 분명 궁핍한 시절이었을 텐데 필자는 촉촉한 그리움으로 그 기억을 소환했다. 형, 어머니, 감나무, 까치밥. 그 풍경엔 배려와 인정이 흘러넘친다. 부지런하고 정직한 삶을 토대로, 까치밥은 묻는다. 아주 소박한 목소리로 우리 삶에 소중한 것은 무엇이며, 우리가 잃어가는 것은 무엇인지./ 문혜영

흔흔향영欣欣向榮

오정주 ohfarang@naver.com

이른 아침 고요한 시간에 한자 고사성어 펜 습자를 쓴다. 만물이 초록으로 아우성치는 5월, 게으르고 미지근한 내 삶의 반성문을 쓰듯 만년필로 사각사각 써보니 마음이 정화되는 기분이다. 손글씨를 쓸 일이 별로 없는 시대에 굳이 필체 교정이 필요 없지만 뭔가 고해성사하듯 그림을 그리듯 써보고 싶었다. 오래 전부터 모아두었던 한글, 한자 펜 습자 교본들을 버리지 않은 보람이 있을 줄이야.

그런데 시작한 지 3일 만에(작심삼일이란 말은 과연, 명언이다!) 변덕이 나서 맨 뒷장부터 거꾸로 써볼까 하고 넘겼는데 흔흔향영欣欣向榮이란 글자가 눈에 띈다. 도연명陶淵明(365~427)의 「귀거래사」에서 유래한 이 말은 초목이 무성하게 자란다는 뜻으로 사업이 날로 발전하고 번창함을 비유하는 말이다. 덜덜 떨면서 정성을 들여 써도 글씨는 맘에 안 드는데 초목이 무성한 계절에 어울리는 말을 써보는 게 흥미롭다.

물오른 나무들은 싱그럽게 꽃 피우려 하고/ 샘물은 졸졸 끊임없이

솟아 흐르네/ 만물이 때를 얻어 즐기는데/ 내 삶이 그쳐감을 느끼노라/

木欣欣以向榮, 泉涓涓而始流. 善萬物之得時, 感吾生之行休

이 시에서 '흔흔향영'은 제 철을 만나 무성한 초목과 중년의 나이에 접어든 도연명 자신의 삶을 대비하여 쓴 말이다. 높은 이상을 품고 어려서부터 학업에 매진하였던 그는 29살에 첫 벼슬자리에 앉았으나 불행히도 진·송이 교체되는 혼란기였다. 나라를 뒤흔드는 반란과 잦은 농민봉기, 부정부패를 일삼는 정치에 환멸을 느낀 도연명은 생활고에 못 이겨 어쩔 수 없이 13년 동안 관직에 있었으나 그의 천성은 끝내 그 길을 가지 못하고 은둔을 선택하였다.

41세에 현령에 임명되었을 때, 다섯 말의 녹봉을 받기 위해 상관에게 머리 숙이는 게 싫어서 관직을 버리고 낙향을 한 것이다. 단순한 자존심보다는 부조리한 현실에 더 이상 자신을 더럽히지 않겠다는 다짐 때문이었다.

도연명의 전원생활은 가난하여 굶주리는 날이 많았고 집이 불에 타서 전소되기도 했다. 호미와 삽을 들고 농사를 지으며 평생 가난과 병에 시달렸지만, 권세와 타협하지 않았고 인생 후반전의 선택을 후회하지 않았다. '곤궁해도 절조를 지키는 것이 평소의 뜻'이었고 자신의 신념을 간직하고 있기에 행복하다고 느꼈기 때문이다.

담백한 그의 삶처럼 기교를 부리지 않은 평범한 시풍은 그 당시엔 인정을 받지 못했으나 당나라 이후 육조 최고의 시인으로 평가받으며 많은 시인에게 영향을 미쳐 문학사에 큰 업적을 남겼다. 스스로 노동하면서 가난한 농민들과 함께 살아가는 따스한 인간미를 작품에 진솔하게 녹여 문학적 경지로 승화시켰기 때문이다.

도덕이나 지혜로 인민을 지배하는 유가사상에 반하여 무위자연, 무위무욕의 도가사상을 실천한 그가 살던 옛 집을 찾은 백거이白居易(772~846)가 읊은 시구 한 줄이 마음을 울린다.

당신의 단지에 담긴 술이 그리운 것도 아니고/ 줄 떨어진 당신의 거문고가 그리운 것도 아닙니다./ 오직 명예와 이익을 버리고/ 산과 들에서 자유롭게 스쳐간 당신이 그리울 뿐입니다.

백거이가 간파한 도연명의 자유는 위대해 보인다. 시대의 귀인이 초야에 묻혀 재능을 쓰지 못한 것은 안타까운 일이지만 영혼의 자유로움을 선택한 한 인간의 정신해방, 내면의 승리는 눈부시고 부럽다. 남의 밥을 빌어먹을 정도로 가난하다면, 나는 이를 부끄럽게 여기지 않을 자신이 있을까? 권세와 타협하지 않을 배짱이 있을까? 아무리 성품이 고상하고 산수와 자연을 즐기며 시를 짓고 읊조리는 낙을 아는 선비였어도 흔흔향영, 날로 번창한 삶을 추구하고픈 욕망을 쉽게 떨쳐내지 못했을 것 같다.

62세를 일기로 세상을 떠나기 전에 도연명은 자신의 제문自際文을 썼다. 이승에서의 삶을 기우寄寓라 하여 남의 집에 잠시 의탁하여 사는 것으로 보고 이승을 떠나는 것을 역려지관逆旅之館이라 하여 잠시 머물던 여관으로 묘사했다. 술과 시와 거문고를 벗 삼아 안빈낙도 하면서 인간 삶의 본질을 꿰뚫어보고 자연에 순응하며 자유롭게 살았지만, 이승의 삶이 너무나 고달팠기에 '사후에도 그러면 어쩌나?' 염려하는 제문의 끝 문장은 마음을 아프게 한다.

고향으로 돌아가면서 그 소회를 담은 '귀거래사'! 천육백여 년이 지났어도 우리의 가슴을 울리는 이유는 무엇일까. 노장사상을 바탕으로 전원생활에서 느끼는 자유와 평안을 그리는 마음은 복잡한 도시를 추구하며 사는 현대인들에게 이상향으로 여전히 살아 숨쉰다는 게 신기하다.

만년필로 사각사각 「귀거래사」 한 구절을 노트에 옮겨본다. 삶의 본질이란 영원히 같은 것이니 거기에 무슨 의문이 있겠는가.

모든 것이 끝난다
우리 인간에게는
그렇게도 적은 시간이 허용되어 있을 뿐
그러니 마음 내키는 대로 살자
애를 써서 어디로 갈 것인가?
나는 재물에 욕심이 없다
천국에 대한 기대도 없다

청명한 날 혼자서 산책을 하고
등나무로 만든 지팡이를 끌며
동산에 올라 오랫동안 휘파람을 불고
맑은 냇가에서 시를 짓고
이렇게 나는 마지막 귀향할 때까지

하늘의 명을 달게 받으며
타고난 복을 누리리라
거기에 무슨 의문이 있겠는가

— 피천득 번역 「귀거래사」 일부

한국산문

The 수필

●… 무위자연의 도가사상을 실천한 도연명의 삶과 드높은 정신세계가 잘 나타나 있다. 자연에 순응하며 안빈낙도하는 그의 삶은 현대인의 이상향이 되어 살아 숨쉬지만, 그가 쓴 제문의 '사후에도 그러면 어쩌나?'라는 문장에서 작가는 도연명의 근심을 읽는다. 위대한 문학가의 삶과 정신을 통해 현재를 성찰하며 불변의 진리를 터득하는 것이야말로 글쓰기의 효용가치 중 하나가 아닐까? 한 치의 의심 없이 죽음을 수용하는 시 「귀거래사」를 소개하며 안심입명安心立命하는 그의 인생관을 세심하게 짚어내고 있다./ 정진희

소리

우광미 | iris3630@hanmail.net

숲을 가르는 바람도 시원始原을 향한다. 나무는 암녹색의 그림자를 계곡에 드리웠다. 하늘에 닿고자 하는 염원이 있는 곳. 적막 속 풍경 소리마저 물소리에 흐른다. 소리길을 따라 걸으니 무릉도원에라도 들 것만 같다.

계곡은 상류로 올라가면서 급격히 가팔라진다. 집채만 한 화강암이 제 생김새대로 자리잡았다. 격랑에 휩쓸리다가 서로 버티고 맞물려 있다. 그 사이를 에메랄드빛 물이 흐른다. 은은하게 빛나는 흰 바윗돌과 사시사철 푸른 결 고운 적송들. 이들이 빚어내는 장엄함이 있어 진계와 속세의 관문이 된다. 흐르던 물이 잠시 고여서 숨을 고르는 곳, 청정하게 비치는 달과 가야산 자락에 자생하는 세죽이 더한다. 옛날 선비들이 그토록 그리던 오우五友가 갖춰져 있다.

태초에 우리는 물에서 왔듯 문명의 발상지도 물에서 시작되었다. 물은 생명을 유지하는 수단이자 공동체의 중심을 잡아주는 상징으로 인류와 함께해왔다. 홍류동은 맑고 아름다운 곳이다. 이런 풍경도 물을 통해서 조화롭다. 물은 그 주위의 모든 것을 받아들인다. 지천으로 피는 산꽃들의 향연이나 하늘의 변화에도 물빛이 달라진다. 한순간도 정체됨이 없다.

보이는 것은 보이지 않는 것에 의해 선연해지는 곳. 삼라만상에 소리가 있어 풍경은 완성된다. 물은 소리를 부르고 소리를 잠재우기도 한다. 장자는 "지뢰□□란 모든 구멍에 바람이 지나가는 소리, 인뢰人籟는 퉁소 소리처럼 인위적인 소리이며, 하늘이 내는 소리는 천뢰天籟"라 했다. 천뢰란 사람에게는 들리지 않는 소리라, 초월의 경지에 이르러야 느낄 수 있다는 의미이지 싶다.

모든 소리는 천뢰에서 왔으니 그 소리의 근원은 고요함이다. 바람을 보내주는 대지의 구멍이 막히면 소리는 사라진다. 대지에 속한 삼라만상도 바람이 잦아들면 소리를 멈춘다. 본래의 자리로 돌아오는 것이다. 사람의 소리도 그렇다. 사람이 내는 소리의 근원은 우리 마음이다. 잡념이 끊어진 찰나, 귀는 열리되 소리가 공명되는 순간일 터이다.

이 천뢰를 찾은 현자가 최치원이다. 당나라로 유학을 하고, 국제 관료를 거쳐 귀국 후 벼슬을 지내다 홍류동으로 들어왔다. 그 후 수행을 거듭하여 신선이 되어 가야산으로 들어갔다고 전한다. 『삼국사기』에는 그가 중앙관직을 받지 못해 불만을 가지고 은둔하였다 한다. 하지만 너무 인색한 평가는 아닐는지. 더 넓은 세상 소리를 듣고 온 그에게 중앙관직이든 지방관이든 그 차이는 사람이 내는 인뢰에 지나지 않았을 것이다.

나직한 바위에 유려한 초서로 새겨진 그의 시를 다시 본다. "돌부리에 내달려 온 산을 울려, 사람 말은 지척에서도 분간하기 어렵네. 언제나 시비 소리 귀에 들까 두려워, 흐르는 물길로 산을 온통 둘렀네." 세상의 시비인 인뢰를 홍류동 물소리인 지뢰로 차단하고, 나아가 소리를 넘어서는 천뢰의 경지에 들지는 않았을까.

물은 남을 더럽힐 줄 모르는 어진 덕을 가지고 있다. 무언가 기원을 할 때 인간의 오욕을 씻어내는 정화수. 생명력과 정화로 인간을 근원으로 회귀하게 하는 무릉도원의 매체는 아닐까. 무릉도원에 대한 인간의 심리는 자기 위로 같은 것일지도 모른다. 누구든 대상을 떠나 마음의 안식처는 있다. 그곳이 우리의 힘든 현실을 지탱해주는 성역이 되기도 한다.

마음을 움직이는 소리의 경지는 어떤 것일까. 비움의 진정성이지 싶다. 전통악기인 가야금도 악기의 본체가 비어 있어야 공명이 이루어진다. 사람의 마음도 이와 같다. 대상을 온전히 받아들이고, 존재의 구속 없이 각자의 방식으로 오늘을 살아내는 일. 그럴 때 비로소 인생의 참소리를 낼 수 있지 않을까.

물에서 만난 것이 소리뿐이랴. 비운다는 건 낮아진다는 것과 상통한다. 낮은 곳을 향하는 물의 심연을 바라본다. 바람에 떨어진 낙엽들이 계곡물에 색을 입히고 집을 향한 새들의 날갯짓도 바빠진다. 소리길을 빠져 나와 집으로 오는 길, 세상 마른 갈밭을 휩쓸고 가는 바람소리가 이명처럼 귀에 맴돈다. 다시 마을이 가까워지니 인뢰에 빠진다. 천상 범인이란 마음 여린 존재인가보다.

The수필

●… 가야산 홍류동 계곡에서 최치원의 시를 만난 작가는 장자의 '천뢰(하늘의 피리 소리)'를 떠올리며 고운孤雲의 심경을 반추한다. 바람이 없다면 소리도 없다. 마음을 비워 '소리[인뢰]'를 없앤 드높은 경지를 열어보인다./ 맹난자

남은 자

이영옥 lee3886@hanmail.net

조각공원을 돌고 있다. 이십여 개의 조형물이 각기 다른 형태로 세워져 있다. 조각에 문외한인 내게는 무엇을 말하는지 이해가 안 되는 돌덩이나 쇠붙이 같은 것도 있다. 그중에 〈연인〉 또는 〈한 가족〉이란 조각상은 서로를 꼭 끌어안고 있다. 그 작품 속의 연인이나 가족은 이깟 추위쯤이야 하는 얼굴이다. 그들이 아무리 돌로 만들어졌다 해도 온기가 느껴진다.

누군가 멀리 있는 〈남은 자〉*라는 조각상에 장난을 한 것 같다. 〈남은 자〉는 일곱 개의 청동의자가 나란히 있다. 의자는 모두 비어 있고 맨 끝 한 사람만 앉아 있다. 떠난 사람들이 돌아오길 기다리는지, 누군가에게 전해야 할 말이 있어 아직 못 떠난 것인지 궁금하다가 어떤 날은 그마저 떠날까 약간은 불안했다.

다가가보니 누군가 검은 목도리를 둘러주고 갔다. 맨몸으로 앉아 있는 남자가 추워보였나보다. 이미 자리를 떠난 사람은 추위에 몸과 마음을 떨어본 사람일 거야. 청동 조각상에 생명을 불어넣고 자신과 동일시

하며 둘렀던 목도리를 풀어준 것 같다. 나까지 가슴이 훈훈해지는 느낌이다. 이런 때는 목도리를 치우는 것이 나의 일이지만 슬쩍 직무유기를 한다.

이틀이 지나도록 목도리가 그대로더니 그만 위치가 바뀌었다. 목에서 풀어 알몸으로 앉아 있는 사내의 아랫도리를 가려준 것이다. 누군가는 추위보다는 부끄러움이 먼저였나보다. 웃음이 피식 나왔다. 처음 이 구역을 맡게 되었을 때 〈남은 자〉의 눈을 피하고 싶었다. 실오라기 하나 걸치지 않는 것이 예술인지 모르지만 마주하기가 민망했다. 매일 마주치고 감각이 둔해지며 무심히 지나치다가 문득 이런 일이 생기면 다시 상기되곤 한다. 누군가 나처럼 예술작품으로 보지 않고 인간으로 보았을 것이다.

한 남자가 의자에 앉아 있다. 그 사람이 가끔 말을 걸어올 때가 있다. 못 들은 척할 때도 있고 가끔은 응답하듯 곁에 앉기도 한다. 그런데 오늘은 집요하게 자꾸만 불러댄다. 못이기는 척하며 그 옆 빈 의자에 앉는다. 선뜻 입을 열지 않는 그가 어디를 바라보는지 같은 자세를 취해 본다. 그는 눈 한번 깜박이지 않고 정자세로 앞만 바라보고 있다. 나도 그처럼 정면을 응시한다.

눈앞에 〈나무들의 집〉**이 보인다. 〈나무들의 집〉은 지붕이 없다. 한 그루의 느티나무가 하늘을 향해 높이 솟아 있다. 나이테는 몇 겹이나 둘렀을까. 한때 저 낡은 나무의 집도 바람으로부터 나무를 보호하고 뜨거운 햇볕에 그늘도 만들어줬을 것이다. 느티나무에 박새들이 작은 소리로 속삭일 뿐 사방은 고요하다. 조각공원 안으로 들어오는 사람도 없다. 남은 자와 내가 나란히 앉아 〈나무들의 집〉을 보고 있다.

시멘트벽 중간쯤 그동안 보지 못했던 문이 비스듬히 열려 있다. 그 문은 인간에겐 출입을 금하고 호수를 거쳐온 바람과 노래하는 새들에게만 허락했다. 초라해진 회색빛 벽에는 잎을 떨군 담쟁이넝쿨이 얼기설기 퍼져 있다. 어디선가 본 듯한 그림 같다. 아! 나도 모르게 신음소리가 흘러나왔다.

몇 해 전 한 남자가 여기에 앉아 있었나보다. 휴일이면 그는 카메라 장비를 들고 집을 나섰다. 가까운 공원에 다녀오기도 하고 서울 나들이도 자주 했다. 어떤 피사체가 그의 마음을 사로잡았는지 알 수 없지만 나갔다 돌아온 저녁이면 몇 시간씩 컴퓨터 앞에 앉아 작업을 했다. 그의 취미에 관심이 없어도 더러 컴퓨터 바탕화면에 임시 보관 중인 파일을 열어보았다. 평범하고 소소한 것들에 눈맞춤하고 셔터를 누른 것 같았다. 내게서 칭찬이 나오는 경우는 드물었다. 참 인색하게 굴었다는 생각이 든다.

아무런 준비 없이 그가 떠나고 오랜만에 컴퓨터를 켰을 때, 바탕화면에는 노란 파일 몇 개가 나란히 있었다. 무심코 그 중에 하나를 클릭해 보니 겨울의 인천대공원이었다. 수묵화 같은 공원 풍경이 추워 보였다. 그는 버스에서 내려 터벅터벅 걸어 조각공원까지 왔을 것이다. 그리고 이곳에서 혼자 앉아 있는 〈남은 자〉와 마주했고 앙상한 〈나무들의 집〉을 카메라에 담았다. 사진들은 쓸쓸했고 추웠다. 외롭다고 말하고 있었다. 나는 그를 춥게 했고 쓸쓸하게 했고 외롭게 했다는 생각에 가슴이 아파왔다. 더 이상 사진을 보기가 힘들었다. 그대로 USB에 옮겨놓고 지워버렸다.

묻어둔 채 잊고 지낸 사진들이 화르르 깨어나고 카메라를 둘러멘 그도 함께 왔다. 그는 조용히 내 옆 빈 의자에 앉았다. 우리는 그렇게 침묵 속에 있었다. 시간이 멈춘 듯 세상이 정지된 듯 정적 속에 있었다. 그 시간이 얼마나 흘렀을까. 어디선가 바람이 훅 불어왔다. 바람이 신호라도 되는 듯 그가 먼저 일어났다. 나도 따라 일어났다. 그는 성큼성큼 나무들의 집으로 들어갔다. 나는 멍하니 바라보았다. 혼자 앉아 있던 남은 자도 덩달아 일어서려 했다. 나는 그의 팔을 잡으며 말했다. '안 돼요. 당신이 있어야 할 곳은 여깁니다.' 남은 자가 빤히 바라보았다. 그는 울고 있었다. 눈이 마주치자 얼른 고개를 돌려 정면을 바라보았다. 다리에 힘이 풀려 털썩 의자에 앉았다.

살다보면 원하지 않아도 홀로 남겨질 때가 있다. 마주 잡고 달리던 손 예고 없이 놓쳐버리면 남은 자는 상처를 입고 덧이 난다. 상처에 딱지가 앉을 때까지 아물고 덧나기를 반복하다가 시간이란 명약을 만나게 된다. 아플 만큼 아파야 한 걸음 나아갈 수 있다는 평범한 이치를 깨달으며 내게 남겨진 숙제를 살피는 동안 고독한 시간이 숙명처럼 찾아온다. 상처난 심장에 새 살이 돋을 때까지 마주해야 할 시간이다. 이 또한 남은 자의 몫이다.

에세이문학

* 〈남은 자〉 : 오상일, 1998.

** 〈나무들의 집〉 : 안규철, 1998.

The 수필

●… 일곱 개의 빈 의자와 홀로 남은 한 사람. 화자에게 대공원 속 조각상 〈남은 자〉는 다중적 의미를 갖는다. 먼저 떠난 작가의 남편이기도 하고, 작가 자신이기도, 나아가 우리 모두이기도 하다. 남았지만 언젠가는 떠날…. '남은 자' 곁 빈 의자에 앉은 화자는 외로움과 상처가 남은 자만의 몫이 아니었음을. 떠난 자도 남은 자도 모두 춥고 아프다는 것을 깨닫는다./ 이혜연

무쇠꽃

이은서 reader5668@hanmail.net

좁은 베란다에 무쇠꽃 한 송이가 피어 있다. 솥뚜껑 하나가 뒤집힌 채 커다란 해바라기 꽃이라도 되는 것처럼 대롱꽃과 혀꽃이 조화롭다. 햇빛을 듬뿍 받아 따스한 기운을 집안으로 불어넣는다. 나는 그것을 무쇠꽃이라고 부른다. 솥뚜껑 가운데 노란 팬지꽃 세 포기를 올려놓고 둘레에도 팬지 화분들을 둘러놓았다. 멀리서 보면 마치 둥근 어미의 품속에 어린 새끼들이 쪼르르 기어드는 것처럼 보인다. 무쇠꽃이 더욱 아름다운 이유는 어머니 때문이라고 억지를 부리고 싶다.

어린 왕자가 소행성에서 만난 꽃 한 송이에게 '장미'라고 이름을 붙여주고 고깔을 씌워주고 비바람을 막아주며 보호하려고 했던 그 마음이 어떤 것인지 안다. 사랑하는 사람은 곁에 없지만 그 사람을 그리워하며 어떤 대상에 사랑을 쏟으려는 마음 한 줄기가 아닐까.

두텁고 무거운 뚜껑이 솥 위에서 밀리면서 솥과 부딪치는 그 쇳소리가 나는 유난히 좋았다. 젊은 나도 들기 힘든 커다란 무쇠 뚜껑은 손잡이에 물행주를 감아 옆으로 밀어내면 신비로운 소리를 냈다. 둔하지만 탁하지 않고, 날렵하지만 날카롭지 않은 소리. 기쁨과 슬픔이 맞닿는 듯한 소리는 오묘했다. 깊은 절간의 저 홀로 우는 풍경 소리를 닮은 듯 하면서도 다르다. 주변에 떠도는 공기를 조심스럽게 흔들며 아침을 깨우는 소리다.

솥뚜껑이 삶과 죽음의 시간을 모두 품고 있다는 느낌은 아마 훗날 생겨났을지도 모른다. 여닫는 시간과 침묵하는 시간을 경험하고서야 그 소리의 더 깊은 음률을 알아챘던 것 같다. 끈질긴 삶의 소란스러움과 덧없는 죽음의 침묵이 한데 어우러진 소리를 더는 들을 수 없었던 날, 바닥에 구멍이 난 솥은 버려졌다. 그러나 솥뚜껑만은 끝까지 마당 한편에서 어머니 곁을 지켰다.

오래도록 혼자 지내시던 어머니 동네로 이사를 했다. 나는 작은 빌라에 입주를 하면서 어머니와 함께 살려고 했지만 어머니는 한사코 거절하셨다. 자꾸 당신 집이 편하다고 한 말은 아마도 딸에게 불편을 줄까 염려하신 것이리라. 걸어서 겨우 십여 분 정도 떨어진 거리여서 수없이 드나들 만한데도, 밭에서 뽑은 푸성귀나 슬쩍 내 집 앞에 가져다놓을 뿐 자주 오지 않았다.

나는 어머니의 물건 중에 가마솥을 가장 좋아했다. 시골 노인에게 쓸 만한 물건이 있을 리 만무하지만 가마솥 위에 얹힌 뚜껑은 특별했다. 솥 위에 덮인 뚜껑이 천천히 옆으로 밀리면서 내는 그 소리는 어떤 비밀을 품고 있는 것처럼 여겨졌다. 어릴 적에 읽었던 동화 속의 "열려라, 참깨!"와 같은 비밀의 주문처럼 설렘도 있었다. 그 솥에서 설설 끓던 시래깃국이나 묵은지 쫑쫑 썰어 넣은 갱시기 같은 것이 나왔고 때로는 고구마나 감자가 포슬포슬하게 쪄서 나오기도 했다. 그때마다 자식들에게 먹일 마음으로 환하게 웃어주셨던 어머니.

솥뚜껑을 뒤집어놓고 커다랗게 자른 무로 기름을 발라 구운 부침개를 좋아했다. 기름이 너무 많거나 적게 스며들지도 않았고, 설익거나 너무 타지도 않았다. 희한하게 두꺼운 무쇠 위에서 익는 부침개는 내 까탈스러운 입맛을 달래주었다. 난 그저 옆에 쪼그리고 앉아 솥뚜껑 아래서 피어오르는 연기를 피해가며 기다렸다. 배추나 무는 물론이고 가지나 시금치 같은 흔한 재료들도 솥뚜껑 위에서 마술을 부렸다. 내가 얼마나 좋아했는지 어머니는 자주 그 무거운 솥뚜껑을 뒤집어놓고 불을 피웠다.

어머니는 알고 계셨는지도 모른다. 당신이 세상을 떠나실 때 당신의 생이 통째로 담긴 그 솥이 가족을 위해서가 아니라 처음으로 당신을 위해 쓰일 것이라는 것을. 당신의 죽음을 애도하러 온 사람들을 위한 국이 끓고, 뚜껑 위에는 당신의 마지막 길을 여는 상 위에 놓일 부침개가 부쳐질 것이라는 것을.

어느 날 퇴근길에 먹다가 남은 피자를 나 혼자 먹고 있었다. 그때 마침 어머니가 방금 부쳤다고 아직 기름이 뜨거운 호박부침개를 들고 오셨는데 나는 먹다 만 피자를 급히 숨기고 입안에 든 것은 대충 삼켰다. 불시에 방문하는 일이 없었는데 그날은 식기 전에 내게 먹이려는 마음이 앞섰던 모양이다. 거의 뛰어오신 듯했다. 나는 피자가 목구멍을 채 넘어가기도 전에 호박전을 먹었고 결국 응급실까지 가고야 말았다. 급체한 것이었다. 그런 이후 어머니는 두고두고 내게 미안해했다. 어머니는 그런 존재였다. 자식에게 일어나는 어떤 나쁜 일도 모두 다 당신 탓으로 여기는 사람. 나는 그게 호박전 때문이 아니라 피자 때문이라는 것을 돌아가실 때까지 말하지 못했다.

그 후부터는 당신이 먼저 전을 부치는 일이 없었다. 나는 피자 이야기를 할까 하다가 못했다. 어머니께는 한 조각도 드리지 않고 나만 먹은 일이 내내 스스로 용서가 안 되었기 때문이다. 그러나 어머니 생전에 그 말씀을 드리지 못한 것을 몹시 후회한 것은 당신이 돌아가시고 나서였다.

아파트로 이사하면서 나는 다른 건 다 버려도 어머니가 쓰시던 그 솥뚜껑만은 무슨 일이 있어도 가져가야 한다고 고집을 부렸다. 마음 같아선 솥을 통째로 들고 가고 싶었지만 도저히 둘 곳이 마땅치 않아 포기했다.

솥뚜껑은 그냥 쇳덩어리가 아니다. 어머니가 나를, 우리 가족 모두를 위해 수없이 펼쳤던 한 송이 꽃이다. 그것은 타인이던 이와 가족의 연緣으로 묶인 시간과, 자식을 낳아 생명의 떨림을 알게 한 시간과, 영원한 이별의 시간도 모두 지켜보았다. 그때마다 꽃잎을 열고 오므리며 함께 떨어주었을 것이라고 믿는다. 어머니가 내게 그랬던 것처럼 나도 내 가족들에게 가스 불과 프라이팬에서는 흉내낼 수 없는 맛을 보여줄 그날을 기다리며.

소리와 침묵을 함께 간직한 낡은 무쇠꽃 한 송이 피어 있는 베란다는 그리움과 희망의 꽃밭이다.

수필미학

The수필

●… 어머니가 무쇠솥에 부쳐온 뜨끈한 호박전, 다 씹지 못한 피자와 함께 넘기고 급체해 응급실로 실려간다. 어머니께 배탈이 난 건 피자 때문이었다고 끝내 말하지 못한 작가는 유품이 된 무쇠솥을 끌어안는다. 그 무쇠솥에 꽃이 피었다. 문장을 아우르는 감정의 선이 섬세하다./ 한복용

전등

정은아 after2005@naver.com

빛과 어둠. 켜짐과 꺼짐. 생과 사. 한순간인지도 모른다. 딸깍. 꺼져버린 빛이 불현듯 켜지길 기다렸다. 어둠 속에 머무르긴 싫으니까. 이미 빛을 잃은 생이, 다시 빛날 수 있을까. 무작정 주저앉아 기다릴 순 없다.

일으켜 세웠다. 아이가 걸을 수 없다며 다시 앉았다. 어린이집에 가기 싫어서 투정부리는 거라고 여겼다. 아이는 방바닥을 기어다녔다. 아기가 되었다고 놀려도 일어나지 않았다. 5살 아이를 업고 동네병원에 갔다. 고관절에 염증이 생겼다는 말과 함께 소염진통제를 처방받았다. 되도록 걷지 말고, 뛰지도 말고, 가만히 앉아 있는 게 좋다고 했다. 아이를 다시 업었다. '보고 있는 거야? 애 낳고 한 달도 안 된 산모가 보이긴 해?' 병원 문을 열고 나가려고 하자, 실내가 순식간에 어두워졌다. 뒤돌아봤다. 모든 전구가 동시에 꺼졌다. '아이가 아프다니, 걱정은 돼? 집을 떠난 지 며칠 되지 않았으니, 우리가 궁금하긴 한가봐.' 얼마 걷지 못하고 다리에 힘이 풀렸다. 울컥 치밀어오는 감정을 잠재우려 아이를 벤치에 내려놓고 앉았다.

아무것도 모르는 아이가 나를 빤히 쳐다봤다. 영원永遠으로 출장 중인, 제 아버지로부터 이어진 눈동자. 나는 별일 없다는 듯이, 네가 무거워서라고 했다. 아이가 세상사의 어둠을 알기엔 너무 이르다. 찬란하기만 한 유년의 빛 속에 아이를 좀 더 놓아두고 싶었다. 슬픔을 유예시키면 나중에 더 아플까, 덜 아플까. 나는 모른다. 해맑은 밝음 위로 드리우게 될, 어두운 그늘을 피하고만 싶었다. 아이에게 등을 내밀었다. 업힌 아이는 어린이집 안 간다며, 신나서 좋알거렸다. 장마가 자취를 감춘 쨍한 여름날, 식은땀과 눈물로 내 눈앞은 여전히 흐렸다.

억지를 부리고 싶었다. 단순한 정전이 아니라고. 전류로 인한 남편의 죽음이, 전류 속에 녹아 온 세상에 흐르는 거라고. 내 마음이 나를 옭아매고 흔들었다. 원망과 미안함과 서러움, 혹은 분노, 불안, 좌절이 공존했다. 느껴본 적 없는 수많은 감정들이 두서없이 튀어나왔다. 그 후로는 전등의 깜빡임과 전기 오작동이, 남편이 내게 보내는 신호라 믿었다. 사망신고서를 접수하러 가는 길에서도 그를 만났다. 교차로의 모든 신호가 빛을 잃고 꺼져 있었다. '당신이지?' 빛을 잃은 무언가를 보면, 자꾸만 그를 씌웠다. 어쩌면 내 삶 속으로 그를 다시 끌어들이고 싶었는지도 모른다. 집안에 들어서면, 모든 사물이 온통 그로 넘쳤다. 같이 밥을 먹던 식탁에도, TV 보며 뒹굴던 소파에도, 같이 잠들던 침대에도. 그는 보이지 않는데, 왠지 그가 보였다. 논리도 상실했다.

이사를 했다. 잠들지 못하고 뒤척였다. 밤만큼이나 내 삶도 어두웠다. 갑자기 방문 틈으로 불빛이 새어들어왔다. 유난히 선명한 빛이었다. 방문을 열고 나가보니, 현관 전등이 환했다. 누군가의 움직임을 감지하여 켜지는 센서 전등이다. 서늘했다. 어떤 존재가 잠시 공간에 머물렀음을, 빛으로 알려주는 듯했다. 현관 쪽으로 가서 슬며시 중문을 열었다. 아무도 없다. 어떤 개연성 없이 느닷없이 켜진 센서등. 도둑이었나. 문 열리는 소리도 없었는데, 그럼 누구지? 그다. 그 사람일 수밖에 없다. 센서등은 종종 이유 없이 켜졌고, 그때마다 나는 남편이 떠올랐다.

영화 〈생일〉을 봤다. 사랑하는 아이의 죽음으로, 슬픔을 억누르며 살아가는 여자가 나왔다. 여자는 일상의 표정을 잃었다. 현관 센서등이 갑자기 켜지는 걸 보고, 아이가 온 것이라 생각하며, 허공에 말을 걸었다. 아이가 죽지 않았던 때로 돌아간 것처럼 표정이 밝았다. 아직 곁에 있다는 안도감과 반가움이었으리라. 영화 속 여자의 모습에서 내 모습을 발견했다.

늦은 밤이나 새벽/ 아무런 기척도 없는데/ 현관 센서등이 반짝 켜지곤 했지요?

놀라지 마세요/ 어머니 저예요

이제 저는 보이지 않게 가고/ 보이지 않게/ 차려놓으신 밥을 먹고/ 보이지 않게/ 어머니를 안아요

다시 놓지 않으려/ 당신을 꼬옥 안아요/ 그때, 센서등이/ 반짝

켜지는 거예요

— 영화 〈생일〉에 나온 시 「엄마, 나야」 중에서

왜 고작 '전등'에 기대는 걸까. 사람들은 죽음을 마주하기 전엔, 죽음을 생각하지 않는다. 입에 올리는 것도 꺼린다. 삶과 죽음이 한 세트로 묶여 있어도, 항상 삶만 보이고, 죽음은 삶 뒤쪽에 가려져 있다. 그래서 죽음은 낯설다. 사랑하는 이의 죽음을 어떻게 받아들여야 하는지, 아무도 내게 가르쳐주지 않았다. 수시로 생소한 감정들이 솟아올랐고, 드러내지 않으려고 표정을 지웠다. 아무 일 없었다는 듯이. 갑작스러운 이별은 마지막 인사조차 허락하지 않았다. 떠나간 이도, 떠나보낸 이도 못 다한 말이 마음에 남았다. 상대를 잃어버린 말들이 전등과 마주쳤는지도 모른다. 전등은 남겨진 마음을 표현하는 매개체가 아니었을까.

사별 후, 한동안 정체된 시간에 갇혀 있었다. 돌이켜보면 그가 없는 삶을, 다시 살아내기 위해 버틴 시간이었다. 나는 준비되지 않은 이별을, 받아들일 시간이 필요했다. 내게 소중했던 사람이 완전한 무無의 상태로, 사라지는 것을 이해할 수 없었으니까. 어딘가에 있다고 믿는 게 마음이 편하다. 애도는 저마다의 사연을 품고, 저마다의 방식으로 흘러간다. 나는 서서히 그를 놓아주고, 내 표정을 되찾아야 했다. 남은 자에게는, 아직도 살아가야 할 시간이 남았으니까.

아직도 가끔 전등에 반응하기도 하지만, 예전처럼 온전히 그를 전등에 씌우진 않는다. 그래도, 살다가 기척도 없이 남편 생각이 번쩍하고 켜지는 건 어쩔 수 없다. 생각나면 생각나는 대로 잠시 '그'라는 전등을 켜두면 되겠지. 어찌보면, 살면서 마음속에 전등 하나 가지고 사는 것도 괜찮은 삶이지 않은가. 다시 내 삶에도 빛이 보인다.

수필오디세이

The 수필

●… 켜짐과 꺼짐, 빛과 어둠은 존재와 부재의 다른 얼굴이다. 절제미가 돋보여서 더 깊게 아픔이 전달되는 글이다. "슬픔을 유예시키면, 나중에 더 아플까, 덜 아플까." 다섯 살 아이에게 아빠의 부재 사실을 알릴까 고민하는 부분이 오래 먹먹했다. 정답은 모른다. 그러나 머지않아 아빠 눈동자를 닮은 그 아이를 등대 삼아 빛의 세상으로 더 확실하게 나올 수 있으리라 짐작한다./ 문혜영

일상학 전공

최진 jjmo3@hanmail.net

다시 공부하게 된다면 일상학을 전공하고 싶다. 일상학이라는 학문이 학교에 과목으로 개설되어 있는지는 모르겠지만 말이다. 매일의 별다를 것 없는 일상은 사실 겪으면 겪을수록 재미있다.

프랑스 명상공동체인 플럼빌리지를 운영하는 틱 낫한 스님의 오래전 인터뷰가 아직도 생각난다. 십 년도 훨씬 더 된 것 같은 인터뷰의 내용은 '설거지를 하면서 우주를 느끼고 명상에 빠진다'는 것이었는데 듣는 순간 완전히 공감이 갔다. 역시 세계 곳곳에는 우리에게 잊을 수 없는 공감의 메시지를 뿌려대는 고수들이 도사리고 있다.

사실 나도 늘 비슷한 생각을 해왔다. 가장 작고 소박한 어떤 것, 우리의 평범한 일상들도 어떻게 재단하고 얼마만큼 몰두하느냐에 따라 그것 자체로 하나의 훌륭한 시적 시간으로 완성될 수 있다고 느껴왔기 때문이다. 그저 무심하게 지나치면 의미 없는 잡일들로 이루어진 시간의 흐름일 뿐이지만, 그것에 마음을 주고 정성을 기울이면 그저 그런 하루도 빛나는 순간으로 반전될 수 있다.

그런 일들은 늘 우리 주변에서 일어난다. 인식하는 순간 달라진 시간들이 우리를 기다리고 있는 것이다.

평범한 일상의 남자인 나의 남편은 아침으로 가끔 핫케이크를 구워준다. 핫케이크만큼은 나에게 맡기지 않는다. 뭐 특별한 반죽이 있는 것도 아니고, 그저 시판된 가루에 계란과 우유를 섞는 정도이지만 정성 들여 한 장 한 장 구워낸다. 어느 순간 별 거 아닌 핫케이크 굽기에 진한 흥미를 느끼기 시작한 것이다. 기름도 두르지 않고, 약한 불에 팬을 달궈 세심하게 구워내는데, 아무리 핫케이크를 층층이 쌓아도 모양이 삐져나오지 않고, 거의 비슷한 크기와 동그란 모양새를 유지하고 있다. 나는 집중하고 있는 그 모습이 너무 감탄스러워 남편에게 '핫케이크를 굽는 발레리노'라고 이름 붙여주었다. 어쩐지 동작들이 날렵하고, 섬세한 고급 기술을 선보이는 발레리노 같았기 때문이다. 그는 그것을 좋아한다. 그것에 마음을 주어 특별한 시간으로 인식하는 것이다.

내가 이야기하는 일상들이 집안을 반짝반짝 윤기나게 관리하거나, 정갈한 밑반찬을 만들어두는 것, 정기적인 취미생활을 하는 등의 기능적인 종류의 것들은 결단코 아니다. 일반화되지 않은 내게 특별한 단 하나의 개별적인 행위들을 찾아내 즐기면서 집중하는 것이 내가 생각하는 일상의 기쁨이다.

지금도 나는 마치 매일의 일기를 채워넣듯이 '아! 내가 이런 것들을 좋아하는구나' 하면서 인식하고 있다.

기도를 걸으면서 하는 것, 아무도 없는 거실에서 몰래 신나게 춤을 추는 것, 마음을 때리는 노래를 편집적으로 질릴 때까지 듣는 것, 두꺼운 책의 좋아하는 구절만 야금야금 읽는 것, 영화관에 스며들어 시원하게 우는 것, 대화 통하는 친구와 시간이 날아가는 것을 느끼는 것, 나를 이해하는 헤어디자이너와 손쉬운 머리 모양을 찾아내는 것, 커피의 매력적인 농도를 맞춰가는 것, 재미있는 농담과 장난들을 나누는 것 등등이다. 변함없이 좋아하고 집중이 되는 순간들이다.

조금만 주의를 기울이면 우리 주변에서 그와 같은 일상의 고수들은 얼마든지 만날 수 있다. 예전 동네의 수위아저씨 한 분은 너무나 열정적으로 단지 청소를 하셨다. 날씨와도 상관없이 몇 년을 유지해나가는 모습이 인상적이어서 청소하면서 뭐가 그렇게 매일 신이 나시냐고 물었던 적이 있었다. 대답은 준비된 듯 즉각적으로 나왔는데, 본인은 청소하는 것이 그렇게 좋다고 하셨다. 청소의 동작들이 그분에게는 최고의 명상이고 기도였을 것이다. 몰두하는 순간 우리는 가장 순수하고 평온해진다.

별 거 아니다. 잘 살아낸다는 것은 그런 것이다. 그리고 누구나 저절로 집중되어지는 것이 있다. 하지만 인식하는 것이 가장 중요하다. 인식하는 순간 그것들은 '내가 좋아하는 어떤 것'이라는 특별한 이름을 가지게 되는 것이다.

앞으로 사는 동안 내게는 더 많은 일상의 좋아하는 것들이 생겨날 것이다. 절대로 흘려버리지 않고 꼭 인식하고 즐기는 기쁨을 놓치지 않을 것이다.

The 수필

●… '내 것이 확실한 행복'을 어떻게 찾느냐고 묻는다면 바로 이 글이 그 해답이 될 듯하다. "아무도 없는 거실에서 몰래 신나게 춤을 추는 것, 영화관에 스며들어 시원하게 우는 것 등." 작가는 일반화되지 않은 특별한 단 하나의 개별적인 행위들을 찾아내 즐기면서 집중하는 것을 일상의 기쁨이라고 말한다. 평범한 일상에서 빛나는 순간을 발견하는 것은 '알아차림'이다. '일상학'이라는 단어가 주는 신선함과 코로나 시대에 중요해진 '일상'을 빛나게 하는 작가만의 유니크함이 읽는 맛을 더한다./ 정진희

눈물에 대한 기억

하석배 hadawon@hanmail.net

계절이 주는 최고의 선물, 5월이다. 눈길 닿는 곳마다 연초록색 만물이 눈부시게 잔칫상을 차린다. 어린이, 어버이, 스승의 날까지 있어서 나들이 계획이 촘촘하고 발걸음이 바빠진다. 하지만 내게 5월은 먹먹한 마음에 짜장면 한 그릇이 떠오르는 달이다.

내가 고등학교 2학년이던 1971년, 아버지가 벌인 사업이 번번이 실패로 이어지던 무렵이다. 집안 분위기는 가라앉고, 식구들의 웃음소리도 잦아들었다. 생계라는 짐을 떠안은 어머니가 그해 국회의원 선거를 앞두고 작은 식당을 차렸다. 2년 전에 지역 국회의원이 비행기 추락사고로 숨졌다. 야당이 거세게 요구해도 보궐선거를 미루다가 그해 5월에 제8대 국회의원 선거가 있었다. 면 촌수의 집안 어른이 여당 후보로 출마하게 되자 시청 가까이 있던 우리 집이 식당으로 바뀌게 되었다. 공식 선거운동이 시작되기 몇 달 전부터 우리 식당에서 수십 명의 후보 진영 사람들이 식사를 했다. 하루 세 끼에다 밤참까지 차렸으니 온종일 여닫느라 식당 문에 불이 날 지경이었다.

내 생일날이었다. 시청과 가까운 공설운동장에서 수많은 사람을 모아놓고 막바지 선거유세가 있었다. 식당과 붙어 있는 집 안팎이 온종일 북새통을 이뤘다. 가족들의 생일 축하는커녕 전날 어머니가 끓여놓은 미역국을 혼자 먹고 학교에 갔다. 나중에 챙겨주겠다는 어머니의 말씀은 귓등으로 흘렸다.

선거가 끝났다. 당시 판세로 보아 당연히 이길 것으로 예상했으나 막상 뚜껑을 열어보니 근소한 차이로 야당 후보에 밀리고 말았다. 많은 돈이 들어간 식당 영업은 무상으로 선거를 지원한 꼴이 되어버렸다. 몇 달 동안 밀린 밥값을 거의 받지 못하게 됐으니 말이다. 오래된 적산가옥의 일부를 헐어내고 새로 식당으로 개조하는 데 들어간 비용조차 고스란히 빚으로 남았다. 집안 살림이 펴지길 바랐던 가족들의 기대는 물거품이 됐고 되레 큰 빚을 다시 떠안았으니 먹지도 못하는 제사에 절만 죽도록 한 셈이었다.

선거가 지나가자 식당 손님도 뜸해졌다. 식당이 쉬는 5월의 마지막 일요일, 어머니가 점심을 사주겠다고 했다. 우리가 간 곳은 집 근처의 중국집이었다. 뭘 먹을지 고를 필요가 없었다. 짜장면 두 그릇과 군만두 한 접시면 훌륭한 외식이었다. 감칠맛을 낸 달짝지근한 짜장 소스와 굵게 썰어 넣은 양파와 돼지고기, 쫄깃쫄깃한 면발이 어찌나 맛있었던지 아직도 입안에 군침이 돈다. 둘이 마주 앉아 묵묵히 먹으며 짜장면에 홀린 나는 혼자 신이 났었다.

식사를 마쳤다. 뜻밖에도 어머니가 영화를 보자고 했다. 그 전에 함께 영화를 보러간 적이 없었으니 어머니와 나의 처음이자 마지막 극장 데이트였다. 어머니가 고른 영화는 당시 인기가 높아서 여러 후속편까지 만들어졌던 〈미워도 다시 한번〉이었다. 그날 본 게 몇 번째였는지는 기억나지 않지만, 그 시절 명배우들이 주연을 맡은 영화였다. 유부남과 처녀 사이의 불륜을 그리고 있으나, 선하고 힘없는 등장인물들의 기막힌 사연이 많은 사람의 눈물을 자아내며 가슴을 저리게 만들었다.

영화가 시작하여 얼마 안 되고부터 누가 먼저랄 것도 없이 우리 모자母子의 눈물이 두 뺨을 타고 내렸다. 영화가 끝날 때까지 사람들의 훌쩍이는 소리와 혀 차는 소리가 극장 안을 가득 메웠다. 아마도 내가 평생 흘려야 할 눈물을 그날 죄다 쏟지 않았나 싶다.

세월이 한참 흐른 뒤에야 깨달았다. 맛있는 짜장면을 같이 먹은 그날, 어머니가 왜 그토록 슬픈 영화를 보자고 하신 이유를 말이다. 시원시원하고 억척스런 성품의 어머니였다. 등짝이 휠 만큼 빚에 쪼들려도 우렁우렁 견뎌낸 분이었다. 그럼에도 검은 비구름을 머금은 집안 형편에 다섯 자식의 공부와 생계를 책임져야 하는 막막함 앞에서 응어리진 마음을 풀어헤칠 자리가 필요했던 거였다. 영화를 보는 내내 어머니 가슴에 드리운 삶의 먹구름이 세찬 비가 되어 흘러내렸던 것은 아닐까.

자식에게 나약한 모습을 보여주기 싫었던 어머니가 숨을 죽이고 서럽게 우시던 그날의 기억은 오랜 세월 가슴속 멍으로 남아 있다. 살면서 나는 힘에 겨워 부대낄 때마다 어머니의 아픈 울음을 떠올리며 마음을 추스르곤 했다.

어머니 생전에 그날에 관해 물어본 적이 있었다. 어머니는 길게 한숨을 내쉬셨다. 그리고 대답 대신 엷게 웃으셨다. '니 애비는 일만 저지르고, 한참 크는 자식들 눈망울은 어른대고, 어떻게 먹고살아야 할지…. 그땐 정말 막막했었지.' 아마 마음속으론 이런 대답을 하고 싶으셨을 게다.

다시 5월이 왔다. 의미 있는 순간은 짧게 지나가지만, 우리 인생에 소중한 추억을 선물한다. 평생을 앞만 보고 바쁘게 걸었던 어머니. 고달팠던 시간에도 어머니의 눈길은 자식을 향하는 마음으로 가득했다. 햇살이 비치는 곳은 언제나 따뜻하듯, 내 그리움의 끝자락엔 등을 다독여주던 어머니의 손길이 머물고 있다. 내게 어머니의 눈물을 닦아드릴 힘이 없던 그때를 돌아보면 "행복했던 시절에선 배운 게 없고 힘들었던 시절을 통해 자신을 만들었다"는 R. 프루스트의 말이 떠오른다. 나의 5월은 달짝지근하지만 뭉근한 아픔이다.

한국산문

The 수필

●… 삶의 밑바닥에서 자식들을 키워내야 했던 억척스런 어머니도 결국은 한 여성이고 연약한 인간이었음을 우리는 다 커서야 깨닫는다. 슬픈 영화를 보는 내내 어머니가 숨죽이고 서럽게 우시던 그날의 기억은, 사는 것이 힘에 겨울 때마다 삶의 채찍이 되어주었다. 긴장감 있는 서사와 간결한 문장으로 힘 있는 전달력이 돋보이며, '어머니'라는 근원적 정서에 기대어 풀어낸 '눈물'에 마음이 젖는다./ 정진희

숯 2

황진숙 adoongaa@daum.net

운명의 짐을 졌다. 시커멓게 과거를 지우고 뉘 집에 유배되었다. 나무에서 숯으로 바뀐 신세를 항변할 새도 없이 잿불에 파묻힌다. 가문을 지키며 불씨를 잇는 계율은 지엄하다.

그을음과 연기로 미적대지 않는다. 불티를 날리며 요란을 떨지 않는다. 그저 소리 없이 뭉근하게 타오른다. 살풀이하듯 발갛게 일렁인다. 밤새 가물거리며 화로의 불씨를 품느라 어둠살이 밝아오는 줄도 모른다.

몸 안의 길을 따라 저장해놓은 한 톨의 비, 한 가닥의 바람, 한 점의 햇살마저 날려버렸으니 한가로이 풍화에 들면 그만이다. 텅 비어 구멍투성이인 몸뚱이로 무얼 어쩌랴. 난데없이 어두운 구석에 처박혀 묵은 내를 들이마신다. 장독에 들어앉아 불순물을 흡착하느라 뒤척일 수 없다. 잡귀를 물리치는 문지기로 내몰려 문간의 금줄에 내걸린다. 수도승처럼 마냥 자리를 지키느라 먼지를 뒤집어쓰고 서서히 박제가 되어간다.

꿈인 듯 생시인 듯 지난 시절이 스친다. 도토리로 굴러떨어져 싹을 틔운 곳에서 수십 년을 붙박이로 살았다. 사는 게 다 그런 양 몸을 내주는 데에는 이골이 났다. 껍질을 뚫고 들어오는 사슴벌레에게 속살을 파먹히고, 나뭇가지에 뿌리를 내리고 기생하는 겨우살이에게 양분을 빨렸다. 알을 낳은 혹벌에게 벌레혹의 거처를 내주고, 천재지변을 피해 여문 열매는 땅으로 떨어뜨려 다람쥐와 청설모의 배를 불렸다. 몸통이 굵어지고 물이 오르자 뭇사람들은 굴피집의 지붕을 인다며 껍질을 벗겨가버렸다. 알몸인 채로 계절을 나야 하니 참으로 고달픈 숨을 이어가는 나날이었다.

사는 게 무망하던 어느 날, 숯쟁이를 따라 출가를 결심했다. 세속의 연을 뒤로 하고 떠나리. 갈 길을 정하고 나니 불어오는 꽃바람이 향긋하기만 했다. 콧노래를 흥얼거리려는 찰나 옆구리에 톱날이 와닿았다. 날카로운 통증과 함께 천지가 핑그르르 돌았다. 짙푸른 하늘이 곤두박질치고 조각구름 속으로 내동댕이쳐졌다. 정신을 차려보니 어둡침침한 가마 속이었다.

짓눌리고서야 새로이 피어나는 꽃 누르미처럼 불길에 눌려 거듭나리라 생각했다. 영원한 숨을 얻어 고이 모셔지겠지. 복닥거린 시간이 빠져나가고 온전히 고요에 들 것이다. 살아온 날을 추억하며 세상사에서 비껴나 있어도 좋겠다.

불구멍에서 연기가 치솟았던가. 원통형으로 재단된 몸피에 불길이 닿자마자 까무룩 숨이 멎었다. 깨어나보니 이전의 내가 아니었다. 단단했던 육신은 중심을 잡지 못하고 무너져내렸다. 굴곡진 껍질은 간데없고 물씬 풍기던 체취도 사라졌다. 뼛속을 달구는 화염 속에서 속속들이 탄화되어 새까만 몸빛으로 변해 있었다. 부풀었던 단꿈이 동강난 몸 위로 널브러졌다.

이승에서 저승으로 저승에서 이승으로 오가며 다음 생을 별렀건만, 고작해야 우물 바닥과 땅속에 매몰되거나 다른 물성의 습과 악취를 머금어야 한다. 질화로에서 가뭇없이 사그라질 운명이 허망하기만 하다. 털어버리지 못한 속내로 궤적을 남기지만 숯검정이란 낙인이 찍힌다. 되돌아갈 수도 머물 수도 없는 시간을 안고 엎치락뒤치락 부대낀다.

결국 돌고 돌아 제자리다. 환하고 해사한 삶은 고사하고 한곳에 박힌 노박이로, 온몸을 사르는 불덩이로, 새까만 영혼의 몸덩이로 질긴 생애를 건넌다. 한뎃잠으로 지새우고 불구덩이를 통과하여 구멍마다 이물질을 빨아들이는 고행 속에서도 적멸에 들지 못한 속은 하얗게 삭아내린다. 이리저리 몸 바꿔봐도 메마른 속내는 채워지지 않는다. 한 치도 이탈할 수 없는 궤도를 따라 맴돌 뿐이다.

나를 낮추고 버려야 건져낼 수 있는 숯. 어둠에 잠겨 세상에 닿지 못하는 소리들이 침묵 속으로 가라앉는다. 뼈대만 남은 육신이 부동의 자세를 허물며 못 다한 소리를 토해낸다. 지난 삶의 회한을 내려놓고 붉게 타오른다. 목숨의 흔적을 지우며 비로소 홀가분해진다. 가져갈 것도 없이 남겨놓을 것도 없는, 또 다른 자리로 돌아가기 위한 귀의의 시간이다.

저 멀리 별이 뜬다. 밤하늘의 어둠을 깨우는 별처럼 온몸으로 불살라 뭇사람들의 마음을 지피리라. 깃드는 고요 속에서 오래도록 사위어 간다.

수필과비평

The수필

●… 열매의 싹이 자라 제법 형상을 갖춘 나무는 뭇 동물의 먹이로 숲에 헌신한다. 인간은 껍질까지 벗겨가고 그것도 모자라 토막으로 자른 나무를 불가마로 내던진다. 나무의 소신공양燒身供養, 자신의 의지와는 무관한 상태로 내던져지는 숯의 숙명은, 거부할 수 없는 운명의 소용돌이를 감내해야만 하는 인간 존재와 다른 듯 닮았다. 마침내 귀의에 이르러 무화無化한 존재로 거듭나는 숯은 나무의 만다라다. 존재의 본질인 무화에 이르기까지의 숯의 연대기를 작가만의 치밀하고 정제된 방식으로 서술하여 존재의 본질인 무화에 이르기까지의 의미와 가치를 재발견하는 숙연한 기쁨이 크다./ 엄현옥

The 수필

Summer

4월의 지문

권혜민 donnak03@hanmail.net

바닷가 마을의 봄은 샛바람으로 대지가 조용할 날이 없다. 모든 것을 쓸어갈 듯 나무며 꽃을 흔들어 젖혔다. 바깥에서 일상으로 자리를 잡고 궁둥이 붙인 물건들마저 사정없이 흔들었다. 그럴 때마다 곤두박질 당하고 구석으로 처박혀 널브러진 화분 속 꽃을 손톱에 흙물이 들도록 돌봐야 한다.

거제도에 오기 전, 부산에 있을 때 일이었다. 오늘처럼 바람이 훑고 지나간 자리에 하얀 벚꽃이 길을 덮었다. 발에 밟힐까봐 까치발로 걷는데 휴대전화가 울렸다. 느닷없이 튀어나오는 남자의 목소리가 나를 찾았다. 귀에 익은 목소리는 아니었다. 그렇다고 낯설기만 한 것은 아닌 모호한 사내의 음성이 거듭 나를 확인했다. 상대가 긴장한 탓인지 내게로 그의 떨림이 전해졌다. 누구시냐고 묻다가 말고 멈칫했다.

'신랑 입장' 소리가 수화기 너머로 들리는데 예식장으로 들어가는 것이 맞는가를 묻던 남자다. 서로 싸웠거나 미움이 아닌 세월이 지나면서 인연의 직조가 헐거워져 끊어진 사이였다. 수년이 지나서 뜬금없이 자신의 결혼식장으로 가는 길을 묻던 것을 마지막으로 인연이 굳게 닫힌 사람이었다.

바람결마저 서로의 소식을 굳이 전하지 않게 된 지 많은 시간이 흐른 후였다. 일부러 추억의 갈피를 들추지 않는다면 마주칠 수 없는 인연이었다. 바닷가 도시로 나를 찾아왔다는 사람은 어느 연결 다리를 건너서 그 먼 길을 왔을까. 세월을 훌쩍 뛰어넘어 중년의 사내가 내 이름을 부르는 것이 생소했다.

영도 바닷가에서 해녀 할머니가 물질로 건져올린 멍게와 해삼을 놓고 술을 마셨다. 희끗거리는 머리칼을 쓸어 넘기며 이혼했었다고 과거형으로 말했다. 딸 하나, 아들 하나라고 내가 호구조사 요원도 아니건만 결혼의 역사를 풀어내더니 한동안 침묵이 흘렀다.

멋쩍어서 어깨를 으쓱 치켜올리는데, 아이들 엄마가 몹쓸 병에 걸린 것을 이혼 후에 알았단다. 아이들과 함께 이혼한 아내에게 들어갔다가 하늘 가는 길을 배웅하고 돌아왔노라고 숨을 몰아쉰다. 시켜놓은 안주는 아무도 젓가락을 대지 않아 바람에 말라가고 있었다.

안주를 앞으로 밀어주는데 손사래를 친다. 요즘 눈으로 먹는다면서 가늘게 웃는다. 아이들 엄마 병간호와 장례까지 치르고 나니 치아가 몽땅 내려앉다시피 했더란다. 거의 모든 치아를 임플란트로 대체해야 한다고 대수롭지 않은 듯 말했다. 가늠할 수 없는 고통의 시간을 말하는데 너무 무심해서 소름이 돋았다. 아픈 이야기를 단숨에 토해내는 그는 습기조차 말라버려 부스러질 것처럼 위태로웠다.

여울지는 태종대 물결 곁에서 독한 소주를 단숨에 털어넣는 사람에게 한마디 위로의 말을 건넬 수가 없었다. 어설픈 위로가 낡아 해진 부분을 건드리면 안 될 것 같았다. 움직임을 멈춘 채 귀만 열어놓았다. 나의 시선의 끝은 멀리 작은 섬을 향하고 그는 바위만 바라봤다. 바다를 굳이 외면하고 앉은 구부린 등을 푸르게 멍든 바다가 대신 어루만진다. 나는 팔을 모아 잡고 무릎에 얼굴을 묻었다.

새끼 둘을 옆구리에 끼고 마라이나 해협을 향하는 고래처럼 비장한 사내의 굴곡진 삶의 언덕길이 가팔라서 서글펐다. 무릎걸음으로 다가가 금방이라도 꺼질 것 같은 굽은 등을 꼭 안았다. 어깨를 들썩이다 끝내 소리를 내며 울음을 터트렸다. 속엣말로 울어라, 기진맥진 쓰러질 때까지 소리쳐 울라고 부추겼다.

울음을 매달고 두 다리 뻗을 자리를 찾아온 시절 인연에 멍석이 되어주었다. 아직 차가운 해풍만 배회할 뿐 저물어가는 바다는 적요했다. 애절한 흐느낌만 허공을 맴돌다가 둥근 고리로 바다에 무늬를 만들었다. 발바닥까지 게워내듯이 울던 옛 사람은 마지막 열차를 타고 서울로 돌아갔다. 다행스럽게 그는 무사히 일상으로 스며들었다.

해마다 이맘때가 되면 육친 비슷한 마음으로 일 년에 한두 번 정도 서로 전화를 걸어 생존을 확인한다. 통화로 안부를 말할 수 있는 사람보다 다시는 만날 수 없는 사람이 더 그리운 법이다.

지천으로 꽃이 만발하던 계절에 내 곁을 떠난 부모님이 그러했다. 떠나시던 날, 아버지는 당신이 손수 돌보던 꽃밭에 오래 눈을 맞추고 계셨다. 배웅이라도 하듯 철보다 이르게 활짝 꽃망울을 열어주던 장미를 바라보면서 생을 마쳤다. 어머니는 아버지가 떠나시고 스무 해를 더 사셨다.

눈길이 닿는 곳마다 이팝나무가 하얗게 꽃수를 놓던, 아버지 사후死

後 스무 번째 봄이 엄마의 마지막이었다. 요양병원 중환자실에서 자식들과 무언의 눈인사를 마지막으로 이승에서 저승으로 환승하기 위해 조용히 숨줄을 놓았다.

두 분 모두 산야가 만개한 꽃으로 눈부신 잔치를 벌이던 날, 내 곁을 떠났다. 눈시울이 붉어진다. 내게 이 계절은 가슴 아픈 그리움의 흔적이다. 하얀 목련이 땅으로 내려오고 갈색 실핏줄로 시들어가면 우리는 심장을 잃어버린 계절이 된다. 어김없이 찾아오는 이 달이 소소할 수 없는 끈질긴 미열과 같다.

바다에서 통째로 올라오는 바람은 지축을 뒤흔들었다. 계단 아래 나동그라진 파라솔 버베나꽃 화분을 추슬러 실내로 들여놓았다. 옆집 담을 끼고 핀 싸리꽃이 애처롭다. 작고 힘없는 하얀 꽃송이가 추위에 몸을 바르르 떤다.

가슴 저리도록 아파야 4월이다. 그것이 살아 있는 자들에게 주어진 기억의 의리다.

수필오디세이

The 수필

●… '시절인연'을 불러오기 위한 서두의 무대 세팅이 완벽하다. 바닷가, 봄, 샛바람, 꽃, 흔들림, 이런 제시어만으로도 독자의 상상력은 나래를 편다. 비껴가버린 인연, 희미해지긴 했어도 지워지진 않았던 그가 울음을 매달고 찾아왔다. 발바닥까지 게워내듯 울고 갈 수 있도록 등을 안아주었던 필자. 아픔을 감싸주고 위로해주는 것. 그게 인생이고 문학이다. 가슴 저리도록 아파야 4월이라는 필자의 마음이 아름다운 공명으로 다가왔다./ 문혜영

시김새

김순경 sungyeong3264@daum.net

떨다가 꺾이더니 밀려간다. 소沼에서 돌던 급류가 절벽에 떨어지듯 성음이 뚝 떨어진다. 상청과 하청이 춤을 추듯 넘실대며 몸을 섞는다. 굴곡 없는 가락이 없듯이 순탄한 삶도 없다. 자신의 소리만 토해내는 시나위 가락처럼 사람들도 각자의 아픔을 되새기고 삭이며 살아간다.

예로부터 노래는 생활이다. 인간은 노래와 더불어 살아왔다. 논밭이나 우물가에서도 장단을 맞추고 나무하러 갈 때도 콧노래를 흥얼거리며 지게 목발을 두드렸다. 누군가의 매기는 소리에 너나없이 후렴 부분을 받아냈다. 모두가 참여하는 노래라 동질성을 나타내는 수단이기도 했다. 요즈음은 노래와 떨어져 살 수가 없다. 골목마다 노래방이 있고 운전을 하거나 지하철 속에서도 음악을 듣는다. 오늘도 어디선가는 노래자랑과 오디션에 젊은이들이 열광한다.

어릴 때부터 전통 민요를 좋아했다. 정초에 마을 어른들이 풍물을 치면 노래를 부르며 따라다녔다. 굿거리장단에서 자진모리장단으로 이어지면 등에 업힌 동생도 저절로 춤을 추었다. 그때 들었던 장단으로 초등학교 학예회에서 장구를 쳤고 대학에서는 꽹과리를 치며 농악팀을 이끌었다. 나이가 들면서 좋아하는 노래도 달라졌다. 밀양아리랑과 같은 순박하고 구수한 동부민요를 배우다가 한恨과 애수를 자아내는 서도소리에 끌려 한동안 배뱅이굿을 불렀다. 이순이 지나자 억양이 강하고 표현이 풍부한 남도소리에 점점 끌린다.

소리의 참맛은 시김새에서 우러난다. 흐름을 해치지 않고 부분적으로 음을 달리하여 선율을 맛깔나게 한다. 가성과 진성으로 강약을 조절하고 흔들고 밀면서 음을 농락한다. 잔잔하게 가다가도 폭포수처럼 갑자기 흩날리고 격랑의 물결을 이루다가도 애잔하게 이어간다. 사설에 맞게 사용하면 훨씬 구성지고 흥겨운 소리가 된다. 같은 노래도 소리꾼에 따라 완전히 다른 노래처럼 들리는 것도 시김새 때문이다. 동편제와 서편제로 구분하고 신쾌동류와 한갑득류 등으로 분류하는 것도 같은 맥락이다.

시김새는 단순하지 않다. 흔드는 청의 폭을 조절하고 음을 끌어내리고 올리며 순간적으로 꺾기도 한다. 때로는 빠르게 흔들다가도 원음 앞에 장식음을 넣어 굴리기도 한다. 뻗는가 하면 어느새 거문고 소리처럼 떨고 안정감을 주는가 싶으면 느닷없이 낭떠러지에 떨어진다. 적절한 변화가 긴장을 고조시키고 극적인 분위기 반전을 가져온다. 사설에 맞게 떨고 뻗고 꺾다보면 자연스럽게 소리가 조화를 이루고 가락도 다양한 형태로 나타난다.

구음口音을 들은 적이 있다. 악기의 특징적인 음을 창을 하듯이 입으로 흉내내는 소리지만 애절하고 애잔함에 몸이 떨렸다. 모든 것을 다 토해낼 것처럼 밀고 가다가도 갑자기 꺾이는 소리의 울림이 깊은 여운으로 남는다. 가슴속에 줄줄이 맺힌 사연들을 내뱉을 듯이 상청으로 밀어올리다가도 체념하듯 힘없이 밀려난다. 끊어질 듯 이어지고 멈출 듯 밀고 가는 운율이 계면조와 우조를 넘나들면 가슴속 맺힌 한을 토해내는 것 같았다. 절규를 지나 나지막하게 들리는 소리는 말문 닫은 할아버지의 유언 같았다.

진도 씻김굿을 보러갔다. 죽은 사람의 영혼을 깨끗이 씻어 극락왕생하게 하고 자손의 복을 비는 굿이다. 멍석에 깔린 희미한 불빛이 밝기를 더해갈 즈음에 코가 오뚝 선 하얀 버선발의 소복 입은 무당이 모습을 드러냈다. 지켜보는 구경꾼들은 자리를 고쳐앉으며 침을 삼켰다. 정적을 깨는 장구소리가 격랑의 시나위를 불러오자 무당의 구성진 구음이 접신接神을 시도했다. 절규하듯 토해내는 영혼의 소리가 절정에 달하면 방석에 앉은 악사들도 신들린 듯이 가락을 타고 추임새를 넣으며 굿판을 달구었다. 구경꾼들마저 어깨를 들썩이면 지켜보던 등잔불도 그을음을 마구 흔들어댔다.

판소리 심청가를 여러 번 보러갔다. 같은 내용이지만 누가 소리를 하고 북을 치느냐에 따라 느낌이 달랐다. 가장 흥미진진한 부분은 언제나 심봉사 눈뜨는 대목이었다. 딸이 앞에 있는 줄도 모르고 넋두리를 하듯 자신의 신세를 한탄하는 중모리장단이 장내 분위기를 숙연케 했다. 울부짖듯 탄식하는 상청에 도달하면 관객도 소리꾼도 눈가에 이슬이 맺혔다. 딸을 보려는 심봉사가 눈을 끔적거리는 대목에서는 빠른 자진모리장단만큼이나 긴장감이 흐르고 눈을 번쩍 뜨는 부분에서는 어김없이 추임새와 박수가 터져나왔다.

한동안 판소리를 유행가처럼 혼자 불렀다. 목청을 돋우며 수도 없이 따라했지만 진한 맛은 고사하고 소절마다 벽에 부딪혔다. 빛깔은 곱지만 밍밍한 요리처럼 어설프게 겉멋만 부리다보니 사람들 앞에서 불러보고 싶어도 귀명창이라도 만날까봐 망설일 때가 많았다. 무엇보다 음을 꾸미는 시김새에서 막혔다. 악보에도 없는 독특한 창법이라 쉽게 접할 수가 없었다. 이순을 훌쩍 넘기고서야 전통 판소리를 전공한 선생님을 찾아갔다.

첫날부터 혼이 났다. 사전에도 없는 용어와 알 수 없는 기법에 기가 눌렸다. 젊은 선생님은 대뜸 무슨 노래를 배우러왔는지 물었다. 단가를 배우고 싶다고 했더니 의아한 눈빛으로 한참 바라봤다. 진도아리랑을 불러보라고 했다. 이미 알고 있고 많이 불렀던 노래라 내심 쾌재를 외치며 호기롭게 불렀더니 시작하자마자 중단시켰다. 민요는 그렇게 부르는 것이 아니라며 선창을 했다. 날선 목소리로 장구채를 힘껏 내려치면서 그것도 못하느냐는 듯이 다그칠 때는 나도 모르게 등줄기에 식은땀이 주르르 흘러내렸다.

얼굴이 화끈 달아올랐다. 발성부터 창법까지 완전히 달랐다. 가성과 진성을 적재적소에 사용하고 소리의 강약은 물론 떨고 흔드는 법까지 같은 부분이 거의 없었다. 특히 남도소리는 목을 누르면서 힘을 빼고 부르는 계면조가 많았다. 힘찬 우조나 평조는 그나마 좀 나았지만, 계면조의 애원성과 동물이나 자연의 소리가 문제였다. 같은 음이라도 밀고 당기고 꺾고 흔들다보니 전혀 다른 노래처럼 들렸다.

시김새가 마냥 좋은 것은 아니다. 시도 때도 없이 사용하거나 어정쩡하게 들어가면 노래를 망친다. 음식 맛을 내는 양념처럼 언제 얼마나 사용할 것인가가 중요하다. 먼저 사설의 내용을 완전히 소화하고 극적인 효과를 낼 수 있는 부분을 찾아 주변 음과 조화를 이루어야 시너지 효과를 낼 수 있다. 가슴속에 켜켜이 쌓인 고락의 우수가 소릿결에 묻어날 때 비로소 오래 삭여진 그늘진 시김새가 보인다. 끊임없이 성대를 다듬지 않으면 제 맛을 낼 수 없어 입신의 경지에 도달한 명창도 매일 목을 풀고 연습을 한다.

해를 넘겨가며 소리를 배운다. 배우기 힘든 남도잡가는 감정이입이 빨라 듣는 사람을 편하게 한다. 무엇보다 남도의 소리는 판소리가 으뜸이다. 소리꾼처럼 고수의 반주에 맞춰 일인다역으로 사설을 늘어놓는다. 소리의 늪에 빠졌다가 아니리에서 숨을 쉬고 어설프게 발림 흉내를 내다보면 가끔 추임새가 들려온다. 가락이야 열심히 하다보면 머잖아 터득하겠지만 모진 풍상에 삭혀지고 닳은 생의 그늘까지 담을 수 있을지는 의문이다. 계단을 내려가다가도 딸꾹질을 하듯 꺽꺽대고 산책을 하면서도 소리를 길게 뺀어본다. 어쩌다 범종의 파동이 가슴을 파고드는 날이면 밤잠을 설치기도 한다.

소리는 가슴으로 한다. 청년은 노년의 우수를 모른다는 말이 있다. 나이테 같은 파문이 늘어갈수록 진한 맛을 낸다. 세찬 삭풍과 무더운 여름을 견뎌낸 나무의 연륜이 아름다운 목질을 만들 듯 소리도 세월의 더께가 깊을수록 무늬와 결이 살아난다. 돌처럼 굳어가던 답답한 마음이 풀리기도 전에 밀물처럼 허기가 밀려오면 숨죽은 묵은지처럼 소리도 변해간다. 지울 수 없는 피멍이 하나둘 늘어 갈수록 시김새도 진한 맛을 낸다.

인생도 크게 다르지 않다. 힘든 고비를 넘긴 삶이 더 소중하고 아름답다. 곧게 자란 나무보다 투박한 껍질의 등 굽은 소나무에 눈길이 오래 머물고, 끝없는 평지보다 크고 작은 산이 줄을 선 험난한 능선이 이야기를 많이 만든다. 삶이 급류와 폭포를 지나 호수처럼 잔잔한 강물이 되면 소리의 굴곡도 부드러워진다.

매기고 받는소리에 양념 같은 시김새를 더하니 밋밋한 노래가 비 맞은 풀잎처럼 생기를 되찾는다. 흥얼거리듯 길게 이어지는 탁성 위에 지난 날의 무늬가 고스란히 얹힌다.

계간수필

The 수필

●… 소리 문외한인 독자에게 이 글은 용어부터 낯설고 어려웠다. 한번 읽어선 쉽게 다가오지 않았다. 그러나 다시 읽고 싶어졌다. 진수성찬이 가득한 밥상처럼 천천히 음미하며 맛보고 싶은 글. 세 번 읽기를 너무 잘했다. 소리의 성찬을 받은 느낌이다. 청중을 사로잡는 명창처럼, 소리의 깊이와 참맛을 아는 필자의 유려한 문장이 닫혀 있던 귀를 열리게 했다./ 문혜영

짧고도 긴 쉼표

김영수 yyss0506@hanmail.net

이름 모를 하얀 꽃잎에 내려앉은 주홍색 모나크나비 한 마리가 보인다. 대개는 무리 지어 다니던데 어쩌다 혼자일까. 제 몸만큼이나 가벼운 꽃잎에 몸을 부리고 숨을 고르는 쉼표 같은 시간, 찢긴 날개 끝이 흔들린다. 얼마나 고된 비행이었으면 날개가 저리 상했을까. 천릿길 회귀하는 상처투성이 연어에게도, 날개 끝이 닳도록 수천 리를 날아온 나비에게도 삶은 녹록지 않은 여정이리라. 휴식하는 시간 위에 포개지는 햇살은 그 만만치 않은 삶을 달래주는 위로의 손길이 아닐까 생각하는데, 낯익은 과거의 한 장면이 스쳐간다.

작업복을 입은 채로 바닥에 털썩 주저앉아 땀을 식히는 무리 중에 그가 있었다. 그들의 이마에 맺힌 땀방울이 하나로 모여서 가느다란 빗물처럼 흘러내렸다. 목에 두르고 있던 땀에 전 수건으로 검게 탄 얼굴을 문지르며 웃던 그들의 치아가 햇살에 하얗게 빛났다. 공사현장에서 근무하던 남편은 그 땀방울 속에서 살다시피 했다. 나는 그들의 땀을 통해 노동과 휴식이 균형을 이룰 때 얼마나 아름다운지를 보았다. 그리고 그 땀이 얼마나 고단한지도.

지하철을 타고 버스로 갈아타고, 선 채로 졸다 깨다 하며 집으로 돌아가는 길. 걸을 때마다 부스럭거리는 붕어빵 비닐봉지 소리가 그들에게는 하루의 유일한 행복이었다. 혹시나 하던 기대로 따뜻하던 붕어빵은 잠든 아이와 아내의 고른 숨소리에 밀려서 큰소리칠 기회를 번번이 놓쳤다. 아내는 아내대로 갓 지은 밥 냄새에 스며들 웃음소리와 식탁 한자리를 차지하게 될 행복을 상상하며 상을 차리곤 했다. 그녀에게 밥상은 단순히 허기를 달래는 공간이 아니었다.

소박한 마음으로 밥을 짓고 국을 끓이던 시간이 허망하게 식어가던 아내의 밤. 축축해진 붕어빵 봉지를 식탁에 내려놓고 식구들 깨울세라 발소리 죽여가며 이불 속으로 기어드는 남편의 밤은 아내의 밤을 만나지 못했다. 겨우 잠든 부부에게 속절없이 찾아와 거칠게 문을 열어젖히는 불투명한 새벽. 고된 밤, 다시 새벽. 또 밤, 다시 새벽…. 숨 가쁘게 이어지던 내 남편과 나의 하루도 크게 다르지 않았다.

노동과 휴식이라는 단어를 떠올리면 다가오는 시커먼 그림 하나가 있다. 고흐의 <감자를 먹는 사람들>이다. 땀 흘려 일한 뒤에 주어지는 휴식이 갖는 의미는 백 년 전 그때나 지금이나 다르지 않은가 보다. 하루의 긴 노동을 끝내고 저녁 식사하는 동안 말 한마디 없이 무표정하게 감자만 집어가는 농부 가족의 거친 손이 어두운 배경에 흐릿하게 노출된다. 그림에서 보이는 단절의 벽은 어깨를 짓누르는 가난의 무게를 말하는 듯하다. 가난이 더께가 져서 어두울 수밖에 없는 방에서, 피곤에 지친 손과 손이 식탁에 모여 감자를 먹는다.

무겁게 움직이는 포크와 손놀림 사이에 내려앉는 침묵은 많은 이야기를 들려준다. 온 식구의 투박한 손으로 캐냈을 감자알에서 뿌연 김이 무심히 올라가는데, 누구의 얼굴에서도 휴식의 편안함이나 먹는 기쁨은 찾아볼 수 없다. 나는 수증기 너머의 고된 노동을 본다. 안온과 풍요 속의 일체감보다는 역경과 결핍으로 인한 균열에서 인간의 정서가 더 세밀하게 반응하며 움직이는가. 가난과 배고픔과 누추함과 비참함마저도 미화하지 않고 인간의 삶을 있는 그대로 표현한 작품이라서 깊은 공감을 끌어내는지 모르겠지만, 그림 속의 휴식은 여전히 아프다.

자연도 쉬어가는 계절 앞에 있다. 그 어떤 삶의 여정이라고, 고단한 육신을 부려놓고 휴식하는 순간이 달지 않을 수 있을까. 봄 여름 내내 바빴던 나무가 단풍으로 아름다운 것도 잠시, 낙엽 지면 가을이고 열매 떨구면 겨울이다. 봄이면 어김없이 새싹을 올리는 나무와는 달리, 한번 지면 그만인 인간은 나무라는 우주에 매달린 잎이나 꽃 같은 존재에 가깝다. 저마다 아름다운 꽃을 피우는 꿈을 갖고 산다 해도, 모두가 다 꽃과 열매를 거두며 살 수 있는 건 아니다.

잎과 꽃이 한 나무 안에 있어도 평범한 잎들은 꽃을 마음에만 품은 채 익명의 잎으로 살다 간다. 꽃은 한 생명의 절정이지만, 삶의 완성이라 할 수 있는 열매는 꽃이 져야 비로소 모습을 드러낸다. 꽃의 시간이 허공에서 순간을 머문다면, 열매의 시간은 흙에 묻혀야 빛을 발한다. 잎들이 하나둘 떨어져 내리는 소리가 들린다. 어쩌면 열매나 잎의 낙하에는 눈에 보이지 않는 쉼표가 들어있을지 모른다. 동그랗던 마침표에서 생의 의지가 싹트면 쉼표 모양이 되듯이, 마침표를 찍어야 그 뒤에 새로운 문장을 다시 시작할 수 있듯이. 떨어진 잎과 열매는 흙으로 돌아가 오래 휴식하며 순환을 거듭하리라.

젊은 시절에 나를 사로잡았던 꿈과 열정은 퇴색하고 균열하여 먼지가 쌓였지만, 더는 지난 일에 연연하지 않는 나이에 이르니 휴식의 의미가 새롭게 보인다. 누군가에게는 아쉽고 달콤한 휴식이, 또 다른 누군가에게는 시작을 위한 인고의 시간일 수 있는 인생의 휴식은 짧고도 긴 쉼표이어라. 열심히 달려온 끝에 한숨 돌리며, 쉬는 것으로 보여도 내면의 활동을 멈추지 않는 겨울나무의 쉼표를 닮은 나의 계절을 본다.

에세이문학

The 수필

●… 휴식이 안배된 노동은 아름답다. 하지만 그 노동의 끝에 얻어지는 안락이 없다면 노동은 아름답지 못할 뿐 아니라 쉼도 의미를 갖지 못한다. 다만 또 다른 시작을 위한 인고의 시작일 뿐이다. 작가는 고흐의 어둡고 무거운 그림 〈감자를 먹는 사람들〉을 통해서, 그리고 지나온 자신의 지난했던 삶을 반추해보면서 깨닫는다. 누군가에게는 아쉽고 달콤한 휴식이 누군가에게는 연속될 긴 고달픔을 예고하는 신호일 뿐임을. 그럼에도 삶은 계속되어야 함을. 쉼에 대한 작가의 통찰이 돋보인다./이혜연

내 안의 아이

김영인 ksoaye@hanmail.net

도서관 열람실엔 숨소리조차 들리지 않는다. 사람들은 몸은 의자에 둔 채 어디론가 사라져버린 듯하다. 나는 정적만 가득한 공간을 둘러보다 살며시 일어나 문을 열고 나온다. 여닫이문을 사이에 두고 이쪽과 저쪽이 다른 세계 같다.

휴게실에 들어선다. 한 소녀가 창밖을 향해 앉아 있다. 얇은 셔츠 위로 등뼈가 앙상하다. 가까이 가보니 승희다. 그렇게 있은 지 오래된 듯 빈 베지밀 병 두 개가 앞에 놓였다. 거친 입김이 병 표면에 서리다 사라진다. 자신 안에 갇혀 빠져나오지 못한 것인지 눈동자는 흐리고 두 볼은 빨갛다. 어김없이 무슨 말인가를 끊임없이 중얼거린다.

승희의 저 독백은 어디서부터 시작된 걸까. 이혼한 부모님, 미장원 일로 바쁜 엄마, 자주 폭력을 쓰는 오빠, 따돌리던 친구, 보고 싶은 친구들에게 하고 싶은 말인가. 승희의 과거를 들을 때마다 내 가슴 한켠으로 아린 통증이 재생된다.

내가 네댓 살 무렵이었던가. 아버지는 한 손에 농기구를 들고 다른 한 손으론 엄마를 끌고 동네 한복판으로 나갔다. 미친 듯 흥분해 난동을 부리는 아버지를 아무도 말리지 못했다. 나와 동생은 울면서 엄마, 엄마만 외쳤다. 몸을 늘어뜨린 채 어떤 저항도 하지 않는 엄마의 모습은 나의 뇌리에 돋을새김으로 명료히 남았다.

아버지는 인정이 많았다. 풍류까지 있어 흥이 나면 늘 민요를 낭창하게 불렀다. 하지만 가랑잎에 불붙는 듯한 성미가 문제를 일으켰다. 마찰이 생기면 대화보다 행동이 먼저였다. 엄마의 잔소리를 참지 못해 주먹을 휘두르고 살림살이를 집어던졌다. 그러고 나면 집안은 만신창이가 되었고 나와 동생은 자꾸 구석진 곳을 숨어들었다.

몇 년 후 아버지는 돌아가셨다. 가장이 무너지면서 그 무게는 고스란히 엄마가 떠맡았다. 언니 오빠들은 돈을 벌기 위해 일찍이 타지로 떠났다. 엄마는 들일이며 품앗이로 늘 바빴다. 삶이 고달픈 엄마와 이야기할 시간이 없었다. 소리보다 몸짓만을 배웠다. 그래서인지 나는 대화가 서툴렀다.

밭일 나간 엄마는 어두워서야 돌아왔다. 놀러나간 동생도 해가 저물어야 들어왔다. 하교해서 집에 오면 텅 비어 있었다. 나는 어질러진 집부터 청소했다. 방이며 마루를 쓸고 닦았다. 마당을 쓴 다음 우물터를 오가며 물을 길었다. 집안일을 어느 정도 해놓은 뒤 바깥으로 나갔다. 동네 아이들은 삼삼오오 어울려 놀고 있지만 나는 집 뒤 낮게 엎드린 산에 올랐다. 볕 바른 무덤가에 자리를 잡고 앉았다.

책을 펼쳤다. 소설 속에는 나보다 더 애달픈 주인공이 많다. 온갖 역경을 헤쳐나가고 설움을 받으면서도 자기만의 삶을 살아간다. 멋진 남자와 절절한 사랑도 나눈다. 내 안의 아이는 소설의 주인공이 되어 울고 웃는다. 혼자일 때 외로움을 잊는 방법이었다.

고등학교에 들어가서야 비로소 단짝이 생겼다. 우린 집안 형편이 좋지 않은 공통점 때문인지 금방 친해졌다. 성향은 조금 달랐지만 좋아하는 선생님은 같았다. 둘이 빠듯한 용돈을 모아 꽃을 사서 교무실 선생님 책상에 몰래 꽂아두기도 했다. 토요일 하굣길엔 헤어지기 아쉬워 팔짱을 낀 채 버스 정류장까지의 길을 몇 번이나 오갔다. 속속들이 다 터놓고 오래도록 의지했던 친구가 서서히 멀어지는 기미가 보였다. 너스레를 놓는 재바른 친구들이 더 재밌고 마음에 맞았던 모양이었다.

혼자가 된 나는 정류장까지 터벅터벅 걸었다. 버스에 오르자마자 소설책을 꺼냈다. 환승을 해서도 마찬가지였다. 차에서 내려 집까지 가는 시골길에서도 책에만 눈을 두었다. 어느 때는 버스에 그대로 앉아 종점까지 갔다가 되돌아오곤 했다. 뜬금없이 마음이 요란해지면 자리를 박차고 나와 발길 닿는 대로 쏘다녔다.

마음에 상처가 된 장면들은 때때로 꿈에서 재현되었다. 그런 꿈이 잦아질수록 내 안의 열등감과 피해의식도 커졌다. 나의 어두운 과거나 불리한 부분은 내면 깊숙이 감췄다. 사람을 만났을 때, 마음이 다칠 듯하면 바로 발길을 되돌렸다. 피해의식에 갇힌 나는 늘 변방으로 배회했다. 사람들로부터 외진 변방은 외로운 곳이었다.

나에겐 질문이 많아졌다. 어떻게 해야 행복할까, 어떻게 해야 자존감을 지니고 당당하게 살아갈까. 어떻게 해야 불안에서 벗어날 수 있을까…. 내게 물을 때마다 내 안의 아이는 속수무책 울었다. 어르고 다독거려줄 사람이 없었다. 내가 의사가 되어 스스로 처방전을 내렸다.

책을 잡았다. 책을 펼치면 우울하고 외로운 마음이 사라진다. 하지만 다가오는 감정을 억지로 피해버린 회피처가 된 것도 같다. 가상의 세계에서 현실을 잊지만 그것은 잠시 아픔을 다스리는 진통제일 뿐이다. 손에서 책을 놓고 시간이 지나면 내 안의 아이는 몸을 움츠린 채 다시 칭얼거린다.

명상을 배워 수련에 들었다. 고요의 시간에서 내 안을 들여다보았다. 욕심 많은 나, 화내는 나, 비겁한 나, 울고 있는 나, 외로운 나, 소심한 나… 여러 나를 만났고 그 상처를 보듬으려 애썼다. 요란했던 마음이 잔잔해졌다. 있는 그대로의 나를 받아들이고 마주할 용기도 났다. 몸과 마음이 한결 가벼워졌다.

사람마다 무의식에 봉인시켜놓은 크고 작은 상처들이 있다. 우리가 힘들게 살아가는 건 그것들이 부지불식간에 튀어나와 자신을 조종하기 때문이다. 그러면 자신을 달래기 위해 무엇에 취하고 어딘가로 떠나고 도피처를 찾기도 한다. 삶이란 어쩌면 내 안의 아이가 울먹이는 소리에 부응하는 과정이 아닐까 싶기도 하다. 성인이 되었어도 여전히 인정받고 싶은 아이, 사랑받고 싶은 아이가 나와 칭얼대니 말이다. 그래서인지 마음의 상처도 살갗의 상처처럼 약을 바르거나 몇 바늘로 꿰매어 나을 수 있다면 참 좋겠다 싶어진다.

아직도 간혹 내 안의 아이가 몸부림친다. 나 아직 힘들어, 나 아직 고통스러워, 이대로 포기하고 싶어. 그러면 나는 차 시동을 걸고 아무 곳으로 떠났다가 돌아온다. 내 안의 나를 만나러 말이다. 하지만 바람을 쐬었다고 해서 마음을 다지고 돌아왔다고 해서 금방 다 좋아지는 건 아니다. 머리가 희끗희끗 물들고 지난 삶을 긍정적으로 회고할 수 있을 때 내 안의 아이도 더는 칭얼거리지 않을 것이다.

승희가 좁은 어깨를 움츠리며 의자 아래로 주저앉는다. 이제는 타인보다 울부짖는 자신에게 치여 사는 승희. 초점 없는 눈빛 속에 그 애의 아슬아슬한 갈망이 스치다 사라진다. 승희를 보면 사랑과 인정의 결핍이 어떻게 한 사람의 삶을 무력하고 피폐하게 만들어버리는지 보게 된다.

승희에게 다가간다. 움츠린 아이 등에 내 손을 살짝 얹는다. 많이 외롭고 힘들지? 이젠 어두운 그곳에서 한 발짝만 걸어나와봐봐, 한 발자국만….

계간수필

The 수필

●… 성인이 되었어도 여전히 인정받고 싶은 아이, 사랑받고 싶은 아이, 몸부림치는 아이가 내 안에 남아 있다, 문학은 그 아이의 칭얼거림을 들어주고 품어주는 일이다. 그리고 또 문학은 내 안의 아이를 서서히 어른으로 자랄 수 있도록 키워주는 일이기도 하다. 상처 없는 삶이란 없다. 지혜로운 선택으로 자신을 잘 다스려온 필자의 삶과 문학에 뜨겁게 응원한다./ 문혜영

인생 환불

김은중 pantimos@naver.com

낚싯대를 챙긴다. 마음이 바쁘니 결행하는 게 늘 여의치 않다. 모두 다 미루고 가면 되는데 그게 그리 쉽지 않다. 마음을 내려놓고 가기로 결정한다. 어디로 가야 하는지를 면밀하게 분석한다. 유튜브를 열심히 보면서 보령이냐 영흥도냐를 고민하다가 영흥도로 정한다. 영흥도까지는 넉넉하게 두 시간, 밤 두 시 길을 나선다. 대부도로 들어서니 같은 방향으로 가는 승용차들이 여러 대 보인다. 대물의 꿈을 안고 모두 나선 이들일 테다. 아직 물이 찰 텐데 보령으로 가야 했을까 여러 번 생각한다. 이미 예약까지 했으니 바꾸기는 어렵다. 오늘 낚시가 끝나면 그때야 후회할 거다. 후회는 언제나 끝난 뒤에 하는 것이니.

새벽 다섯 시, 뭍에서 내려와 물로 들어선다. 바다의 신에게 아량을 베풀 것을 기원한다. 배가 어둠과 물을 가르기 시작한다. 시속 17노트. 이 배가 가진 최고 속력으로 내달린다. 기원을 했음에도 바다의 신은 놀이를 멈추지 않는다. 롤링이 매우 심하다. 멀미약을 먹으며 날을 잘못 정했나 의심한다. 그렇게 한 시간을 달린다. 대광어가 있을 만한 곳에서 선장이 배를 멈춘다. 밖으로 나와 바다를 보니 너울이 매우 심하다. 몸을 가누기 어려울 정도이다. 오늘 낚시가 수월하지 않을 거라고 예상한다. 하긴 바다에서 하는 낚시가 수월한 적은 별로 없었던 것 같다. 수월하다는 것은 파도도 없고 물도 흐르지 않는다는 것인데 그러면 고기들도 먹이활동을 중단하고 휴식을 취한다.

다른 이들이 어떤 웜을 사용하는지 살펴본다. 예외 없이 핑크색 웜을 쓰고 있다. 영홍도는 핑크라는 말이 새삼 떠오른다. 두 척이 넘는 광어들도 핑크색을 좋아하는 것일까? 증명된 것은 없다. 이런저런 색깔의 웜을 사용하다가 핑크색에서 반응이 많이 오니까 핑크를 많이 사용하는 것 같다. 웜이라는 것이 물고기 모양을 하고 있는데 서해 바다에 핑크색 물고기는 살지 않는다. 하지만 광어나 참돔 같은 어류들은 붉은색이나 반짝이를 잘 본다고 한다. 적색이나 오렌지색 같은 긴 파장대의 가시광선 영역을 감지한다는 것이다. 이런 사실이 알려지기 전에도 서해의 어부들은 예전부터 물고기들이 붉은 색 계통을 잘 보고 반응한다는 것을 경험으로 알고 있었다. 내게는 핑크색 웜이 없다. 오렌지색 웜을 바늘에 끼운다.

줄을 바다에 내린다. 40호짜리 무거운 추를 매었지만 물살에 휩쓸려 추가 멀리 달아난다. 돌에 걸려 줄이 끊어지겠구나 직감한다. 아니나 다를까? 나쁜 예감은 늘 맞는다. 웜과 추와 바늘을 모두 잃어버린다. 다른 이들이 잡는지를 살피며 채비를 다시 만든다. 다른 이들에게도 아무런 입질이 없다. 옆자리 사람의 낚싯줄도 끊어진다. 낚싯줄이 끊어지는 이유는 딱 하나이다. 신속한 대처를 하지 않았기 때문이다. 대처하지 못하는 이유는 미련 때문이다. 고기가 바로 물어줄 것 같은 느낌, 그것이 미련을 만든다. 미련을 거두지 못한 채 찰나의 시간이 흐르면 줄은 여지없이 끊어진다. 뭍에서 어려운 유비무환과 신속한 대처는 바다에서도 실행하는 게 어렵다. 뭍이건 바다이건 가리지 않고 마음에 깃든 유혹 때문이다.

준비를 하고 먼 길을 달려와 낚시하는 것에 비해 조과는 늘 초라하다. 낚시하는 데 들어가는 돈이면 수산시장에서 조과의 세 배 가량 물고기를 살 수 있다. 그것을 계산하면 낚시는 매우 비경제적인 수렵활동이다. 아마 고대인도 마찬가지가 아니었을까 싶다. 지금은 기술이 발전해 낚시장비도 매우 발전했지만 고대인들의 수렵장비는 매우 허술했을 것이다. 그래도 그때는 직접 잡는 것 말고는 다른 방도가 없었으니 순전히 살기 위해 물고기를 잡았다. 지금 나의 낚시에는 그런 호구지책이 없다. 그냥 여가생활일 뿐이다. 한번은 조카가 우럭을 딱 한 마리 잡았을 때 나는 놓아주고 갔으면 했지만 조카는 자신의 전리품을 챙기고 싶은 눈치였다. 나는 한 마리 가져가서 누구 입에 붙이나 고민하다가 돌아오는 길에 노량진수산시장에 들러 우럭을 두 마리 더 사주었다. 그래도 낚시를 하면서 얻은 것은 그 정도의 여유이다.

그러나 낚시를 하는 순간에는 늘 승부욕에 불탄다. 줄을 바다에 드리우면서 '이번에는 잡겠지' 희망고문을 되풀이한다. 하지만 늘 빈 바늘만 걷어올린다. 그때, 조카와 갔을 때 열 마리 잡겠다는 조카의 다짐을 들은 여 사무장이 한 말이 있다. "그렇게 나오면 우리도 손님 많이 올 테니 먹고살 만하지요." 낚시를 하면서 깨달은 것은 바구니가 비었을 때도 행복하다는 것이다. 잡으면 잡는 대로 마음이 넉넉하지만 잡지 못하면 깨끗한 바구니를 보면서 번잡함이 사라짐에 기분이 좋다.

하긴 낚시이든 인생이든 바늘을 드리울 때마다 낚는다면 그게 어디 인생이고 낚시이겠는가? 낚시의 매력은 잡히지 않는 데 있고 인생을 지속할 수밖에 없는 이유도 그러하다. 원하는 대로 모두 된다면 인생이 아닌 것이다. 그러면서도 '이번에는 잡히겠지'를 반복하는 게 낚시이고, '이번에는 성공하겠지'를 기대하는 게 인생이다. 수족에 힘이 떨어질 때까지 그렇게 반복하며 안간힘을 쓰다가 마침내 한 바탕 꿈인 것을 아는 것, 그게 인생이 아니겠는가? 다만 낚시에는 쓰라림이 없는데 인생에도 쓰라림이 없으면 좋겠으나 그건 마음대로 되지 않는다. 나는 쓰라림을 지우는 훈련을 하느라 낚시를 다닌다.

오전 내내 모두가 '꽝'을 치고 있다. 옆자리 사람이 한 마리 올린 게 스무 명의 유일한 오전 조과이다. 낚시인은 너울 때문에 정신이 없지만 백전노장 은발의 선장은 바다에 대고 원망을 토한다. "아니 이렇게 안 물면 어쩌자는 거야!" 너울은 더욱 심해져 배는 전후좌우로 춤을 춘다. 사람들도 술에 취한 듯 이리저리 흔들린다. 멀미약도 효과가 없어 어지럽고, 구토가 나오려는 것도 억지로 삼키며 참는다. 낚시하는 게 아니라 놀이공원에서 바이킹을 타는 기분이다. 사람들은 낚시를 포기하고 휴게실로 들어가 잠을 청한다. 선장은 배를 돌려 다른 곳으로 내달린다. 그곳에서도 너울은 가라앉지 않는다. 흔들리며 점심을 억지로 먹는다.

선장이 어렵게 입을 연다. "오늘은 너울이 너무 심해서 안 되겠습니다. 오후에도 마찬가지일 것 같아요. 여기서 중단하는 게 어떨까 싶습니다. 낚시요금 반을 환불해 드리겠습니다." 손님들도 이의를 제기하지 않는다. 기운이 모두 빠져 이의를 제기할 힘도 없다. 나 역시 오늘 낚시

는 포기하는 게 현명하다고 생각한다. 배는 항구로 향한다. '오늘은 보령으로 가야 했네!'

아직 살아야 하는 날이 더 남았다고 생각하는데 어느 날 불현듯 저승사자가 찾아오는 것을 상상한다. "남은 인생 더 살아도 별로 의미는 없을 것 같습니다. 남은 인생에 대한 몫은 저승에서는 소용이 없을 테니 자제분에게 환불해 드리겠습니다. 그러니 이제 그만 가시지요." 그러면 가야 하나 버텨야 하나?

수필과비평

The 수필

●… 다양한 화소가 어우러진 낚시터 풍경은 이성과 논리로 해석이 불가한 희망고문장이다. "비경제적인 수렵활동"인 바다낚시의 필수도구인 핑크색 웜을 준비하지 못한 작가처럼 인간은 준비 없이 세상에 내던져졌다. 작가만의 낚시학 개론은 보편타당한 인생 독본이며. 삶에의 집착보다 '인생환불'을 노리는, 작가의 발칙한 상상과는 달리 인생은 낙장불입落張不入. '환불'은 자사 제품의 신뢰도가 높다는 인식을 심어주려는 의도를 전제하기에, 인생은 '환불'이나 '반품'도 불가하며 직계존속의 수령도 어림없다. 일회성의 삶의 의미에 대한 촌철살인을 새기며, 입질 없는 낚시대를 드리우고 삶이 안겨준 "쓰라림을 지우는 훈련"을 멈출 수 없는 인생./ 엄현옥

그림자 집

김응숙 kimeungsook@naver.com

전등을 끄자 집은 삽시간에 그림자로 가득 찬다. 화선지가 된 식탁 옆 벽면에 날렵한 가지 몇 개가 난을 친다. 갓 싹을 틔운 작은 잎사귀가 가지 끝에 돋아나 있다. 흰 벽면에 간결하게 그려진 수묵화는 간간이 바람에 흔들린다. 금방이라도 한 마리 새가 날아와 가지에 앉고 잎사귀 옆에 매화를 닮은 꽃이라도 피어 화조도를 완성할 것처럼 보인다.

안방 문틀과 문으로 굴곡을 이루며 그림자 그림이 이어진다. 더 많은 가지와 잎들이 더 큰 그림을 만든다. 창밖 산사나무뿐만 아니라 생강나무 그림자도 섬세한 필치를 더한다. 거실 소파 뒤 벽면은 배롱나무 그림자로 출렁인다. 마치 집 전체가 맑은 물속으로 가라앉고, 그 속에서 수초들이 일렁이는 것 같기도 하다. 그림 하나 걸지 않고 하얗게 비워 둔 벽면들이 그 진가를 발휘하는 시간이다.

거실 밖 제법 넓은 화단에는 산사나무, 생강나무, 배롱나무가 심겨 있고, 화단가에 키 작은 가로등이 서 있다. 아파트 일층이다 보니 낮에는 학교 가는 아이들, 택배 차량, 드나드는 주민들의 모습을 볼 수 있다.

일상의 소소한 풍경들이다. 그러나 해가 기울면 어두워지기가 무섭게 블라인드를 내리곤 했다. 행여 밖에서 안이 들여다보일까 신경이 쓰였기 때문이다. 그런 까닭으로 나는 이사를 하고 일 년이 넘도록 매일 밤 우리 집을 방문하는 그림자들을 발견하지 못했다.

늦은 외출에서 돌아온 어느 날이었다. 거실로 들어서는데 이상한 느낌이 들었다. 텅 빈 공간에 무언가 가득 찬 느낌이 엄습했다. 둘러보니 그림자들이 온 집을 점령하고 있었다. 벽면과 문, 심지어 천장까지도 그림자가 드리워져 있었다. 창밖에는 달밤의 검푸른 물결이 출렁이고, 키 작은 가로등이 마치 빔처럼 우리 집 벽을 향해 그림자 영상을 쏘고 있는 것이 보였다. 집을 나서기 전 블라인드를 내리는 걸 깜박 잊은 것이 생각났다. 그림자는 내가 입은 연회색의 원피스 위에도 어른거렸다.

사실 나는 그림자에 매우 익숙한 사람이다. 그림자는 한낮보다는 해가 서쪽으로 기울 무렵에 짙어지고 길어진다. 중학교를 중퇴하고 야간 학교에 다니던 나는 친구들이 하교하는 시간에 가방을 들고 집을 나서곤 했다. 나는 큰길을 피해 되도록 그림자 진 골목을 따라 걸었다. 산자락에 있는 학교에 도착하면 운동장은 이미 교사校舍의 짙은 그림자에 덮여 있었다. 희미한 빛을 내기 시작하는 백열등 아래 계단에 앉아 나는 그 그림자가 완전히 어둠에 잠길 때까지 바라보곤 했다.

밤 열 시가 넘어 집으로 돌아올 때는 그야말로 그림자가 친구가 되어 주었다. 가로등도 행인도 뜸하던 시절이었다. 불빛이 없는 곳에서는 다급해지던 발길도 그림자가 나타나면 한결 느긋해졌다. 땅만 바라보며 내 발을 따라 걷는 그림자를 따라 걸었다. 보름달 아래 보리밭이 밤바람에 술렁여도, 강둑 아래 넝마주이 움막에서 등잔불이 도깨비불처럼 깜박여도 그림자는 내 곁에서 떨어지지 않았다.

그즈음 나는 인생에도 그림자가 있다는 것을 알고 있었다. 너무도 가난해서 큰딸을 중학교에도 보내지 못했던 우리 아버지는 서산에 해가 기울 무렵이면 마당에 나와 종이에 말은 연초를 피우셨다. 마당 안쪽으로 길게 그림자가 지고 뿜어져 나온 연기도 옅은 그림자로 흩어졌다. 결코 떨칠 수 없었던 가난의 그림자가 아버지의 발목을 휘감은 채 자꾸만 짙어졌다.

아버지의 그림자는 우리 가족의 그림자가 되었다. 그래서 우리 가족은 저마다 가난의 그림자를 끌며 인생을 살았다. 그림자를 상대하는 법은 제각기 달랐다. 아버지는 이상향을 향해 끝없는 희망 회로를 돌림으로써 그림자를 외면했고, 어머니는 견디다 못해 병을 얻어 세상을 떠남으로써 그림자와 결별했다. 기특하게도 여동생은 그림자를 잊어버리는 방법으로 세상을 살았다. 불행하게도 남동생은 그림자에 갇혀버렸고, 막냇동생은 그림자를 떨치려고 멀리 떠났다. 나는 그냥 그림자와 함께 살았다. 가난의 그림자들은 내 가슴에 짙게 배어들었다.

그림자를 좋아하는 사람이 있을까. 그림자를 끌어안고 살았던 나는 항상 우울하고 무거웠다. 나는 친구들과 낯선 사람들 앞에서 그림자를 숨기려고 애써 웃었던 것 같다. 그러나 어쩌다 사진을 찍으면, 찍히는 사진마다 그 웃음은 내 얼굴에 숨어 있는 그림자를 남겼다. 웃는 것도 아니고, 우는 것도 아닌 기묘한 얼굴이었다. 나는 그런 나를 마주하기가 싫어서 사진을 찍을 때면 딴전을 피우며 자리를 피하곤 했다.

사실 그림자 속에 들어앉아 있으면 그림자는 그냥 어둠일 뿐이다. 밖으로 나와 큰 시선으로 자신을 바라볼 수 있을 때야 그림자도 제대로 볼 수가 있다. 나를 그림자 밖으로 끌어내준 것은 글이었다. 이 집으로 이사를 한 그해에 나는 몇몇 수필 공모전에서 수상하여 그림자 밖으로 나오는 경험을 했다. 수필을 쓰면서 나는 내 그림자를 직시하려고 노력했다. 역린 같은 과거의 고통이 따라왔지만, 서서히 나의 그림자가 윤곽을 드러내기 시작했다. 그리고 알게 되었다. 그림자는 단지 어둠이 아니라 빛의 이면이라는 것을. 그림자가 짙을수록 그림자에 배어 있는 빛도 강하다는 것을.

그림자는 실체를 가진 존재라면 피할 수 없는 숙명이다. 자신이라는 존재를 햇살 아래에 드러낼 때 그림자는 분명 햇살을 받는 자신의 앞면이 투영된 뒷면이다. 어찌 보면 그림의 입체감을 살리기 위해 음영을 그려넣은 것처럼 그림자는 존재를 더욱 깊이 있게 드러내기 위한 일환인지도 모르겠다.

마음만 먹으면 그림자들을 불러올 수 있는 이 집을 나는 그림자 집이라고 부른다. 자랑할 것이 별로 없는 나는 지인들이 찾아오면 곧잘 불을 끄고 그림자 그림 전시회를 연다. 작은 거실에 붙어 앉아 우리는 기이하고 아름다움 그림들을 감상한다. 그림자가 이토록 아름다울 수 있다는 사실에 나는 가끔 가슴이 뜨거워지곤 한다. 해가 져도 작은 불빛에 의지해 스스로 존재를 드러내는 그림자 집은 오늘 저녁에도 여전히 공연 중이다.

The 수필

●… "전등을 끄자 집은 삽시간에 그림자로 가득 찬다." 아파트 일층. 집 앞 화단의 산사, 생강, 배롱나무가 가로등 불빛을 받아 그림자로 온 거실을 가득 메운다. 그 심연 같은 광경이 음울했던 과거와 가족들을 소환한다. 그림자는 빛이 존재에 가로막혀 만들어내는 흔적이다. 내 그림자는 나의 그늘이다. 그림자를 끌어안고 힘겹게 살았던 필자를 그늘 밖으로 끌어내준 것은 글이다. 수필을 쓰면서 "그림자는 단지 어둠이 아니라 빛의 이면이라는 것을. 그림자가 짙을수록 그림자에 배어 있는 빛도 강하다는 것을" 깨닫는다. 문학은 상처의 해석이고 치유라는데, 밤마다 그윽이 펼쳐지는 그림자 공연을 보면서 필자는 자신을 옥죄던 그늘로부터 얼마나 비켜서게 됐는지 궁금하다. 읽을수록 자꾸만 작가의 근황이 알고 싶어지는 글이다./ 조헌

마추픽추에 서다

김혜숙 ajook47@hanmail.net

마추픽추의 잉카인들은 어디로 사라졌을까.

페루로 찾아온 관광객 중 이 질문을 품지 않은 사람은 없을 것이다. 너무 오래 묵혀서 궁금하다는 감각 자체를 잊게 된 케케묵은 질문. 마추픽추로 가는 열차여행을 마치고 마침내 마지막 고개를 오르는 셔틀버스에 앉으니, 이 당연한 질문이 다시 꿈틀꿈틀하며 나를 지배한다.

버스는 기암절벽과 수직 낭떠러지를 곁에 두고 40분을 더 올라간다. 고산병까지 느껴가며 지금껏 올라가고 또 올라갔는데, 올라갈 곳이 아직도 남아 있다는 게 놀라울 지경이다. 게다가 열대 정글을 뚫고 생소한 벌레와 독초가 우거진 길이다. 이런 곳을 정복하겠다며 누비고 다닌 스페인 군인들도 대단하다. 종교와 황금의 열정이 아니었다면 애초에 가당치도 않을 일이었겠지.

마침내 당도한 산길의 정상. 갑작스레 도시가 공중에 붕 떠 있다. 아찔한 산세야 수십 년 전 중국 황산을 여행했을 때도 보았지만, 그 허리를 싹둑 잘라내고 중세 성곽도시를 얹어놓은 모습은 아무리 예상했어도 놀랍기 그지없다. 눈앞에 등장한 불가사의에 압도당하여 허둥대던 눈에, 조금씩 세밀화가 나타나기 시작한다. 경사면을 깎아 일군 경작지, 상수도와 하수도로 쓰인 석조 구조물, 양수장과 거대한 석조대문, 광장, 곡식창고, 방위표시 조형물…. 이 모든 게 산속에서 자급자족이 이뤄졌다는 증거다. 계단식 경작지에 정교한 수로 체계를 갖추어 옥수수와 감자 등 식량을 생산했다. 마지막 잉카인들이 건설한 도시의 놀라움은 여기서 그치지 않는다. 병영, 감옥, 태양신전, 콘도르신전을 통해 확인할 수 있는 건, 규범을 집행하고 도시를 방비하고 신에게 기도하며 고도의 사회구조를 이루고 살았다는 사실이다. 믿기지 않는 아찔한 고산지대에 이런 수준의 고도문명이 위태롭게 존재했다니. 그 모든 것이 이렇게 온전하게 남아 있으니 믿지 않을 도리가 없다.

종잇장 하나 들어갈 틈도 없게 정교하게 마감한 석재기술은 지금도 공학자들의 논쟁 주제이다. 동짓날 햇살이 창문을 통과하게 설계한 태양신전, 콘도르의 날개와 머리 모양을 돌로 형상화한 콘도르신전에 이르면 그러한 놀라움은 찬탄으로 바뀐다. 초고대의 고도 과학문명 같은 터무니없는 이야기들이 아직도 사라지지 않고 인기를 끌고 있는데, 마추픽추를 여행해본 사람이라면 그런 이야기가 떠도는 걸 이해할 만도 하다.

베일에 싸인 이 도시는 20세기 초, 미국 예일대 교수 하이럼 빙엄에 의해 발견될 때까지 4백 년 동안 정글 숲속에 잠들어 있었다. 최소한 만 명 이상이 거주했을 거라 추정하는 이 침묵의 도시는 모두 산으로 포위되어 있다. 바깥 세계에서 이렇게 큰 규모의 도시가 존재하고 있으리라는 상상은 불가하리라. 발견과 발굴을 시작하고 나서도 수수께끼는 오히려 풍성해졌다. 잡풀을 제거하며 복구하는 과정에서 여자와 아이들, 노인의 유골 185구가 건축도구, 도자기, 청동기, 은제품 등과 함께 발견된 것이다. 누가 이들을 묻고 사라졌다는 말인가. 이곳 마추픽추는 황금 추적자 피사로를 피해 숨어든 최후의 은거지가 아닌가. 얼마나 급박한 사정이 생겼기에 이곳마저 버리면서 생목숨을 희생시켰을까. 건장한 남자들은 어디로 갔을까. 잉카제국의 부활을 꿈꾸며 아마존 밀림 속으로 숨어들었을까.

지금도 안데스의 작은 마을마다 메시아가 부활할 거라는 신화가 전해진다고 한다. 강렬한 역사적 사건은 사람들의 집단의식에 흔적을 남긴다. 역사책과 증거로 남지 않아도, 그런 기억들은 구전과 설화를 빌려 살아남게 마련이다. 잉카의 마지막 황제와 잉카의 마지막 도시에 관한 기억도 그렇게 살아남지 않았을까. 피와 절규와 비탄과 체념의 거대한 절망이야말로 기억에서 절대로 사라지지 않는다는 건, 한국 현대사를 기억하는 내가 증언할 수 있다. 20세기의 한국인의 기억에 남녘 도시의 총성이 잊히지 않듯, 잉카인에게도 수백 년을 건너올 법한 강렬한 집단의식이 남았을 것이다. 그런 집단의식은 풀뿌리 사이에 섞여들어 가만가만 살아가는 농부들의 기억마다 파편처럼 흩어졌을 것이다. 그러다가도, 흥미로운 사건이나 위대한 인물의 서사를 만나기만 하면 먼지처럼 빨려 들어가 응축되고 새로운 항성이 태어나듯 신화가 되었을 것이다.

이쯤 되니 번쩍 스치는 생각이 있다. 마추픽추의 잉카인은 사라지지 않았구나! 비록 스페인 군인이 퍼뜨린 천연두로 대륙 전체 인구의 90퍼센트가 절멸되었어도, 개종을 강요당하고 모든 전통을 탄압당하여 진짜 옛 것을 찾아볼 수 없어도 마찬가지다. 이곳에서 마주치는 주민 모두가 마추픽추 잉카인의 후예다. 아기를 업고 알파카를 끌며, 나에게 알파카 인형을 팔던 아기 엄마나 열차에서 엄지손가락을 척 올리며 미소를 보내주던 승무원을 떠올린다. 그들은 잉카인의 옛 슬픔에 관한 〈엘 콘도르 파사〉의 케추아어 가사에 운명적으로 공감한다. 유전자가 달라졌다고 하여 이들을 잉카와 마추픽추의 후예라고 생각하지 않을 이유가 있을까.

현대의 페루인이 현대적 민주정치 체제에서 살고, 선조들과 달리 가톨릭을 신봉한다고 해도, 이들이 정치와 종교를 꾸려가는 일상에는 잉카의 유전자가 새겨져 있을 것이다. 이들이 정치지도자에게 품는 연모와 성모 승천을 기리는 축제에는 세계 어디에도 없는 이들만의 짙은 색채가 있다. 페루를 페루답게 하는 이 강렬한 색채야말로 문화적 유전자 단위로 살아남은 잉카와 마추픽추의 흔적이 아닐까. 위대한 문명이 계승되는 보편적인 방식은 사실 이런 식일지도 모른다. 핏줄이 쭉 이어져 오늘에 이르렀을 리 없고, 잉카의 정통성을 직접 계승한 정부는 더더욱 아니다. 이런 불가능한 믿음을 애써 붙들 필요도 없다. 일본 천황가가 만세일대로 이천 년을 이어왔다는 일본인의 믿음을 지키기 위해 주변 나라가 치러야 했던 희생을 떠올린다면 더욱 그렇다.

현대에도 잉카는 끝없이 소환된다. 그런 의미에서 잉카는 여전히 존재한다. 실제로 체 게바라, 네루다, 인디오 출신 톨레도 대통령 등에게 영감을 제공하고 운명을 마주치게 해준 건 잉카의 유적들이었다. 한 공동체의 문화 속에는 이렇게 스스로 영속하고 스스로 분열하는 문화적 유전자가 자리잡고 있다. 안데스 계곡이나 아마존 정글 어딘가에 문명을 멀리하고 숨어서 살고 있는 잉카의 후예들이 있다 하더라도, 이들만이 진짜 잉카의 후예라고 말하는 건 문화의 계승을 너무나 편협하게 이해하는 방식이다. 문명이 그런 단순한 방식으로 이어질 리 없다.

하산하기 전, 따갑게 내리쬐는 햇볕 아래서 마추픽추를 한번 더 가슴에 담는다. 시원찮은 다리를 끌고 꿈결처럼 잉카의 전설 마추픽추에 내가 서 있다니. 비행기, 기차, 버스를 몇 번이나 갈아탔다. 험난한 여정이었다. 유난히 오래도록 걸어야만 했다. 남동생 부부가 동행하지 않았으면 불가능했을 여행이었다. 이런 게 형제애인가. 살짝 울컥한 마음이 스친다.

성 아우구스티누스는 "세계는 책 한 권이다. 여행하지 않으면 그 책의 한 페이지만 읽을 뿐이다"라고 했다. 나는 이곳 페루의 마추픽추를 돌아보며 또 한 페이지를 더 넘길 수 있었다. 낯선 곳에서 다른 문명을 대하고 내 나라와 내가 속한 문명을 돌아보는 호사를 누렸다. 집을 떠나지 말아야 할 이유는 많았지만, 그 모든 걸 호기심 하나로 이길 수 있었던 건 행운이었다. 나는 분명히 과거의 내가 아닐 테니까. 내 버킷리스트 하나를 지우며 또 다른 여행을 꿈꾼다.

수필미학

The 수필

●… 400년 동안이나 베일에 싸여 있던 도시, 마추픽추는 황금 추적자 피사로를 피해 숨어든 최후의 은거지였다. 스페인이 퍼뜨린 천연두로 인구의 90퍼센트가 절멸되고 개종으로 전통이 바뀌었다고 해도 저자는 "마추픽추의 잉카인은 사라지지 않았구나!"를 외친다. 안데스 마을에 메시아가 부활할 거라는 신화를 옹호하는 작가의 역사의식에 공감하는 시간이었다./ 맹난자

의사醫師와 의사疑士

박관석 drpks@hanmail.net

창가에 베고니아가 꽃잎을 열었다. 화분을 선물 받으면 식물을 키우는 능력이 젬병이라 다른 이에게 나눠줬지만, 봄인데 진료실이 너무 삭막하다는 간호사의 핀잔에 그만 덥석 들여놓고 말았다. 막상 자리를 내어주니 괜히 신경이 쓰인다. 쌀쌀한 날씨에 얼까, 온도가 높으면 마를까, 물을 얼마 만에 줘야 할지, 사람도 영양제를 맞는데 이 녀석도 영양제를 줘야 하는 건 아닌지, 여간 귀찮은 존재가 아니다. '에이, 그냥 누굴 줘버릴까.' 생각이 들어도 눈을 동그랗게 뜨고 감시하는 간호사 때문에 그마저도 쉽지는 않았다.

퇴근길에 생전 발걸음 않던 꽃가게에 들렀다. 쭈뼛거리는 내 모습에 아내에게 줄 꽃바구니라도 사러온 것으로 착각한 주인이 한걸음에 달려나왔다. 이 꽃 저 꽃을 보여주는데, 그게, 저…, 작은 베고니아 꽃에 줄 영양제 하나 사러왔다는 말에 주인의 얼굴엔 실망한 표정이 역력하다. 팔짱을 낀 채 입술을 쭉 내밀어 영양제가 있는 곳을 알려준다. 어떤 것이 좋을지 물으니 대충 그 중에 아무거나 하나 골라서 주면 된다고 한다. 하긴 10개 가격이 이천 원 정도니 팔아도 남는 게 없어 보이긴 하다. 미안한 마음에 얼른 값을 치르고 소중한 보물인 양 윗옷 안주머니에 넣었다.

얼마간 진료가 바쁜 중에도 창가로 눈이 가곤 했다. 기특하게도 손을 별로 주지 않았지만 어린 녀석이 꿋꿋이 자란다. 남향 창의 따가운 햇빛을 가리던 커튼도 가끔 열고, 아직 찬바람이지만 혹시 갑갑한 마음이 들까 하여 창문도 조금 열어두었다. 물도 자주 주고, 어느 날은 기운이 없어 보이기에 간직해두었던 영양제 한 통을 화분에 푹 꽂아주었다. 그런데 어쩐 일인지 녀석은 기운을 차리질 못했다. '그래! 아이들도 자랄 땐 양분이 더 필요한 법이야. 영양제도 주고 물도 더 자주 줘야겠어.' 하지만 그게 탈이 된 줄은 축 처진 녀석의 어깨를 보고서야 깨달을 수 있었다. 조바심 나는 마음이 발걸음을 꽃가게로 달리게 했다. 녀석을 품에 안고 가게로 들어서는데 주인이 내 얼굴은 본체만체하고 손에 든 화분만 뚫어지게 쳐다본다.

"아이고, 이 아이가 주인을 잘못 만나 고생을 많이 했구나."

순간 가슴이 뜨끔했다. 자초지종을 얘기하는데 한 귀로 흘려듣던 주인은 내게 퉁명스럽게 그냥 두고 가면 며칠 후에 연락을 준다고만 짧게 답했다. 무언가 더 물으려는데 꽃가게 주인은 이미 화분을 손에 들고 안채로 들어가버렸다. 며칠이 지나도록 연락이 없었다. 여러 번 전화하고 싶은 마음이 들었지만, 죄책감 때문인지 선뜻 손이 가질 않았다.

보호자의 마음이 이런 거겠구나. 내게 가족을 맡겨둔 채 가끔 진료실 문 앞을 기웃거리던 환자 보호자들의 모습이 떠올랐다. 그때마다 난 밀린 환자 탓을 하며 자상하지 못했고, 간호사를 시켜 회진 때 만나자는 말만 남겨두고 그나마 짧은 회진 시간 동안에도 궁금해 따라오던 분들을 성의 없게 대하지 않았던가.

'그 죗값을 지금에야 톡톡히 치르는구나.'

한 주가 끝나갈 무렵엔 비가 잦았다. 습관적으로 바라보던 창가엔 빗방울 소리만이 유난히 크게 울리고 있다. 짧은 만남이었지만 공허함이 주는 시간은 길기만 했다. 비가 그치기 무섭게 꽃가게로 갔다. 스마트폰에 남겨진 문자 메시지 때문이었다. 주인의 얼굴이 밝았다.

"이 아이가 살려고 했는지 맡겨진 다음 날부터 조금씩 몸을 움직이더라고요. 물도 받아먹고, 햇빛 쪽으로 가려고도 하고…."

꼬박 열흘 동안 아이를 침대 옆에 두었다고 했다. 자기도 마음이 안 놓여 그랬다는 그녀의 말에 저절로 고개가 숙여졌다. 고마운 마음을 표하려고 지갑을 열었지만, 주인은 손을 내저었다. 무슨 아이를 살리는 데 돈을 받느냐고, 그냥 살아준 것만 해도 오히려 고맙다고 했다. 발길을 올리는 순간까지 주인은 물 주는 방법, 햇빛은 언제 쐬는지, 영양제를 주는 시기까지 꼼꼼히 챙긴 후에도 미덥지 못하단 표정으로 내 손에 연락처가 담긴 명함까지 건네주었다.

순간 나는 망치로 머리를 한 대 얻어맞은 느낌이었다. 조금 전 심폐소생술로 회복한 환자를 대학병원으로 이송하면서 진료비를 청구할 때 행여 빠뜨린 게 없도록 철저히 하라고, 돈을 보낼 계좌번호를 다음 날 문자로 보내주라고 직원에게 신신당부하고 나오던 내 모습이 떠올라서였다. 생명을 살린 것은 똑같은데, 아! 난 꽃가게 주인과는 다른 마음을 먹었구나.

가치를 측정할 수 없는 소중한 것에 그동안 저울을 들이대고 살아왔던 것 같다. 한쪽으로 무게가 기울어졌다고 느끼는 순간, 바로잡기 위해 난 어느 쪽을 포기했던가? 그러면서 물질보다 소중한 것을 잃고 있었는데 미처 깨닫지 못했구나. 사랑이 그랬고, 열정이 그랬으며, 기쁨이나 행복은 어둠 속으로 자취를 감추고 말았다. 나이가 들어 감정이 무뎌진 탓이라고, 너무 반복된 일상이다보니 싫증이 났다고 그럴싸한 이유를 붙였지만, 실상은 가치 있던 일이 물질에 대한 탐욕으로 평범해진 순간 그것은 내 어깨를 짓누르며 빨리 벗어나야 할 짐이 되어버렸던 것을. 그냥 살아준 것만 해도 고맙다는 꽃가게 주인의 말이, 대가보다는 생명이 더 소중했던 그녀의 행동이 나를 되돌아보게 한다. 이미 나는 열정과 사랑이 식어버린 의사醫師를 흉내내는 어긋난 의사疑士가 되어버린 것은 아닌지, 앞으로 노력한다면 욕심이 비워진 화분에 더 아름답고 소중한 꽃을 피울 수 있을지.

돌아오는 길, 비 갠 봄날의 햇살이 따사롭다. 그새 제법 무거워진 화분에 눈이 간다. 힘든 시간을 잘 이겨내고 품에 안긴 베고니아 꽃이 나를 보며 활짝 웃고 있다.

에세이문학

The 수필

●… 의사라는 직업은 연륜이 쌓여갈수록 사랑에 무디어지기 쉽다. 기술과 치료에만 집중하다보면 어느 순간부터 히포크라테스 선서를 하던 초심을 잊고 기계적이고 타산적으로 환자를 대하게 된다. 의사인 작가는 병들은 화초를 사랑으로 돌보고, 대가보다는 생명을 소중히 여기는 화원 주인의 모습을 보면서 가치를 탐욕으로 대치한, 가짜의사가 되어버린 자신을 반성한다. 환자와 화초라는 두 대상을 대비시킴으로써 생활을 핑계로 곧잘 가치와 사랑을 도외시하는 우리 모두를 돌아보게 한다./ 이혜연

그래, 무심코

박모니카 mdnika0227@hanmail.net

참 신기하기도 하지. 저토록 단단한 목질을 뚫고 만지면 부러질 듯 연약한 싹이 나오다니 믿을 수가 없네.

호두에서 싹이 나오는 모양을 처음 본 순간 내 눈을 의심했다. 우연히 호두 한 알이 개수대에 떨어져 물을 흠씬 물고 있는 동그마니를 보게 되었다. 버리기는 아깝고 해서 물이 약간 담겨 있는 그릇에다 무심코 옮겨놓았던 기억까지는 나는데 그 다음부터는 잊고 있었다. 그런데 며칠 후 오호, 이럴 수가!

호두의 싹이 철판보다 더 두꺼워 보이는 껍질을 꿰뚫고 나와 있었다. 껍질 절반의 중심, 그 사이를 비집고 연두색의 발아를 시작한 것이다. 발아의 촉이 하늘을 향해 무언가를 속삭이듯이 보였다. 아니 손짓이었을까. 통째인 하나의 호두가 아니라, 보이지 않았던 절반이 모세의 바다가 갈라지듯이 그렇게 서서히 나눠지고 있었던 것. 호두의 절반을 중심으로 볼 수 없었던 이음점이 있었다는 사실을 처음 안 순간이었다.

미술전시회에 간 적이 있었다. 인상적이었던 것은 동영상 처리된 그림의 화면이었다. 작가의 의도대로 한 컷씩 천천히 지나가고 있었다. 전체적으로 숲과 나무와 강이 흐르는 풍경이 주류를 이루었다. 강호연파江湖煙波라 할까. 강이나 호수 위에 안개처럼 아스라하게 이는 잔물결로 아름다운 자연의 풍경이 아주 편안하고 따스해 보였다. 그런 느낌의 화면과 화면 사이 짧고 빠르게 빛의 속도로 스쳐지나간 강렬한 그림 하나는, 기억하건대 인간의 얼굴을 절반으로 나눠 한 쪽은 흰 색으로 다른 쪽은 검은 색으로 칠해져 있는 화면이었다. 본 것이 맞나?라고 생각하기도 전에 지나가버린 그림에는 흰 색의 반쪽 얼굴이 눈을 감고 있었던 것 같고 검은 색의 반쪽 얼굴에는 눈을 크게 뜨고 있는 것처럼 보였다. 내가 보았던 것이 맞는 것인지, 착각을 하고 있는지를 확인하기 위해서 그 자리를 한동안 뜰 수가 없었다. 마치 전광석화처럼 지나갔던 것인데 그 화면이 내 머리에 꽂힌 것이었다. 흰 색 얼굴의 입술은 웃고 있었던 같고 검은 색 얼굴은 울고 있는 표정이었던 같았다. 극히 평화스러운 숲과 강의 아름다운 풍경 사이 절반씩의 사람 얼굴을 삽입한 의도가 알고 싶었다. 집으로 돌아오는 내내 그 화면이 나를 잡고 놓아주지를 않았다.

나중에 안 일이지만 그것은 심리학 용어로 서브리미널 효과Subliminal Effect였다. 상대가 쉽게 인지하기 힘든 무의식적인 자극을 통해 인간의 잠재의식에 영향을 미치는 심리를 이용한 것이었다. 눈치채지 못하게 자극을 주어 그 자극이 무심코 마음을 지배해버리는 현상을 유도한다고 할까. 실제로 광고전략에도 이용되고 있다는데 영화필름 중간마다

육안으로 식별하기는 힘든 메시지를 집어넣어 그 제품의 호감도를 높이는 전략으로 매출을 올리는 역할을 톡톡히 한다고 했다.

서브리미널 효과는 제임스 비커리의 실험에 의해서 정설로 인정받기도 했지만 반론 제기(요한 카르만스의 주장)도 만만치 않다. 그렇다고 해도 잠재의식은 선택권이 없다는 심리를 이용한 가설이 실생활에 활용되어 의도意圖된 의식의 명령을 따를 수밖에 없다는 것을 증명한 실례가 많다. 잠재의식 광고가 논란의 대상이 되어 어떤 평가를 받든 현세의 우리는 그 의식들이 마케팅의 공략 대상이 되는 세상에 살고 있다는 것은 분명한 사실인 것 같다.

그 화랑에서 보았던 절반의 얼굴이 내 무의식 세계 속에서 의식으로 떠올려지게 된 이유는 호두의 발아에 있었다. 호두의 내면이 표면 위로 떠올려진 것을 눈으로 보았다는 사실, 호두가 절반으로 갈라진 점이 절반의 얼굴과 묘하게 일치를 이루었다. 천천히 지나가던 자연 풍광과 달리 빠르게 스쳐 지나간 절반의 얼굴이 내 의식으로 돌출한 사실과 왠지 밀접한 관계가 있음을 발견했다. 그 화랑에서 나타난 얼굴이 1,000분의 1초의 짧은 시간 내에 사진이나 필름 등의 빠른 장면을 몇 가지 연속해서 삽입하는 메타콘트라스트 기법이었음을 알게 된 것도 작은 수확이었다. 나를 사유하게 만들었다. 작가가 이 기법을 활용한 데는 분명 의도가 있을 터였다. 아마 자연이 주는 평화와 인간의 갈등을 교묘하게 대치시키려 한 것은 아닌지. 자연과 함께 느리게 걸어가는 세상을 꿈꾸면서도 인간 안의 빠르게 전개되는 내적 갈등의 문제를 제기한 것은 아닌지. 혹여 검은 색의 얼굴에서 눈을 크게 뜨고 바라보고 있는 것은 검은 마음으로 바깥세상을 향해 있는 시선이고, 흰 색의 얼굴에서 눈을 감고 있었던 까닭은 때 묻지 않은 하얀 마음으로 내면을 바라보기 위한 것은 아니었는지 하는 생각에 나를 몰입하게 했다.

하기는 인간의 가슴 안에는 상반된 마음들이 얼크러져 있음을 확인할 때가 허다하다. 나에게 친근하게 다가오면 무슨 꿍꿍이속이 있지 않을까 하는 마음 한 줄기 번뜩이다가 아니지, 참 좋은 마음을 왜곡하지 말자로 전환하기가 늘 공존했다. 그런 마음조차 잠재의식을 활용한 학습효과였던 점을 의심해보는 시간이기도 했다. 어느 날 지하철에서 잠깐 보았던 어떤 사람의 곱지 않은 눈짓이 내가 또 다른 사람에게 보내는 눈짓으로 변환되어 보내고 있음을 의식하지 못하다가 문득 내가 왜 그러지? 라고 의문 부호를 찍기도 했었다. 어쩌면 보이지 않은 명령어인 서브리미널 효과였을 수도 있었다는 생각을 하게 되는 요즘이다.

무심코 나는 검은 색 얼굴로 눈을 뜨고 검은 마음이 옳다고 잠재의식에 세뇌 당했던 것은 아닌지 염려도 된다.

고도화된 디지털 기술로 인해 미디어의 부드럽고 짧은 멘트 속에 내가 삽입되어 살고 있는 것은 아닌지 나에 대해 생각해보는 시간이 된 호두의 발아는 '나'라는 존재와, 의식과 무의식의 흐름까지 점검하게 되었다. 호두는 그저 건강을 챙기는 견과류일 뿐이라고만 인식하고 있었는데 그 안에서 생명이 꿈틀대고 있었다는 사실에 잠자고 있던 의식이 확 깨는 느낌을 받았다. 자기 스스로 그렇게 딱딱한 겉을 뚫고 절반의 몸통을 가를 수 있다는 것도 놀랍거니와 그 속에 배아胚芽가 있고 촉을 내 발아發芽에 이른다는 사실이 경이로웠다.

호두는 인간에 의해 의식 없이 내던져버렸어도 자신 안에서 자아를 탄생시켰다. 절반의 이음줄을 가르고 정확하게 그 기준을 세워 자신의 촉을 발아시켰다. 절반의 어느 쪽에도 치우치지 않은 자신만의 기준점이었다. 누군가의 의도된 잠재의식에 이용당하지 않으면서 오히려 생명을 끌어올리는 저 단단한 힘을 보라. 어찌 매료되지 않을 수 있을까.

장석주 시인의「대추 한 알」을 본다. "저게 저절로 붉어질 리는 없다/ 저 안에 태풍 몇 개/ 저 안에 천둥 몇 개/ 저 안에 벼락 몇 개/ 저 안에 번개 몇 개가 들어 있어서/ 붉게 익히는 것일 게다// 저게 혼자서 둥글어질 리는 없다/ 저 안에 무서리 내리는 몇 밤/ 저 안에 땡볕 두어 달/ 저 안에 초승달 몇 날이 들어서서/ 둥글게 만드는 것일 게다// 대추야/ 너는 세상과 통하였구나"(시 전문)

대추가 혼자서 둥글어질 리가 없고 세상과 통하여서 대추가 탄생되었음에 시인은 경탄했다. 그 반면 호두는 그렇지 않았다. 정반대였다. 호두는 세상과 통해서 탄생된 것이 아니라 제 내면을 키워 제 힘으로 탄탄한 목질을 뚫고 세상에 손을 내밀었다. 그 점이 나를 사로잡았다. 호두 내면의 힘이 얼마나 강하고 단단한가 말이다. 호두가 정월 대보름날 귀신을 쫓는 부럼으로 쓰는 이유를 알 것 같았다.

호두 한 알이 세상의 것들에 의존하지 않고 내면 깊숙이 잠재된 능력만으로 세상 밖으로 자신의 자아를 밀어내, 그 싱싱한 생명력을 보여주었다는 점이 나를 깨웠다. 무의식 속에 깃든 나의 노예의식을 세차게 잡아흔들었다. 나도 모르는 사이 무심코 행해졌던 행위들을 피드백해 볼 시간을 갖게 되었다. 호두 한 알이 나를 불러세워 호되게 두드릴수록 내가 점점 밝고 환해지는 느낌, 생각 세포 하나하나가 세척되어가고 있었다. 그래 무심코 세상의 의도한 바에 나를 내던지지 말자.

게리 스펜스의 명언이 떠오른다. '자유롭게 피어나기. 이것이 내가 내린 성공의 정의다To freely bloom - that is my definition of success.' 호두는 어느 무엇에도 지배당하지 않고 오직 자신의 자유의지에 의해서만 피어오른 것이다. 그래, 무심코 태어난 것이 아니었다.

The 수필

●… 모처럼 호두알만큼이나 사유가 여문 글을 읽었다. 단단한 목질을 뚫고 스스로 발아한 한 개 호두알의 발견은 독자에게 신선한 충격을 안기는 글을 남겼다. 이 글은 설득력 있는 지적 구조를 가졌다. 치밀한 논리가 아니라면 이 또한 많은 활자 사이에 스치는 서브리미널 효과일 수도 있었으리라. 필자에게 기꺼이 항복한다. 함께 피어나자! 오직 자신의 자유의지에 의해서만 피어오른 호두의 싹처럼!/ 문혜영

시인의 포도가게

박용수 toamm@hanmail.net

우리 마을은 산골 오지이다. 시외버스가 화순和順에서도 한참을 들어가 몇 개 마을을 지나서 도달하는 종점, 운주사가 있는 중장터 마을이다. 중간중간 있는 원천 정천 벽지 운월 지월 천태 등광 도량 마을은 이름도 곱다.

마을을 지날 때마다 마을 이름들을 곰곰이 생각하면 한 폭 풍경화가 가슴에 그려진다. 원천源泉에서 샘솟은 물이 정천淨川 깨끗한 내를 흘러거쳐 벽지碧池라는 푸른 저수지를 이룬다. 운월雲月의 달이 휘영청 떠오르면 연못 속에 지월池月도 덩달아 일렁이며 떠오른다. 모두 하늘인 천태天台에 이르고자 불을 밝히고 오르면 등광燈光이고, 그곳 용화세계에 가기 위해 심신을 닦는 곳이 도량道場이다. 불교의 운주정토를 그려놓은 예쁜 지명들이다. 밤하늘의 별처럼 아름다운 지상의 마을을 징검다리처럼 건너, 백사장터를 넘으면 우리 마을 중장터이다.

특이하게 우리 고향은 토질부터 다르다. 무등산이 화산활동을 한 결과, 검은 빛 화산토질이어서 영양이 풍부하다. 그래서 옥수수는 씨앗만 뿌려도 열매가 맺고, 포도는 순만 꽂아도 주렁주렁 열릴 정도로 특히, 옥수수와 포도 농사가 잘된다.

7월은 들판 가득 옥수수가 익어가고, 8월이 되면 마을마다 온통 포도 향이 진동한다. 집집이 옥수수 삶는 냄새가 풍기면, 스님의 머리처럼 푸른 빛을 띠던 포도가 머루 빛으로 맛있게 익어간다.

그러면 마을 사람들은 통통한 옥수수나 탐스러운 포도를 팔기 위해 길가에 설치해둔 해묵은 좌판坐板을 서둘러 재정비하고, 길거리 개업을 한다. 좌판대라야 평상을 펴고 가림막 하나 달랑 세운 것이 고작이지만, 내내 게으름을 피우던 좌판대도 그때야 힘차게 기지개를 켠다. 근데, 자세히 보면 좌판대는 하나같이 길 왼쪽이다. 도로 양편으로 옥수수나 포도밭이 있고 차가 다니니, 어디에 설치해도 되련만 왼쪽에만 있다.

마을 어르신들이 왼쪽을 고집하는 데는 나름대로 이유가 분명하다. 옥수수나 포도 작업을 끝낼 즈음이, 운주사 관광을 마치거나 골프를 친 사람들이 귀가할 때와 잘 맞아떨어지기 때문이다. 시내로 나가는 방향은 오직 한쪽이니, 수요가 집중되는 지점이 왼쪽인 셈이다.

특히 주말 오후가 되면 왼쪽 길은 옥수수나 포도를 사려는 손님들로 제법 붐비곤 한다. 그래서 오른쪽에 가게가 없는 줄 알았다. 그런데 한 군데, 딱 한 곳이 있다. 이번에 새로 생겼나 되짚어보니, 전에도 있었지만 소박해서 보지 못한 모양이다. 이후, 지나칠 때마다 유심히 지켜보았지만, 그곳에 딱히 차가 멈춰 있는 것을 보지 못했다. 맛이 없거나 장사 이치를 모르는 사람이려니 하면서도, 호기심이 생겨 고향 가는 길에 차를 세웠다. 차 소리에 늙숙한 할머니 한 분이 잇몸을 드러내고 환하게 반긴다.

"어느 마을 사는 분이셔?"

난 다소 의아했다. 어서 오라는 둥, 우리 집 포도가 맛있다는 둥 그런 일상적인 어투가 아닌, 사는 마을을 묻는 의외의 인사였기 때문이다.

"아, 아, 에에…."

나는 나도 모르게 말을 더듬었다. 순간, 윗마을 산다고 말할 기회를 놓치기도 했지만, 혹시 누구 둘째 아들이라고 했다가는 맛없는 포도일 경우, 물리기 곤란할까봐 주저했다.

"우리 집 오는 사람은 다 고향 부모님 찾아가는 효자들이여, 그러니 한식구이지."

할머니가 내민 포도 맛을 보면서도 말씀에 속내를 들킨 것 같아 얼굴이 붉어졌다. 포도는 탱글탱글 알도 굵고 당도도 높았다. 자기 집 포도는 자식들이 부모 드리려는 마음인지라 품격이 다르다고 싱글벙글하시며, 할머니가 포도 상자를 들려고 허리를 굽히는 사이, 등에 가렸던 좌판 중간에 걸려 있던 시詩가 눈에 들어왔다.

울 집 포도는 행복 포도/ 울 엄니 맴 속에서 송이송이 익는 포도/ 고향 집으로 달려가는 마음/ 방울방울 눈물처럼 사랑이 맺혔기에/ 보이는 것이 아니라 발견하는 거랍니다.

"할머니, 저 시 참 좋네요."

나는 A4 용지에 쓰인 「눈물」이란 제목의 시를 가리키며 물었다. 할머니는 나를 위아래로 훑어보시더니,

"다들 그려, 우리 아들 시여, 울 아들이 시인이지."

나는 그 시인을 그려보았다. 시를 보니, 그가 배우고 익혀서 쓴 시가

아니리라 여겼다. 바탕의 고운 무늬가 그대로 드러난 시가 분명했다. 그때 할머니가 되묻는다.

"울 아들이 그러던디, 이 시를 알아주는 사람은 더 훌륭한 사람이라고?"

순간, 웃음이 튀어나왔다. 할머니의 잇몸 드러난 웃음을 보는 순간, 포도송이처럼 꽉 찬 할머니의 마음이, 할머니의 유전자가 어쩜 저 시인을 만들지 않았을까 생각했다.

가판이란 서울이나 시골이나 마찬가지여서 좋은 목을 차지하기 위해 어디서나 아우성치는데, 시인 가게는 평온하다. 물건을 파는 왼쪽이 아닌, 따뜻한 마음을 이어주는 오른쪽임이 분명했다. 고향 부모님께 가져다줄 포도송이 위에, 덤으로 따뜻한 시詩 한 편 올려주는 시인의 가게.

포도를 싣고 어머니께 가는데, 두둥실 만월이 떠오른다. 한껏 밝은 운월은 고향 곳곳을 비춘다. 지월도 수중에서 곱고, 등광도 반짝반짝 빛난다. 원천 샘물이 정천으로 흘러 벽지에 이르는 한 폭 풍경이 아름답다. 세속으로 나가는 왼쪽, 천태를 향해 도량에서 헤매는 자가 우리라면, 들어오는 오른쪽 좌판에 순하게 계신 운월 할머니는 혹여 천태의 세계, 해탈에 이르지는 않으셨을까.

인간과문학

*운월 마을 전동진 시인은 현재 시를 쓰며 대학에서 국어국문학을 가르치고 있다.

The 수필

●··· 왼쪽에 줄지은 좌판들과 달리 오른쪽에 있는 포도가게는 포도송이처럼 꽉 찬 마음을 가진 할머니가 낳은 '시인의 포도가게'이다. 포도 한 상자 싣고 어머니께 가는 작가의 가슴에 "'만월'이 떠오른다." '운월'은 고향을 비추고 '지월'은 수중에서 곱고 '등광'은 반짝 빛나며 '원천'은 '정천'을 흘러 '벽지'에 이르러 저수지를 이룬다. 이름은 지명에 따라 그곳의 역할이 주어지며 필연적인 어떤 이의 의도가 보태진다고 했다. 어느 시인의 말대로 그가 이름을 불러주었을 때 그 가게는 '시인의 포도가게'가 되었다. 시詩처럼 펼쳐놓은 지명이 인상 깊다./ 한복용

압력솥

심선경 sksim64@naver.com

저것은 생김새가 다른 부비트랩이다. 아니다. 별도의 점화장치가 있는 클레이모어다. 아뿔싸! 자세히 보니, 누군가가 가스 불 위에 설치한 시한폭탄이었구나.

“째깍째깍….” 예정된 시각까지 이제 얼마 남지 않았다.

마지막으로 꼭 할 말이 있다는 듯, 더는 참기 어렵다며 시한폭탄의 추는 맹렬한 기세로 회전한다. 엄청난 속도로 어둠을 관통하는 고속열차처럼 숨이 가쁘다. 하지만 쉽게 지치지 않는다. 강력하고 뜨거운 그 힘은 도대체 어디서 나오는 것일까. 밀폐된 공간에 압축된 무언가가 강철로 무장한 몸을 찢고 곧 터져나올 기세다. 요구를 묵살하면 곧바로 자폭할지도 모른다는 협박처럼 그 소리가 다급하다.

얼른 조정 스위치를 찾아야 한다. 카운트다운에 돌입한 시한폭탄은 뜨거운 열기와 압력으로 팽창되어 마침내 우리 집은 폭발하고 말 것이다. 날카로운 금속 파편이 천장으로 튀어오르고 사방으로 터져 엄청난 살상력을 발휘할 수도 있겠다. 소리는 점점 커지고, 점점 빨라지고, 점점 가까워진다. 터지는 순간을 알 수 없어 마음이 조마조마하다. 끓어오르는 격한 분노가 저 속에 가득 차 있다.

우리네 일상이 마치 시한폭탄을 안고 사는 듯하다. 저녁 9시 뉴스를 들으면 저마다 위험한 화약고를 가슴에 쟁여두었다가 애먼 곳에다 터뜨리는 바람에, 세상엔 사람다움이 들어설 자리가 너무 비좁아졌다는 생각이 든다. 화려한 겉과 달리, 속으로는 아픔이 깊이 파고들어 이따금 절망이 희망보다 더 설득력 있게 다가오는 날들도 있다. 하지만 어떻게든 살아내야 하는 한 생이기에, 나약한 생존의 단서만으로도 모두의 가슴속에 희망이 일렁이기를 바라는 것은 단지 나만의 생각일까.

딱 지금 내 나이쯤 되었을 때의 엄마를 기억한다. 잘 지내다 갑자기 가슴이 답답하고 울화가 치민다며 찬 겨울인데도 창문을 벌컥 열어젖혔다. 잦은 사업의 실패로 하루가 멀다고 술판을 벌여 밤 늦게 귀가하는 남편과, 번갈아가며 사고를 치는 철부지 삼남매와 날마다 실랑이하다보면 어찌 속에서 천둥 번개인들 치지 않았을까. 가정을 등한시한 아버지 대신 엄마는 남의 집 품팔이를 해서라도 작은 쌀독을 매일 채웠다. 젊었을 땐 안 해본 일을 하려니 손이 짓무르고 다리가 퉁퉁 부었지만 새벽이 되면 앞치마를 질끈 매고 부엌에서 밥을 지으셨다.

"힘든 하루를 견디려면 밥심이라도 있어야지."

엄마는 완고한 쇠붙이의 둥근 몸속에 얼마나 많은 것들을 욱여넣었을까. 가난의 고통, 세상에 상처 입은 자존심, 자식들이 바라는 것들을 무엇 하나 선뜻 내어주지 못하는 애달픔…. 가녀린 몸과 쓰라린 마음으로 품어 안을 수 없었던 모든 것들을 용광로 같은 밥솥 안에 켜켜이 쌓아 밀봉한 뒤 강력한 화력으로 형체도 없이 녹여내고 남김없이 태워버리고 싶지 않았을까.

누군가가 희망을 이야기할 때 희망은 언제나 환멸을 동반한다. 그러나 환멸 속에서 다시 희망을 찾을 수밖에 없는 것이 인간의 삶이 아니던가. 압력 밸브와 추 사이에서 빠져나오는 불협화음은 엄마가 세상을 향해 내지르고 싶었던 비명이고, 억압된 감정의 응어리를 발산하는 신호였는지도 모른다. 억울하고 가슴 아픈 것들은 저렇듯 소리를 내는 것인가보다. 어쩌면 압력솥에 한 영혼이 스며들어 비장한 노래를 엄마 대신 불러주었을는지도.

삼시간에 밥 탄내가 주방을 점령한다. 수차례 경고음이 울렸지만, 내 생각은 딴 곳에 가 있었다. 압력 밸브 추를 억지로 한쪽으로 기울인다. 팽창되어 있던 솥은 씩씩거리며 뜨거운 김을 내뿜는다. 한 김 빠진 솥뚜껑을 여니, 밥의 절반은 바닥에 눌어붙어 있다. 우선 찬물로 열을 식혀주고 어떻게든 수습을 해보려 하지만, 밑바닥에서 올라온 시커먼 물이 쇠솥 안에 가득 차오른다. 눈치껏 덜어낸 밥도 화근내가 나서 선뜻 식탁에 놓을 자신이 없다.

숱한 시행착오 끝에 이제는 압력솥과 화해하게 되었다. 시간만 잘 지키면 새까맣게 탄 솥의 바닥을 더는 긁어내지 않아도 된다. 그 요상한 물건은 아무리 질긴 나물도 부드럽게 만들고, 견고한 뼈다귀조차도 단시간에 흐물흐물 녹여내는 묘한 재주를 가졌다.

"딸깍", "칙, 칙, 치이이익…."

딸랑거리는 압력솥의 추가 심상찮다. 이제껏 참아왔던 숨을 한꺼번에 몰아내쉰다. 깊은 바다에서 물질을 하고 올라온 해녀의 숨비처럼. 어쩌면 오랜 병을 앓다 마지막으로 내뱉은 엄마의 가느다란 신음 같기도 하다. 가슴 밑바닥에서 끌어올린 울음 섞인 노래를 꺼이꺼이 부르다가 마침내는 목이 잠긴다. 흘러나온 슬픔의 자국이 쇠붙이의 둥근 몸을 따라 몇 가닥 수직의 길을 내고, 젊은 날 삶의 격정으로 부글부글 끓어오르던 시간들은 일순 멈춰서며 사위가 고요해진다.

누군가를 위해 한 끼 밥을 짓는 일은 먹고 산다는 것의 안쪽을 들여다보는 비애. 따순 밥의 온기를 나눠주려고 새벽마다 밥솥에 쌀을 안쳤던 당신의 수고로움에 가슴이 먹먹해온다. 진부하긴 하지만 꾸역꾸역 이어지는 삶의 일상성은 그 얼마나 경건한 일이던가.

위험한 물건을 유산인 양 물려주고 내가 안전하게 길들이게 되기까지, 저기 식탁 끝에 앉아 조용히 지켜봐주던 당신은 이제 내겐 없는 사람이 되었다. 엄마의 언어를 지금에라도 이해하는 것은 엄마의 삶을 나도 똑같이 살아왔기 때문이다. 가끔은 암담한 생의 뒤편에서 울먹거리는 엄마라는 이름을 가진 또 다른 여자와 맞닥뜨리기도 한다. 과거의 내 삶은, 시간을 조절 못해 밥을 태우고 성급하게 뚜껑을 열려다가 손을 데고 뜸을 제대로 들이지 못한 어설픈 날들이었다. 압력솥의 밥알들이 잘 익었는지, 설익었는지 뚜껑을 열지 않고도 알 수 있다면 얼마나 좋을까. 한 걸음 다가서면 꼭 그만큼의 거리로 멀어지는 난해한 글의 행간처럼, 아직도 누군가의 마음을 읽는 일에 익숙지 못하다.

구수한 밥 냄새에 허기가 진다. 밥솥 하나가, 집 한 채같이 무거운 저녁을 끌고 간다.

수필과비평

The 수필

●… 부비트랩이자 클레이모어이며 시한폭탄인 압력솥은 사용자와 익숙해지기 전에는 위험천만한 주방기구다. 그것의 편리함을 누리기까지는 견뎌야 하는 다양한 형태의 불협화음은, 희망과 환멸이 교차하는 지뢰가 포진한 삶에서 겪어야 했던 시행착오다. 압력솥 추가 토해내는 급한 숨은 젊은 날의 격정, 새벽마다 가마솥에 가난과 고통을 욱여넣어 가족을 건사했던 어머니의 시간을 불러온다. 뚜껑을 열지 않고서도 솥 안의 속내를 얼추 알 수 있는 경지에 이르러서야 "꾸역꾸역 이어지는 삶의 일상성"의 경건함과 자기 회귀에 도달한다./ 엄현옥

新 데미안

이상렬 love2060@hanmail.net

등산로에서 그와 마주쳤다. 그는 내 기억 속에 퇴적되어 있던 상처를 불러냈다. 내가 본 수천수만의 얼굴은 다 기억할 수 없어도 그만은 잊을 수 없다. 마스크를 썼어도, 저 멀리서 걸어와도 그의 윤곽, 그의 걸음걸이만으로 알 수 있었다.

33년 전 강원도 양구 동면 팔랑리 전방부대에서 신병으로 선임병 신병장을 처음 만났다. 첫인상은 강렬했다. 굵은 얼굴선, 잿빛 피부, 짙은 눈썹 아래 움푹 파인 눈, 승천한 붉은 광대, 꽉 다문 입, 튼실한 하관. 너도 이렇게 이곳 질서에 복종하라는 식의 부동자세, 전방 15도 아래로 깔아 내린 그의 시선. 그리고 신병 이상렬은 꼴깍 침을 삼키고 서 있었다.

인간이 인간을 처음 만나면 인사부터 하는 게 예禮가 아닌가. 근데 '그'라는 인간과 '나'라는 인간의 첫 만남은 발길질이었다. 그의 군홧발과 나의 정강이. 30년 전 군대였으니 그럴 수 있다고 눙치자는 시대착오적 말은 하지 말자. 30년이 아니라 300년 전에도 안 그런 사람은 안 그랬으니까. '병폭'인 셈이다. 요즘 학폭(학교폭력)이란 말이 있기에 그의 그 짓을 병폭(병영폭력)이라 해두자.

그가 군기 담당을 마치는 날까지 1년을 구타당했다. 타인의 신체를 자신의 소유물처럼 다루는 괴물과 한 공간에서 매일을 살았다고 생각해보라.

나의 정신은 그의 뒤주 속에 갇혀 점점 말라갔다. 당시 병영구타는 이유 없다. 전통이며, 국가권력이며, 기정사실이었다. 제대 후 한참을 지났어도 신 병장에 가위눌리기 일쑤였다. 꿈속에선 더 막강했다.

야속한 신神이여, 매일 다니는 뒷산 등산로에서 그를 만나다니. 적어도 그와 마주한 등산로에서는 육순六旬을 코앞에 둔 이병 이상렬이었다. 30년이 지났어도 아물 줄 모르고 도지는 내 안의 상흔, 이 끈질김이 참 징그럽다. 중년의 고갯마루는 벌써 넘었지만 내 안의 기억은 여전히 청춘이다.

우리 동네 뒷산 등산로를 오르는 시간은 매일 점심시간이다. '한번 우연히 마주친 거야'라는 생각으로 다음 날 그 시간에 올랐다. 또 그 시간, 또 그 길에서 마주쳤다. 그의 등산로, 등산 시간이 나와 정확히 일치했다. 문제는 그는 나를 모르고 있다는 것이다. 당연하다. 피해자의 기억은 영원해도 가해자의 기억은 짧은 법이다.

나에게는 천혜의 등산로였지만 언제부턴가 꾸역꾸역 올라가는 곳이 되었다. 산책의 즐거움이 사라졌다. 신선한 공기도, 새들의 노랫소리도, 나뭇잎 사이로 쏟아지는 볕도, 시원하게 스치는 바람도 느낄 수 없었다. 등산로에 장승처럼 서 있을 신 병장에 대한 공포뿐이었다. 그에게서 벗어나기 위한 선택은 간단하다. 그곳에 안 가든지, 다른 등산로를 찾든지. 근데, 그런데…. 이런 선택을 해야 하는 나 자신이 너무 싫었다.

등산을 중단했다.

이번 달 독서모임 도서는 헤르만 헤세의 『데미안』이었다. 하품하다가 마지막 장면에서 정신이 번쩍 들었다. 전쟁에서 부상으로 누워 있는 싱클레어에게 데미안이 말한다.

"꼬마, 크로머를 아직 기억하고 있나?"

유년 시절 자신을 괴롭혔던 공포의 대상 크로머, 소설의 결정적인 순간에 데미안은 크로머를 소환했다. 직면하라는 거다. 이제 제발 크로머에서 벗어나란 거다. '나'로 살라는 것이다. 살다보면 크로머나, 신 병장이나, 그보다 더한 장벽은 어디에나 존재한다는 것이다.

기억을 꾹 눌렀더니 며칠간 앓았다. 그 옛날 거대한 공포 앞에서 사시나무처럼 서 있던 '신병 이상렬'을 다소곳이 어루만져주고 싶었다. '그래, 직면하자, 직면하자, 직면하자.' 혼잣말을 백 번은 한 것 같다. 마음을 정하고, 다음 날 그 시간 등산로에 올랐다. 지난 달 사권 초입의 소나무들, 출정식의 깃발처럼 서 있다. 그가 온다. 걸음걸이가 위력적이다. 마스크를 벗었다. 떨리는 손은 뒷짐으로 감추고, 미리 연습한 결연한 표정을 짓고, 드디어 말을 걸었다.

"신 병장님 아니세요? 저~ 21사단 양구에서 군 생활한 이 아무갭니다. 저 아시겠습니까?"

그는 엉거주춤 서서 고개를 쭉 내밀어 내 얼굴을 살폈다. 그리고 당황한 듯 짧은 한마디를 내뱉으며 뒤끝을 흐렸다.

"아, 그때…."

가까이 서니 예전의 그가 아니었다. 창백한 얼굴, 맥없이 꺾인 목소리, 동공은 초점을 잃고 흔들렸다. 준비했던 말을 마구 쏟아내고 싶었지만 애써 입안으로 구겨넣었다. 어색한 눈빛이 오고간 후, 서로 몇 차례나 머리를 숙이고는 헤어졌다. 폐허가 서린 낯으로 사라지는 그의 뒷모습을 바라보며 나는 내게 물었다.

"어이~ 꼬마, 신 병장을 아직 기억하고 있나?"

다음 날, 그 다음 날도, 그 길에, 그 시간에 그는 보이지 않았다. 그가 사라진 등산로에 울컥 봄이 왔다.

에세이21

The 수필

●… 우연찮게 등산로에서 과거 기억 속 상처를 만났다. 30년 전, 1년 내내 무자비한 구타를 필자에게 자행했던 병영폭력의 가해괴물과 맞닥뜨린 것이다. "피해자의 기억은 영원해도 가해자의 기억은 짧은 법" 마침 그는 나를 모르고 있다. 하지만 필자는 아직까지도 거대하고 견고한 공포, 그를 피하고 싶었고 그런 자신의 마음이 싫었다. "그래, 직면하자, 직면하자, 직면하자"고 백 번을 되뇌며 다짐한 필자는 결연히 그와 마주했다. 대면한 그는 이미 공포도, 위험도, 불안도 아니었다. 폐허가 서린 낯으로 사라지는 그를 바라보며 필자는 "크로머"로부터 당당히 벗어난 "데미안"이 되어 있었다. 심리적 외상이나 상처의 극복은 오로지 자신만의 몫이라는 주제가 깔밋한 문장만큼이나 또렷하게 드러난다./ 조헌

굽

이상수 soo8562@hanmail.net

낡은 꿈 한 켤레가 유물처럼 앉아 있다. 신발장 안쪽, 오래 전에 넣어 둔 하이힐 한 켤레를 본다. 배의 이물처럼 둥근 코는 군데군데 허물이 벗겨지고 반짝이던 시간은 윤기를 잃어버렸다. 먼지 뽀얗게 뒤집어쓴 깊은 동면을 보니 마음 한켠이 쓸쓸해진다. 구두코 도도하게 세우던 나날들은 다 어디로 간 걸까?

여자에게 하이힐은 특별한 존재다. 다리 길고 종아리 날씬하게 보이는 미적인 역할도 하지만 뾰족한 모양은 곧추세우고 싶은 여자의 자존심을 잘 표현해준다. 기원전 이백 년경 로마 배우들이 자신의 역할에 맞게 키를 조절할 의도로 통굽 샌들을 신은 것이 그 시초가 되었다고 한다. 쓰레기나 먼지를 피하는 용도로 사용되기도 했으나 마법 같은 기능을 발견한 뒤론 여자의 전용물이 되었다. 하이힐 위에서 여자의 콧대는 마디마디 세워지고 양 어깨는 비상하는 새의 자태처럼 결연해진다.

초등학교 땐 키가 작아 맨 앞줄에서 벗어나지 못했다. 한두 살 더 많은 동급생 사이에서 나는 언제나 물에 기름처럼 겉돌았다. 비스듬히 내려다보는 그들에게 눈 맞추려 까치발을 하거나 높은 곳에 올라서기도 했지만 내 정수리는 언제나 키 큰 아이들 턱 아래 있었다.

읍내에 있는 중학교로 진학해서도 여전히 앞줄은 내 차지였다. 오히려 학생들 수가 네 배로 불어나면서 점점 왜소해져만 갔다. 평범한 성적으론 선생님들의 눈에 띄지 못했고 소극적인 성격으로 친구들에게 선뜻 다가가지도 못했다. 재미없어 교실 한쪽에 오래 방치된 동화책처럼 아무도 나를 들추어주지 않았다.

무의미한 시간들이 계속되던 어느 날, 국어선생님이 자신의 얼굴에 대해 지은 작문을 읽어주었다. 놀랍게도 그 글은 내가 쓴 것이었다. 칭찬이 이어졌고 나는 움츠렸던 어깨를 두어 번 으쓱거렸다. 그날 이후 어렴풋이 알게 되었다. 내 안에 숨어 있는 작고 단단한 굽의 존재를.

마릴린 먼로는 한 쪽 굽을 짧게 만들어 뒤뚱거리는 걸음을 연출했고 섹시한 귀여움은 그녀를 성공의 반열에 앉혔다. 클레오파트라는 궁전도, 도시도, 나라도 없었지만 누구보다도 높았던 콧대와 언변으로 뭇 남성과 제국을 손아귀에 넣었다. 시대가 변해 존중받는 여자들이 많아진 것은 어쩌면 하이힐 덕분인지도 모른다. 그 매력은 아찔한 위태로움에 있다. 턱을 곧추세우고 콧대를 높이며 가슴을 내밀어 자아와 세계를 정복하려 한다. 저녁이면 퉁퉁 부은 다리를 맥주병으로 힘들게 마사지하는 한이 있더라도.

고등학교 때는 운동화와 더불어 학생용 구두를 신을 수 있었다. 몇 달치 용돈을 모아 굽이 높은 구두를 맞췄다. 키가 비슷했던 친구의 정수리가 하얗게 들여다보이고 올려다보았던 눈을 마주 보는 짜릿함이 있었다. 그때부터였을까. 두꺼운 고전 속의 주인공 흉내를 내며 동급생

들을 내려다보게 된 것이. 그 환상의 굽은 다른 사람과 나를 특별하게 구분짓는 자존심이 되었다.

대학에 들어가고 난 후, 마침내 새빨간 에나멜 구두 한 켤레를 샀다. 돋보이고 싶은 욕망으로 앞머리를 세우고 마스카라를 이용해 속눈썹을 올리기도 했다. 사서四書를 읽고 해석하는 모임인 윤독회輪讀會에 나가게 된 것도 남보다 달라보이려는 마음에서였을 것이다. 인문관 앞 넓은 잔디밭에 빙 둘러앉아 정해진 분량만큼 더듬더듬 발표를 끝내고 나면 도도함도 한 뼘 더 높아져 있었다. 콧대가 세다고 수군대는 사람들의 흉을 귓전으로 흘려들으면서 내 굽은 구름까지 닿고 싶었다.

굽 있는 구두를 신는다는 것은 일상에서 반음을 올리는 행위와 같다. 피아노 앞에서 검은 건반을 두드리는 순간, 그것은 음의 이탈이면서 새로운 리듬을 선사한다. 두 발을 모으고 공중으로 폴짝 뛰는 발레의 발롱도 이와 마찬가지이리라. 십 센티미터도 안 되는 왜소한 높이나 체격 어디에 굽은 그 많은 자신감을 가지고 있는 것일까? 하이힐을 신으면 어디든 갈 수 있고 어떤 일이든 할 수 있을 것 같은 기분이 된다. 그것은 어쩌면 지상에서 살짝 발을 떼는 순간 그 반중력감이 주는 마취제 같은 쾌감 때문인지도 모르겠다.

이상과 꿈만으로 뭉쳐진 높은 굽을 신고 또박또박 사회로 걸어나왔다. 규모가 작은 학원에서 수업의 기술을 터득해 독립했다. 내 이름을 걸고 개인적으로 하던 수업은 입소문을 탔다. 타인의 인정과 평가를 통해 존재가치를 지니게 되었고 경제적으로 여유도 생겼다. 굽은 조금씩 높아졌고 자존감은 하늘을 찔렀다. 누구나 부러워하는 위치에서 만족하지 않고 또 다른 욕망을 꿈꾸기 시작했다.

새로 맡은 영업직은 자신만만했다. 계약은 순조로워 스무여 명의 입사 동기 중에 선두그룹에 속했다. 주위의 칭찬과 내 욕구가 맞아떨어져 승승장구했고 마약과도 같은 달콤함에 빠져들었다. 한껏 높아진 굽은 구름 위를 걷는 듯 아찔했지만 거기서 내려올 생각은 없었다. 더 높이, 더 멀리 나아가리라.

그러던 어느 날, 무리한 계약으로 그만 바닥에 곤두박질치고 말았다. 그때까지 손에 쥐고 있던 믿음은 한순간에 신기루처럼 사라졌다. 물질적 피해는 물론 정신적으로도 공황이 찾아왔다. 성공이라고 생각했던 것들이 야멸차게 등을 돌렸고 내 굽은 그만 높이를 잃고 말았다.

피난처를 찾아 서둘러 결혼했고 나의 굽은 남편과 아이들 속에 감추어져버렸다. 하이힐을 벗어 신발장 안에 넣은 후 낮고 편한 신발을 꺼냈다. 현실은 그다지 이상적이지도 않고 꿈처럼 우아하지도 않다며 스스로 나를 위로했다. 쳇바퀴처럼 반복되는 생활의 무미건조함에 익숙해지면서 더 이상 꿈을 꾸지 않았다.

돌아보니 내 젊은 시절은 언제나 꿈꾸던 나날이었다. 여자라는 말에 갇히지 않기 위하여, 남들과 구별되는 나만의 정체성을 위하여 분주하게 뛰어다녔다. 너무 큰 욕망 탓에 더러 실패도 있었지만 그 과정을 준비했던 순간순간들은 내가 살아가는 이유가 되었다. 한때, 꿈이라는 굽이 없었다면 삶의 가치가 순금처럼 빛날 수 있었을까?

구두를 꺼내 닦으니 먼지 속에 숨어 있던 어제들이 기지개를 켠다. 조금 더 큰 나를 위해, 더 높고 더 우아한 나를 위해, 아프면서 넘어지면서 일어서면서 살아낸 청춘의 시절이 새삼 그립다. 구두 속에 조심스럽게 발을 넣어본다. 발롱! 기다렸다는 듯 한 옥타브 높아진 굽이 나를 살짝 공중으로 밀어올린다.

좋은수필

The 수필

●… "낡은 꿈/ 한 켤레가/ 유물처럼/ 앉아 있다"는 함축된 서두와 굽이 있는 구두를 신는다는 것은 일상에서 "반음을 올리는 행위"이며 피아노의 검은 건반을 두드리는 순간, 그것은 "음의 이탈이면서 새로운 리듬을 선사한다"는 정치한 표현이 신선하다. 신장에 유폐된 구두 속에 발을 넣으니 "한 옥타브 높아진 굽이 살짝 나를 공중으로 밀어올린다"는 결미의 심리묘사 또한 주목하게 된다. 다음 글이 기다려진다./ 맹난자

사북의 겨울과 진달래

이은성 mysuver@hanmail.net

갤러리로 들어서자 어두움이 사위를 감싸고, 먹구름이 낀 것처럼 서늘하다.

시골 출신의 작가는 원하던 도시에서도 색깔을 발견하지 못했던 것일까. 뉴욕의 풍경화는 어둡고 무겁다. 두텁고 투박하게 물감을 덕지덕지 발라 실망하고 돌아서려던 순간, 눈에 익은 풍경에 시선을 멈춘다.

쇠락의 기운이 내려앉은 사북의 탄광촌이다. 녹슨 함석지붕에 쌓인 탄가루는 홍색과 파란 색의 두께로 대비되고, 붓이 아니라 손끝으로 덧칠된 지두화指頭畵의 둔탁함은 강렬한 메시지를 던진다. "내 그림은 몸으로 비벼낸 자취"라는 그의 그림에는 지문도 하나의 재료로 변한다.

오치균 화가는 미국 유학 중에 뉴욕의 풍경을, 귀국 후에는 한국의 전원 풍경을 그렸다. 정선으로 가는 여행길에서 새까만 마을의 사북을 보며 찢어지게 가난했던 옛 고향의 모습을 떠올렸다고 한다. 그는 쓸쓸함과 스산함이 느껴지는 사북을 그렸지만 실체를 몰랐다.

사북은 탄광이 있던 지역으로 석탄산업이 호황을 누리던 때는 우리

나라 생산의 10% 이상을 담당하기도 했던 곳이다. 1980년 4월 사북항쟁을 겪으며, 석탄산업의 사양화斜陽化로 탄광들이 속속들이 문을 닫는 사태가 벌어졌다. 2004년 탄광이 사라짐과 동시에 6,300여 명의 광부들도 사북을 떠났다.

어린 시절 방학이면 부리나케 사북으로 갔다. 이종사촌 동생들이 서울로 유학 오는 바람에 방학이면 나도 함께 덩달아 우르르 몰려 내려갔다. 이모는 평소에 자식들에게 못해준 안쓰러움에 다양한 메뉴로 맛난 음식을 부지런히 해주셨고, 우리들은 볼살이 통통해져 올라오곤 했다. 여름이면 시커먼 개울물을 피해 정암사로 정선 소금강으로 맑은 물 찾아다니며 피서를 했고, 겨울이면 얼린 논밭에 나가 놀았다. 스케이트를 타다 넘어지기라도 하면 석탄재로 인해 옷이 까맣게 물들었다. 기를 쓰고 넘어지지 않으려고 애쓰던 기억이 아련하다. 그곳에는 이제 아무도 없다.

가까이서 보면 얼룩처럼 보이던 그림은 멀리서 보니 확연히 다르게 다가온다. 포장하지 않은 탄광촌의 노란 불빛 앞은 거리두기를 요구한다. 눈 덮인 '사북의 겨울밤'은 춥다. 눈 내리는 골목길에 서 있는 전등은 서럽게 빛나고, 희뿌옇게 덮여 있는 지붕은 처연하다.

광부들은 밤새 탄광에서 노역을 하고 여명에 누런 얼굴로 나왔다. 목숨을 담보로 비워낸 허탈감을 보상이라도 하듯, 약국에 들러 피로회복제를 찾아 석탄가루로 칼칼해진 목구멍을 씻어냈다. 한 달 약값이 생활비를 밑돌아도 몸속 깊이 퇴적된 탄가루는 지워낼 수 없었다. 자식들만큼은 광산촌에서 벗어나게 하려는 열망을 안고 죽기살기로 일했던 그들이 있었기에, 우리는 겨울을 따뜻하게 보낼 수 있었다. 그때의 막장 광부들은 지금 어디서 무엇을 하며 살고 있을까.

학교를 졸업하고 내가 원하는 직장을 구하기가 쉽지 않았다. 오남매의 맏이라는 무게에 짓눌려 딱히 갈 데도 없는 난 여행을 핑계로 산골로 도망갔다. 기약 없는 시간이었지만 쫓기듯 구직활동을 하던 내겐 서울을 피하고 볼 일이었다. 내 안에 잠자고 있던 도피적 성향이 발동한 것이다.

나는 이모의 가게를 돕는다는 구실로 사북으로 갔다. 막장에서 일하고 나오는 광부들 때문에 약국은 새벽부터 문을 열었다. 이모가 아침상을 마련하면 그때서야 부스스 일어나 밥을 먹고 이모부와 교대해 약국을 지켰다. 내가 가게를 지키는 시간은 밀물처럼 몰려오던 광부들이 썰물처럼 빠져나간 한가한 시간대였다. '박카스'를 찾는 손님에게는 이문利文이 조금 더 남는 '알프스 디'를 권하여 판매하라는 이모의 지시에 따라 약을 팔기도 하고, 라디오에서 흘러나오는 음악에 기대어 책을 읽는 단조로운 일상이었다.

산골 마을의 유일한 극장은 손님이 오거나 안 오거나 스피커를 장치하여 몇 시간씩 음악을 들려주기도 했는데, 서부영화 주제곡이 대부분이었다. 광부들이 낮잠을 자야 하는 그 시간에 왜 그리 크게 음악을 켜 놓았는지 모르지만, 마을의 정적을 깨우는 유일한 소리였다. 바지랑대의 마른 옷을 걷으며 툭툭 털라치면 햇볕에 반사되어 검은 먼지가 흩날렸다. 무표정하게 걷어내던 아낙네의 얼굴이 오련하게 떠오른다. 두 달 정도 지냈던 기억이 때때로 정지된 화면으로 떠올려지는 걸 보면, 내 기억의 뇌리에 고장난 시계처럼 멈춰 있는 건 아닐까.

2층 전시관으로 올라가니 어둑어둑한 흑갈색의 산속은 추위를 견디는 나무들로 싸늘하다. 벌거벗겨진 나무들은 일제히 손을 뻗어 악수를 청한다. 차마 마주 잡지 못하고 지나칠 쯤 둔덕에서 다소곳이 기다리던 진달래를 만난다. 연분홍의 연약함이 아닌, 선홍색의 붉은 빛이 한동안 시선을 거두지 못하게 한다. 까맣게 찌든 세상에서 오롯이 피우느라 힘겨웠을 시간, 가까이 다가가니 수줍은 듯 고개 숙인 모습조차 애처롭다. 애달프고 처량한 정경 속에 아릿하게 피어오른 작품들이다.

천천히 그림을 따라가니 검은 빛이 걷히고, 계절의 전령이 찾아온다. 어두운 야산은 점점 파릇한 빛을 띠다가 발갛게 피어오른다. 답답했던 내 가슴도 살포시 꽃물이 묻어난다. 손끝 너머로 느껴지는 기운은 그림 속 풍경에 말을 담아낸다. 가까이서 보고 멀리서도 보고 나오면서 또 뒤돌아본다.

우울한 기분에 삼청동 길을 배회하다 만난 그림들이 나를 일깨운다. 무너져가는 것에 새로운 것을 빚어낸 그림처럼, 지난至難한 삶이라도 껴안고 살아보라 한다.

인간과문학

The 수필

●··· 답답한 마음에 삼청동 거리를 배회하던 작가는 오치균 화가의 그림 〈사북 진달래〉와 마주하면서 이모가 살았던 사북 탄광촌을 떠올린다. 추웠던 사북의 겨울밤은 피로에 찌든 광부들의 누런 얼굴과 함께 다가온다. 사북에서의 시간은 선홍색 진달래꽃이 유일한 봄이다. 오남매의 맏이인 작가가 도피처로 삼았던 사북에서의 두 달여는 때때로 힘든 시기를 일어서게 하는 위로가 된다. 이미 폐광이 된 사북과 추운 겨울, 따뜻한 봄을 상징하는 진달래의 대비도, 답답했던 가슴에 꽃물이 묻어난다는 장치도 희망을 담고 있어서 반갑다./ 한복용

낡은 고무신

진해자 jinhj1502@naver.com

자동차는 쭉 뻗은 아스팔트 길을 달려 숲길로 들어섰다. 진초록의 자연을 만나는 건 숨 막히는 공간에서 잠시나마 벗어날 수 있는 시간이다. 쌩쌩 달리던 차는 구불구불한 길을 만나자 저절로 속도가 느려진다. 빠르게 지나칠 때는 잘 보이지 않던 풍경이 천천히 눈으로 읽힌다. 뭐든 자세히 보면 보이지 않던 것의 존재를 느낄 수 있다. 바람의 소리가 들리고, 우거진 숲 사이로 살포시 내리는 햇살도 보인다.

한라산 정상을 오르기 위해 성판악 입구에 도착했다. 산행이 처음인 딸들은 호기심 반, 걱정 반이다. 산 날씨는 변덕스러워 예측이 어렵다. 잠깐 비추던 해가 구름에 가려 하늘은 금세 잿빛으로 변한다. 뮛바람이 싸늘하게 옷깃을 파고든다. 어슴푸레한 안개 속에서 까마귀 울음소리가 들려온다. 이제 시작될 산행의 어려움을 까마귀는 온 힘을 다해 알리려나보다.

입구에서 QR코드를 찍고 사람이 많은 곳을 피해 빠른 걸음으로 걸었다. 한참을 걷다보니 거친 돌길이 이어졌다. 가파른 곳이라 돌을 딛는

발이 조심스럽다. 한발 한발 집중하며 걷는데 앞서가던 스님 일행을 만났다. 스님은 하얀 고무신을 신고 있었다.

주위를 둘러봐도 고무신을 신고 산을 오르는 사람은 아무도 없다. 사람들은 등산화의 튼튼함을 믿고 거침없이 돌길을 헤집고 나아갔다. 둔탁한 밑창에 눌려 돌이 부서진다. 흙 위로 나와 있는 나무뿌리와 작은 풀들이 아프다고 소리치는 듯하다. 등산화의 발길에 여기저기 흙이 파이고 돌이 무너져 내린다. 많은 사람이 밟고 지나간 자리엔 풀도 자라지 못한다. 반면 고무신을 신은 스님의 걸음은 고요하고 부드럽다.

스님 뒤를 천천히 따라 걷는다. 한 걸음 한 걸음이 아주 신중하다. 결코, 서두르거나 조급해하지 않는다. 다음 내디딜 곳을 보면서 조심스럽게 걸음을 옮긴다. 스님에게 물었다. "스님, 고무신을 신어 힘들거나 불편하지 않으세요?" 얼굴에 땀을 훔치며 미소를 보내는 스님의 얼굴에서 이미 답을 찾을 수 있었다.

스님은 산을 오르는 것이 목적이 아니라 산과 호흡하며 온새미로 자연을 느끼고자 고무신을 신었다고 한다. 돌부리에 눌려 아프면 더 조심스럽게 땅을 밟고 자연 앞에서 겸손하지 않으면 다칠 수 있음을 배운다. 스님에게 있어 고무신은 '수행을 위해 함께 걷는다'라는 의미가 있다고 한다. 험난한 수행의 길을 걷고 또 걸으며 낡은 고무신 속에 담긴 땀과 눈물이 헛되지 않음을 몸소 느끼는 듯했다.

등산화를 신은 사람들은 주위를 돌아볼 겨를 없이 산을 오르는 일에만 집중한다. 튼튼한 등산화가 발을 보호해주니 돌길이나 가파른 오르막도 거침없다. 발에 차인 돌들이 아프다고 아우성쳐도 등산화는 꿈쩍하지 않는다. 오로지 제 할 일만 열심이다. 자기밖에 모르는 요즘 사람들을 보는 듯하다. 등산화를 신고도 힘들다며 투덜거리던 막내딸이 고무신을 신은 스님을 보니 미안한지 묵묵히 산을 오른다.

고무신을 보면 소박하고 검소한 친정어머니가 생각난다. 내가 어릴 적에 어머니는 하얀 고무신을 신고 읍내에 다녀오곤 했다. 다녀온 후에는 언제든 신고 나갈 수 있게 깨끗이 닦아 신발장에 보관했다. 밭일 갈 때는 검정 고무신을 신었다. 학교에서 돌아와 어머니가 없으면 신발장을 먼저 봤다. 흰 고무신이 없으면 외출한 것이고 검정 고무신이 없으면 밭일 가신 거다. 하지만 지금은 흰 고무신도 검정 고무신도 놓여 있지 않다. 고무신을 신고 다시는 돌아올 수 없는 강을 건넜다.

어릴 적, 졸졸 흐르는 개울물에 고무신을 띄우고 어디로 흘러가는지 따라가곤 했다. 무심히 떠내려가는 고무신은 자유로운 영혼을 실은 나룻배 같았다. 지상의 미련을 다 버리고 천천히 노 저어가는 나룻배처럼 어머니도 하얀 고무신을 신고 말없이 떠나갔다. 강을 건넌다는 건 지상의 인연과 작별함이고, 그 사람의 존재가 소멸하는 것이다.

소멸하는 것은 존재하지만, 존재하지 않는 것이다. 사랑하는 사람과의 이별은 심장이 멎을 것 같은 고통이 동반된다. 하얀 고무신이 누렇게 변하도록 지난한 삶을 살아온 어머니는 고무신이라는 마음 그릇에 인생 여정을 담았다. 척박한 밭을 일구고 거친 길을 걷느라 하루도 낡은 고무신을 벗을 날이 없었다. 닳아 해져도 버리지 못하고 군데군데 바늘로 기워 신었다. 어머니의 고단한 삶도 고무신처럼 꿰매며 살았으리라. 친정집에 가서 신발장을 열면 낡은 고무신이 가지런히 놓여 있을 것만 같은데….

어릴 적에 어머니가 사준 검정 고무신이 생각난다. 가끔 운동화나 구두를 신은 친구도 있었지만, 어머니의 마음을 알기에 많이 부러워하지는 않았다. 클로버가 가득한 길을 걸을 때면 얇은 고무 밑창으로 땅의 촉감과 풀의 부드러움이 그대로 느껴졌다. 기어가던 벌레도 고무 신발 위로 올라와 잠시 놀다간다. 어떤 날은 달팽이 집이 되었다가 쥐며느리 집도 되었다.

돌길에선 함부로 뛰어다니지도 못했다. 조금만 뛰어도 돌부리에 눌려 발이 아팠다. 자연스럽게 거친 곳은 피하고 발걸음이 조심스러워진다. 고무신을 신으면 자늑자늑 걸을 수밖에 없다. 비가 와도 걱정 없고 흙이 들어가도 물에 씻어 널면 금방 말랐다. 어머니와 밭에서 돌아오는 저녁이면 붉은 노을이 고무신 위로 내려앉았다. 천천히 흘러서 더 그리운 시간이다. 어릴 적 개울물에 띄운 고무신은 어디쯤 흘러가고 있을까.

한참을 오르니 정상에 도착했다. 평소보다 한 시간 이상 더 걸렸다. 천천히 걸어서 그런지 몸은 전보다 덜 힘들다. 딸들은 처음 올라본 정상이라 뿌듯해한다. 백록담을 둘러보는데 맑았던 하늘이 갑자기 어두워지며 소나기가 와르르 쏟아진다. 서둘러 하산 준비를 했다. 인생이라는 길 위에서 때로는 소나기라는 위기를 만난다. 하지만 소나기는 잠시 내리고 그친다. 인생의 고비도 소나기와 같다. 사랑하는 사람과의 이별이 늘 힘들고 아플 것 같지만, 세차게 내리다 그치는 소나기처럼 다 지나간다.

정상의 날씨와 달리 밑으로 내려갈수록 하늘이 참 맑다. 주위를 돌아볼 겨를 없이 직진으로 달리던 생활에서 벗어나니, 비로소 완만한 곡선이 보인다. 언제나 그 자리를 지키고 있는 산은 지치고 힘든 이에게 넓은 품을 내어준다. 가난하고 구부러진 삶도 가끔은 그리울 때가 있다. 어머니가 계셨으면 나란히 고무신 신고 어둠이 내려앉는 산 어디쯤 하나의 풍경이고 싶다.

수필과비평

The 수필

●… 한라산 등반에서 만난 스님의 하얀 고무신은, 등반이 목적인 소품이라기보다는 "돌부리에 눌려 아프면 더 조심스럽게 땅을 밟고 자연 앞에서 겸손"해지며 자연을 온몸으로 느끼기 위한 수행 도구다. 작가에게 존재의 소멸을 상기시키는 소품으로서의 고무신은 어머니의 지난한 삶과 고단한 인생 여정과 유년의 추억을 소환한다. 고무신은 단순한 신발이 아닌 경건한 삶을 유지하는 데 필요한 소품이며 그리움의 시간에 대한 은유다. 누구나 간직했을 법한 "어릴 적 개울물에 띄운 고무신"의 행방을 찾아가게 한다./ 엄현옥

The 수필

Autumn

해마가 몰려오는 시간 | 강대선
싸움의 언어 | 권현옥
산 | 김근우
고요하다 | 김애자
어느 가을 햇살 아래 | 남홍숙
회색, 그 모색의 시간 | 노혜숙
가마우지와 왜가리 | 박석원
어머니의 기억 | 박종희
강은 기억하지 못한다 | 송혜영
그 눈빛 | 안춘윤
클라고 | 윤기정
지렁이가 품은 우주 | 이방주
서른을 기억하다 | 이필영
생존곡선 | 홍범식
대장간을 엿보다 | 허정진

해마가 몰려오는 시간

강대선 89kds@hanmail.net

토요일 오후가 되자 어디론가 떠나야겠다는 생각이 밀려왔다. 꼭 영광 백수 해안이어야 하는 것은 아니었으나 기억은 바다와 노을이 펼쳐내던 장관에 붙잡혀 있다. 그곳에 '나'의 일부분을 놔두고 온 것일까. 나는 나를 찾기 위해 백수 해안으로 차를 몬다. 바람이 부는 날은 바람이 좋아서 눈이 오는 날은 눈이 좋아서 비가 오는 날은 비가 좋아서 어디론가 떠나고 싶다. 내 안에도 유목민의 피가 흐르는 걸까. 바람은 매번 나를 찾아와 떠나라고 충동질을 한다.

백수 해안에 도착하니 태양은 구름 뒤에서 나올 줄 모르고 바다는 구름의 그림자로 뒤덮여 있다. 노을은 구름 뒤로 숨어도 붉은 머리카락은 숨길 수 없는 듯 흐릿한 하늘에서 붉은 기운을 풀어놓는다. 바닷가에 숨어 있던 바람이 먼 섬에서부터 개펄까지 올라오면서 상처 입은 짐승 소리를 낸다. 머리를 흔들기도 하고 꼬리를 휘젓기도 하면서 해안을 쳐대는 울음소리가 나에게 왜 왔냐고 묻는 것 같다. 나는 딱히 대답할 말이 없어 커피숍을 찾아 들어가 몸을 웅크린다.

커피 한 모금을 마시다가 아무것도 쓰지 않고 보낸 날들을 생각한다. 한때는 투사처럼 글을 쓰고 싶었으나 투사는 곧 창과 방패를 잃고 패잔병처럼 주저앉아 있다. 또 한때는 훌륭한 사격수가 되고 싶었으나 내가 저격한 글은 번번이 과녁을 벗어났고 이제 나는 과녁이 어디에 있는지도 모른 채 살아간다. 술을 즐겨하지는 않았으나 종종 기억의 날이 무디어질 정도로 마시고 난 뒤에는 왠지 인생이라는 것이 낙엽의 뒤끝처럼 쓸쓸하기도 하고 겨울 들판처럼 한없이 허무해져 아무 곳에나 퍼질러 앉아 나의 빈약한 재주를 한탄하기도 했다.

바다는 멀리서부터 해마를 앞세우고 몰려들고 있다. 나는 해마를 향해 변명 아닌 변명을 한다. 나는 돈보다 더 가치 있는 인간의 삶을 쓰고 싶었노라고, 쓰고 싶었으나 쓰는 것이 두려워 조금씩 뒤로 미루기도 했노라고. 그러나 채워지지 않은 공복 같은 상태가 끊임없이 나를 따라왔노라고. 그래서 나는 밤이고 낮이고 약간 멍하면서도 어딘지 허술해진 밧줄처럼 느슨하게 풀린 눈이 되어 알 수 없는 허기를 느꼈노라고. 그 허기는 이대로 의미 없이 내 삶이 낡아가도록 그냥 놔둘 수 없는, 글다운 글이었노라고.

문득 머리를 쳐들고 어둠이 한 겹 더 드리워진 바다를 보았다. 그때 바람이 휘두르는 채찍에 하얀 갈기를 세우고 밀려드는 백마를 보았다. 일렬횡대로 달려드는 하얀 군마들을 나는 바다의 말, 해마라고 이름한다. 해마는 바다의 말이기도 하지만 기억을 관장하는 뇌의 다른 이름이기도 하다. 그러니까 나에게 해마는 기억 속에서 달려오는 하얀 말이다.

'해마' 하고 중얼거리자 갑자기 잠자고 있던 기억이 갈기를 세우고 일어선다. 오랜 시간이 지나 결국 녹슬어 잊혔다고 생각했던 기억들이 여전히 살아서 꿈틀댔다. 떨치고 싶으나 떨칠 수 없는 어떤 것들은 못처럼 박혀 있다. 상처이거나 사랑의 이름으로 못이 박혀 있던 기억들이 다시 돌아오는 시간, 기억이 나였고 내가 기억이었다.

먼저 할머니의 울음소리가 기억들 속에서 갈기를 세우고 일어선다. 나는 땅에 주저앉아 우시는 할머니의 모습으로 작은어머니의 죽음을 기억한다. 울음소리가 파도처럼 밀려든다는 생각, 끝없이 이어지는 울음 속에서 나는 아무것도 못하고 멍하고 서 있었다. 회색으로 드리운 유년의 어느 풍경에서 기억하는 것은 상여가 나가는 날, 눈이 따갑도록 내리쬐던 햇살과 상여꾼들 사이에서 상여를 메던 아버지의 검고도 굳은 얼굴과, 한갓진 곳에서 태워진 옷가지에서 올라온 연기와 그 연기를 바라보던 사촌동생의 멍한 눈빛과 타버린 잿더미 위를 유영하던, 알 수 없는 막막함 같은, 무게를 저울질할 수 없는 노을빛 등이었다.

다시 한 때의 기억이 갈기를 하얗게 세우고 밀려든다. 유년의 어느 여름날, 개장수에게 팔려간 강아지 '쫑'이 나를 찾아와 낑낑대고 있다. 나는 '쫑'을 곳간에 몰래 숨겨두었으나 낑낑거리는 소리를 듣고 할머니가 다시 개장수를 불렀다. 개장수의 손에 '쫑'을 넘길 때 나는 멀찍이 서서 "안 팔면 안 돼요?"라고 말했던 것 같으나 이미 돈을 받았다는 어른들의 말을 어떻게 해석해야 할지 몰랐다. 그 말이 주는, 되돌릴 수 없는 운명 같은 것이 존재한다는 것을 어린 나이에 받아들임과 동시에 체념을 배워버린 것이다. '판다'는 말에 들어간 의미는 비정과 낭패와 체념이 함께 들어 있었다. 지금 생각해보면, 돈으로 살 수도 팔 수도 없는 것들이 팔리는 순간은 인간이, 인간이 아닌 것만 같은 굴욕감과 상처를 드리우는 것 같다. '쫑'이 팔려간 그날은 비가 오지 않았어도 내 마음에는 비가 내려 빗물이 목까지 차올랐다.

사실, 이런 기억은 생각하기 따라서는 아무것도 아닐지 모른다. 하지만 기억들이 갈기를 세우고 돌출하는 이유는 그 순간이 내겐 중요한 못의 지점이었기 때문일 것이다. 못처럼 박혀 뺄 수 없는, 지우려고 해도 지워지지 않는 시간. 그런 시간이 나를 찾아올 때면 나는 저기압으로 들어가 비를 맞고 돌아온다. 그렇다고 매번 슬픈 기억들만 올라오는 것이 아니다. 기쁘고 행복했던 기억들은 금이 간 벽 사이를 비집고 올라오는 민들레처럼 입을 함빡 벌리게 한다. 초등학교 친구들과 함께 열었던 생일 파티 기억, 친구들과 포도농장에 놀러갔던 기억, 처음으로 여학생과 손을 잡았던 짜릿한 기억, 아내의 배 속에서 아기가 들려주던 심장박동 소리 등등은 비 온 뒤의 하늘처럼 맑은 소리를 낸다.

값을 매길 수 없는, 아름다운 순간들이 갈기를 세우고 손을 높이 치켜올린 채 푸른 초원을 달려온다. 끝없는 슬픔도 없고, 영원한 기쁨도 없다. 점점 부풀어오르는 기억에 오후의 시간을 맡긴다. 태초부터 기억들은 이 해안으로 밀려왔을 것이다. 까마득히 떨어진, 저 아득의 거리에서 이곳으로 몰려든 하나의 거대하고도 고고하며 드높은 생명의 기억들이 햇빛에 하얀 비늘을 반짝이며 달려오는 모습은 장엄하기까지 하다.

커피를 들고 등대 쪽으로 걸어나오는데 테이블에 앉아 있던 연인의 대화 한 토막이 들려온다. '나는, 자기만 있으면 돼.' 어떤 말들은 밀어내도 더 가까이 다가와 나를 사로잡는다. 가장 소중한 하나만 있으면 다른 것은 의미가 없을 것이다. '자기'란 말처럼 말랑말랑한 말이 있을까.

한순간에 향기로워지는, 어느 말보다 충만함으로 채워지는 '자기'라는 말은 실상 우리가 가장 간절히 원하는 말일 것이다. 나는 '자기'를 갖고 있는가. '자기'로 불렸던 기억을 지니고 있는가. 지금도 '자기'로 살아가는가. '자기'라는 말을 듣고 바라보는 모든 풍경이 따뜻하게 느껴진다.

지 멀리 바다에서 떠나보낸, 떠나간 사람들이 돌아오고 있다. 떠나간 영혼들이 바다 저편 어딘가를 돌아 다시 밀려들고 있다. 나는 해마와 함께 바람이 되고 구름이 되고 안개가 되고 빗방울이 된다. 기억은 내 가슴에서 봉인을 풀고 그들의 이름과 만난다. 할머니도, '쫑'이도, 아픈 죽음도 환희로 빛나는 순간도 모두 기억 속에 살다가 죽는다.

차를 몰고 해안을 돌아나오는 동안 갈기를 세운 채 울고 있는 해마를 바라본다. 바다 저 멀리 짙어진 먹구름이 다가오고 있다. 나는 번개 치는 저편에서 달려오는 내일을 생각한다. 그것은 아직 오지 않은 미래. 내일은 오늘이 되고 다시 과거로 기억될 것이다. 나는 아직 오지 않은 미래를 향해 '자기'라는 이름을 부여한다. 기대하고 사랑하고 희망하는 이름이 '자기'라면 내일은 나에게 언제나 설레는 '자기'일 것이다. 해변에 도착한 해마가 크나큰 소리로 한번 울부짖더니 다시 하얀 거품으로 돌아간다.

The 수필

●… 바닷가에 숨어 있던 바람이 상처 입은 짐승 소리를 낸다. 그때 바람이 휘두르는 채찍에 하얀 갈기를 세우고 밀려드는 백마를 본다. 나는 그를 '해마'라고 이름한다. 해마는 바다의 말이기도 하지만 기억을 관장하는 뇌의 다른 이름이기도 하다. 나에게 해마는 기억 속에서 달려오는 하얀 말이다. 상처이거나 사랑의 이름으로 못이 박혀 있던 기억들이 다시 돌아오는 시간, 기억이 나였고 내가 기억이었다. 마음에 있지 아니하면, 보아도 보이지 않는다心在不焉 視而不見. 『논어』에 있는 말이다. 작가의 깊고 섬세한 혜안에 박수를 보낸다./ 조헌

싸움의 언어

권현옥 doonguri@hanmail.net

부부의 언어는 시를 일찌감치 넘어 산문의 언어로 갔다.

이쯤에선 말에 고집이 들었거나 상대의 말이 들리지 않거나 아니면 너무 잘 알고 있어 귀찮은 언어의 언덕에 와 있기까지 하다. 부부싸움의 언어 역시 그렇다.

연애할 때는 시가 되려고 했거나 시가 되었던 때가 있었다. 칼국수 집에서 함께 식사를 하고 나오면 그가 사라졌다. 조금 뒤 나에게 달려와 껌을 내밀 때의 행동을 시로 읽었다. 늦은 열차로 서울서 달려와 내 방의 불을 보고 돌아갔음을 알았을 때도 그랬다. 대문 바로 옆 담 위에 얹어놓은 돌 하나가 시였다. 그를 만나러 다방 문을 밀 때의 떨림도, 싸움도 화해도 시처럼 강렬했고 가슴 뭉클했다.

부부가 되고 생활이 시작된 후 언어는 은유 내에 있고 싶어했지만 그럴수록 까다로웠다. 필요성과 합리성의 잣대를 들이대며 편한 문장으로 말했다. 시는 필요 없게 되었지만 시를 바라는 맘도 접지 못해서 섭섭함이나 답답함을 키웠다. 이미 화장실 앞에서 수없이 만난 사이고 식탁에서 실컷 먹는 모습도 수없이 봐온 사이다. 그렇다고 매사 느낀 것을 말한 사이가 아니라 시의 언어로는 턱도 없었다. 싸움은 세밀한 언어로 시작했다.

'내가 언제 그런 뜻으로 말했어?'

"그럼 그런 뜻이 아니고 뭐야."

독해력 시험을 많이도 풀어봤지만 부부의 언어에는 독해력이 너무 적용돼서 힘들 때가 있고 빨간 줄을 쳐놓은 것처럼 확 들어온 단어로 꼬투리를 삼은 적도 많았다. 말이란 말을 받는 사람의 것이어서 내보낸 말과 받는 사람의 심정이 어긋나는 데 불씨가 있다. 그래서 부부의 언어는 수필도 아니다. 서로의 구석진 치부를 이해 못하는 것도 아닌데 굳이 한번쯤 독이 묻은 화살을 쏘는 걸 보면 그렇다. 정돈된 수필의 언어는 예의가 가득해서 행간으로 들어가도 충분히 이해할 만하지 않은가. 수필의 문장으로 내가 말을 했다면 싸움은 없었을지 모른다.

어떤 언어가 서로의 이해를 돕는 언어일까. 며칠을 생각해보아도 성격을 넘어서는 언어는 없는 것 같다. 내 성격대로 잔소리 없는 스타일이지만 무뚝뚝하여 맘에 들지 않을 때는 정곡을 꼭 찌르던 일이 생각난다.

나에게는 도수가 높은 색안경이 하나 있다. 술에 대한 분노였다. 아버지의 술로 인해 고통받았던 성장기 때문에 유독 술에 대해 예민해져 있어서 가장 싫어하는 남자의 모습이 술 취한 모습이라고 정해놓았다. 그런데 남편은 술을 넘치게 마셨다. 회식이 있다고 한 날이면 자정이 넘는 시간 후부터 이미 나는 걱정과 분노로 날이 서 있고 예감은 틀리지 않았다. 술에 취해 들어온 날 내 맘은 지옥, 잠재된 분노가 폭발하면서 경멸의 수준까지 표출했다. 술을 과하게 먹는 이유도 있겠지만 나는 습관의 문제라고 생각했고 '뭐가 문제냐'고 했을 때 나는 '술 취한 모습이 싫다'며 심리학에서 말하는 '확증 편향'에 돌입했다. 모아놓았던 보따리를 푸는 일이었다.

언어가 통하지 않으니 며칠간 마음도 통하지 않았다. 드디어는 상대의 급소를 꺼내놓고 공격했다. 제발 자극이 돼서 고쳐졌으면 하는 마음에서 그랬지만 서로가 자신에 대해 깊이 가슴 아파하는 시간만 가졌다. 내 화의 외적 동기와 내적 동기가 나 자신을 슬프게 했고 남편은 이해하지 않는 아내에 대한 섭섭함과 자책으로 며칠을 아파했다. 어느 심리학자는 결혼 후 이혼할 확률이 높은 부부는 슬로모션에 포착된 미세 표정에서 경멸의 감정이 있는가로 보았다. 이 무서운 감정은 내가 나를 경멸할 수도 있는 독화살이었다. '하필 술 취하는 남편을 만나서…'라며. 어떤 일보다도 부부싸움을 하고 나면 세상이 고통스러웠다.

눈물이 나고 회의로 가슴이 저미다가 '미안하다'는 말에 또 하루하루가 아까워 잊기로 하자며 살아왔다. 분명 더 잘 살아보자고 하는 토론인데 방식이 엉망이었다. 싸움의 패턴을 고쳐보자고 마음먹었지만 역시 같았다.

그날도 아마 그런 패턴으로 말을 안 하고 있을 때였다. 하필 콘서트장에 가야 하는 날이 왔다. 한 달 전에 사둔 티켓을 버릴 수도 없어 몇 단어로 대화를 하고 차에 탔다. 차 안은 침묵으로 꽉 찼다. 싸움보다 더 시끄러운 고통이 느껴졌다. 콘서트가 시작되고 가수 백지영의 목소리로 가슴이 에이어 왔다. 총 맞은 것처럼 이별이 아프다고, 우리 서로 사랑했는데 우리 이제 헤어진다며, 이러는 내가 더 가여워~ 이제 다시 사랑 안 하겠다고, 사랑한다 그 한마디 하지 못해서 슬프다고…. 하나같이 헤어지는 슬픔을 노래했다. 한 곡 한 곡 가사에 묻어나오는 바이브레이션은 애절하다 못해 가슴이 아팠다. 정서적으로 아픈 것뿐 아니라 심장이라는 근육이 조이며 아팠다. 내 인생에서 그렇게 감동적인 콘서트는 없었다. 사랑을 잃었을 때 이렇게 아플 거라는 감성에 실컷 빠진 후 돌아오는 차 안에서는 침묵이 시끄럽지 않았다.

"나이 들면 술도 그렇게 못 먹어"라며 인생 선배들이 하던 말이 이런 저런 이유로 현실이 되었고 나는 불안에서 해방이 된 듯하다. 술 문제 외에 별다른 싸움 없이 지낸 사이지만 술 싸움의 역사는 치열했음을 인정한다. 루비콘 강을 건널까 말까 하던 시절이 지나고 나는 종종 심심해서, 피곤해서 맥주 캔을 하나씩 뜯곤 한다. 남편이 사다준 술로, 남편이 따라준 술을 꿀꺽 마시고 "후~" 숨을 내뱉는다.

술로 싸우는 일이 없어지니 이상한 게 눈에 또 보이기 시작하는 건 무언가. 그러나 상관없다. 나도 이상한 여자니까.

수필오디세이

The 수필

●… 한평생 쌓인 것이 얼마나 많으랴만, 편하게 쓸 수 없는 글이 부부싸움 얘기다. 적당히 솔직해야 독자에게 공감과 재미를 주지만 자칫하다가는 상대의 험담이나 털어놓을 테니. 작가는 역시 언어의 고수다. 연애와 결혼을 시와 산문의 언어로 표현하는 서두부터 술에 대한 분노! 치열했던 술싸움으로 루비콘 강을 건널까 말까 하던 시절을 지나 남편이 따라준 술을 꿀꺽 마시는 결미까지, 삶의 내공을 바탕으로 격조와 재미, 공감대를 다 얻은 수작이다./문혜영

산

김근우 kimgeler@naver.com

수억 년의 시간을 깔고 앉아 묵묵하다. 거역할 수 없는 웅자雄姿함으로 쉽사리 품을 내주지도 않는다. 피 섞인 호흡과 한 걸음의 소중함을 아는 이에게만 그 안으로 오를 것을 허락한다. 더욱이 산맥은 오르내림의 이치를 알아야 비로소 앞으로 나갈 수 있다는 것을 험준한 몸의 언어로 말한다. 오르면 내려가야 하고 내리막이 다했나 싶으면, 산줄기는 다시 고개 들어 포효하며 몸을 일으킨다.

그런 산길을 하루 20~30㎞씩 오르내리는 남편의 족적은 백두대간을 거쳐 정맥 줄기 어딘가를 가고 있다. 갈대숲이 키를 넘는 어떤 곳에서는 올라갔던 길을 다시 내려오는 실수로 어린아이처럼 털썩 주저앉기도 하고, 어느 날 밤에는 안전을 위해 매어놓은 밧줄이 늘어지는 바람에 낭떠러지에 대롱대롱 매달린 적이 있다고도 했다.

그러면서도 주말이 되면 산으로 갈 짐을 다시 꾸린다. 혼자 하는 야간 산행이 주는 두려움을 전등 하나에 맡긴 채, 거대한 산줄기를 발 아래 둔 기특한 자신을 앞세우고 칠흑 같은 어둠 속을 가리라. 해석할 수 없는 세상 속의 많은 일들을 산 아래 나뒹굴게 두고, 중력을 거스르는 대가를 거친 호흡과 흥건한 땀으로 치르며 한발 한발 앞으로 간다.

빵빵하게 속을 채운 배낭 앞에서 서성이던 남편이 없다. 오락가락 비 소식에 어제는 포기한다더니 밤 사이 생각이 바뀐 모양이다. 필시 어렴풋이 깨어나는 새벽 산줄기가 그를 불러냈을 것이다. 지인들과 백두대간을 종주할 때는 며칠씩 다녀오기도 했는데, 혼자 다니면서부터는 길어야 무박으로 가는 주말 산행이 전부다. 젊어서는 나도 아이들과 함께 다니다가 남편 산행에 방해가 된다는 이유로 슬쩍 꽁무니를 뺀 지 오래 되었다.

투우장의 소는 싸우다 지치면 자신만 아는 은밀한 장소인 케렌시아로 간다. 그곳에서 소는 투우사의 공격에서 잠시 벗어나 숨을 고른다. 자신에게 가장 편안한 장소인 그곳에서 안정을 회복한 후 다음 싸움을 준비한다. 산이 남편에게 그런 곳이다. 반복되는 일상에서 무력해진 몸과 마음에 힘을 채우는 자기만의 쉼표가 있는 공간이다. 누군가에게는 그것이 글이나 명상이 되기도 하고, 종교나 예술이 되기도 하며, 일과 후에 즐기는 나름의 휴식을 그것으로 삼기도 한다.

스물일곱 되던 해, 농도가 다른 온갖 감정과 세상에게 동의를 얻지 못한 욕심이 치성했다. 내 생각은 몰라라 제 뜻대로 돌아가는 세상의 말을 알아듣지 못해 몸살을 앓았다. 답답한 마음에서 쏟아진 '왜'가 쌓여 보이지 않는 산이 되었다. 그 산을 넘기 위해 간절히 가고 싶은 곳이 있었다. 그곳에서 세상의 속내를 알아내고 그 자리에 걸림이 없어진 나를 앉게 하고 싶었다.

많은 것들을 정리하고 그곳에서 스물일곱 가을과 겨울을 살았다. 하지만 '엄마'라는 산을 넘기에는 내 그릇이 너무 작았다. 보이지 않는 산을 넘어 나만의 안식처로 가겠다는 기도문을 가지산 골짜기에 묻었다. 그 봄, 어둠이 온통 먹어버린 새벽 산길을 도망치듯 내려와 행자복을 벗었다. 그리고 40년, 내가 알지 못하는 세상에 사는 낯선 인연들과 엉켜, 목구멍을 치받는 말을 참느라 가지산에 묻어놓은 기도문은 이제 까맣게 잊었다.

한 달에 두세 번 산행을 위한 남편의 준비운동은 치열하다. 젊어서부터 해온 새벽 조깅은 말할 것도 없고, 언덕을 뛰어오르거나 모래주머니 넣은 배낭을 메고 아파트 계단 오르기를 부단히 한다. 물론 쉬는 것도 운동 종목의 하나로 정해놓고 몸이 하는 말을 충실히 듣는다. 그리고는 왼발 오른발의 고독한 반복을 주문 삼아, 지독한 참을성으로 기도하듯 뛰고 오른다.

기도는 시선 너머 어딘가에 있는 가피를 향해 눈을 감고 앉는 것만이 아니다. 남편의 준비운동처럼 몸으로 하는 실천이 따라야 한다. 그것은 게으르고 용기도 없으면서 욕심으로 가득 찬 나를 용서하고, 그런 자신을 조금씩 변화시켜가는 찐득하고 외로운 노동이다. 그것에 지쳐 숨이 목까지 차오르는 순간, 용서받아야 할 것들이 온 세상에 가득하다는 것을 볼 수 있는 가피를 만날 것이다.

생각은 그랬으면서도 세상에게 강요된 숙제 같은 기도문을 쓰면서 수도 없이 길을 잃었다. 내게 익숙하지 않은 낯선 세상의 말과 행동으로 불쑥불쑥 나타나는 남편에게 주먹질해대며 던져버린 기도문이 산적하다. 둘이 마주 앉아 자기가 좋아하는 세상에 금을 그어놓고 내 맘, 네 맘이 영토싸움을 하는 탓에 서로에게 견디고 넘어야 할 산이 되고 말았다.

그래도 이제는 이런저런 산 넘기를 포기하지 않는다. 서로의 어깨를 기대고 앉아 무진한 세월을 견뎌온 산줄기 언어 속에서의 삶은, 오름과 내림이 서로 의존하고 있다. 올라가면 내려가야 하고 내려가 다시 올라야 다음 등성이로 나갈 수 있다는 것이, 굴곡진 삶을 걸어가는 '행'行 자에게 산이 하는 말이다.

산속을 얼마나 헤매고 다녔는지 남편은 업어가도 모르게 잠이 들었다. 꿈속에서도 산을 오르는지 뒤척이는 소리가 잦다. 산길에 넘어지고 미끄러져 생긴 상처 사이사이에 내 마음이 던진 돌멩이 자국도 있으리라. 뒤척이다 차버린 이불 한 자락 덮어주며 산 높이를 낮춘다.

수필과비평

The 수필

●··· "수억 년의 시간을 깔고 거역할 수 없는 웅자雄姿함으로" 묵묵히 앉아 있는 산은 가시적이지만, 인간의 내적 세계인 정신과 영혼처럼 보이지 않는 다차원적인 세계이기에, 인간은 산에서 종교적 각성과 득도를 이루기도 한다. 멀리서 보면 평온해보이나 오를수록 바람이 매서워지기도 하는 산은 삶의 여정을 닮았다. 치밀한 준비로 겸허하게 오르는 남편의 산은 굴곡진 삶을 대하는 자세의 은유이며, 세상의 길을 무수히 잃었던 작가는 웅숭깊은 산의 언어를 통해 참신한 주제와 모티프를 재해석하고 낯선 변주로 경계를 확장한다./ 엄현옥

고요하다

김애자 kim8578712@hanmail.net

올해로 들어와 남편의 몸무게가 부쩍 줄었다. 아무리 공을 들여도 마른 나무에 좀 먹듯 뼈만 앙상하게 드러난다. 오늘도 병원에서 몸이 마르는 원인을 알아야 한다며 이런저런 검사로 하루가 꼬박 걸렸으나 협착증 외에는 이렇다 할 병명은 찾아내지 못했다.

집으로 돌아온 그는 옷을 갈아입고 이내 잠이 들었다. 근력이 떨어지고부터는 코골이도 사라졌다. 앙상한 몰골로 입을 반쯤 벌리고 잠든 모습이 꼭 플러그를 빼놓은 낡은 TV와 같다. 동적인 화면이 정지된, 무의식의 상태. 죽음과 닮아 있다.

노년의 시간은 고요하다. 지나온 시간의 흔적들마저 수성펜으로 메모지에 써놓았던 일정표가 지워지듯, 생존의 이유와 그에 따르던 스토리가, 성취감으로 울려 퍼지던 칸타타 선율이 기억의 파일에서 거반 지워졌다. 때론 세 끼니 밥 먹는 일조차도 무작위다.

실존의 의미를 잃어버린 시간은 무료하다. 직함과 미래를 지향하던 꿈이 몸을 떠난 지 오래다. 과거와 미래의 경계가 지워지고, 의욕의 씨앗들이 더 이상 자라날 수 없는 불모지에선 밤과 낮도 말짱 공회전일 뿐이다.

또 하루가 저물어간다. 유리창으로 번지는 저녁놀이 추상적이다. 일몰의 시간에 쫓기는 해가 새털구름을 붙잡고 색 놀이를 벌이고 있다. 색채의 형상은 구름의 이동 속도와 부피에 따라 시시각각 변한다. 검붉기도 하고, 주홍으로 번지기도 하고 핏빛으로 타오르고, 진보라와 울금으로 뭉쳤다 흩어지기도 하지만 유감스럽게도 빛의 발산엔 에너지가 없다. 에너지가 없는 허망한 빛의 짧은 유희, 그 아쉬움의 틈새에서 가까스로 찾아낸 맨드라미 꽃빛과 흡사한 놀 한 자락에 시선이 꽂힌다.

1969년 늦가을에 우리는 산동네에 있는 등나무 집 문간방에다 신접살림을 차렸었다. 대문 옆 작은 화단엔 서리 맞아 목이 꺾인 맨드라미 몇 포기가 새댁의 시선을 끌어당겼다. 수탉 볏을 닮은 진홍색 시든 꽃이 부디 눈보라 치기 전 자기들 몸 좀 건사해달라는 간절한 눈빛을 새댁은 차마 외면할 수 없었다.

연장이란 부엌에서 쓰는 식칼뿐이었다. 살림 나와 고작 저녁과 아침 두 번밖에 사용하지 않은 새 칼을 꺼내다 흐물거리는 대궁을 꽃과 분리했다. 소담한 것 여섯 송이만 골라 작은 대나무 바구니에 담았다. 그렇게 건사된 맨드라미는 신혼방 화장대 위에서 겨울을 넘겼다. 그리곤 봄이 돌아오자 화단으로 다시 돌아가 우주 한 귀퉁이에서 수탉의 관모로 환하게 피었을 때, 우린 첫아기를 품에 안았다.

산 중턱에 자리한 달동네 문간채는 참으로 부실했다. 문짝도 달지 않은 반 평짜리 난달부엌엔 구들장 밑으로 바퀴 달린 연탄 박스를 깊숙이 밀어넣는 아궁이와 찬장 하나만 겨우 놓일 수 있었다. 반찬과 국은 주로 석유곤로를 사용했다. 방문 앞으로 너비 30센티 쪽마루와 뜰은 추녀마저 짧아 비가 오거나 눈보라 치는 날엔 방안 윗목에 신문지를 깔고 신발 두 켤레를 나란히 들여놓고 지내야 했다. 그러할망정 젊은 내외에겐 지상에서 가장 따뜻한 둥지였다.

그 따뜻한 둥지에서 아기가 태어났던 것이다. 아기는 삼라만상을 관장하시는 신의 선물이었다. 신의 선물을 품에 안고 눈을 맞추며 생명의 신비를 뼛속 깊이 새기던 서른 살 애아범이 저렇듯 저물어가고 있다. 비만 오면 길이란 길이 죄다 진창이던 그 산동네를 향해 자전거를 힘껏 밀고 오르내리던 서른 살 젊은이가 어느 결에 백발이 되고 만 것이다. 분명 어느 지점에선가는 생의 저편으로 사라져갈 생명의 실루엣이 어찌 저리도 고요한가. 마치 장롱 밑에 숨은 먼지의 집처럼 고요하다.

에세이문학

The 수필

●··· 과거와 현재의 경계가 지워지고, 의욕의 씨앗이 발아를 멈춘 노년은 저녁노을과도 같다. 빛은 있으나 에너지가 없는···. 여위어 근력이 떨어진 남편의 잠든 모습을 연민의 눈빛으로 바라보고 있던 화자의 눈에 저녁노을 한 자락이 들어온다. 맨드라미 꽃빛처럼 붉은 놀 한 자락은 신혼 시절 세 들어 살던 문간채 화단 속 맨드라미를 환기시킨다. 해마다 피고 지기를 계속하던 그 붉은 꽃처럼 에너지가 넘쳤던 시간들. 그 시간들을 흔적없이 지운 채 잠들어 있는 왜소한 남편에게서 장롱 밑 먼지의 집 같은 고요를 찾아내는 화자의 내면이 또한 고요하다./ 이혜연

어느 가을 햇살 아래

남홍숙 hsn613@hanmail.net

그곳 봄, 이곳 가을에 홍고추 15kg을 말리기로 했다. 코로나19가 식료품 해외배송까지 저지해서다. 우선 고추박스를 햇살 가득한 마당에 풀어 헤쳐놓았다. 노루꼬리만치나 짧다는 가을볕이 아까워서 나도 고추랑 가을빛이랑 같이 어울리며 작업을 즐기기로 했다. 고추는 하나같이 우랑아처럼 미끈하고 길쭉하게 잘 붉었다.

'태양의 나라'라는 이국의 햇빛은 말 그대로 '땡볕'이어도 고추만 이쁘게 잘 마르면, 난 끓는 듯 뜨거운 볕을 개의치 않으련다. 그놈들 하나, 하나씩을 행주로 닦은 후 세 등분으로 길게 가위질을 하다보니 손에 물집이 생겼다. 코는 맵고, 눈은 가렵고, 얼굴은 화끈댔으나 아랑곳않고, 붉은 조각으로 잘게 잘린 그놈들을 조각보 깁듯 둥글고 파란 멍석에다 빽빽하게 눕혔다. 원의 중심에서부터 시작하여 원심을 그리듯 둥글게 만들어 나갔더니 그놈들은 햇살과도 잘 어울린다. 뭔가 참신하다. 멍석이라 해봤자 분당에서부터 따라온 파란 우비를 자르고 기워 만든 건데, 품이 크고 팔이 도포자락처럼 넓어서 멍석으로 안성맞춤이다.

하늘색 바탕에 동그랗게 널린 홍고추를 보다니, 마치 지상에 뜬 태양 같은, 내가 뭐 대단한 '내추럴 아티스트'가 된 기분이다. 하지만 이 기분도 잠시다. 타는 듯 뜨겁고 매운, 하늘과 지상의 두 태양 속에 들어, 작업에 열중해야 한다. 매캐한 붉은 조각 하나, 하나씩 들어 진자리 마른자리 갈아뉘듯 그놈들을 모로 눕혔다 우로 돌려주기에 바빴다.

나의 등 위로 가을바람이 지나갔으나 이 나라 이글거리는 태양을 냉각시키기엔 역부족이다. 그래도 고추의 등은 스치는 갈바람에 의해 가열차게 마르고 있었다. 고추의 몸은 건조되면서 진홍으로 변색되어가고, 빽빽하던 공간엔 틈이 조금, 조금씩 생긴다. 고추가 자신의 표면적을 줄이고 있어서다. 왠지 난, 나 스스로가 대견해졌다. 아주 기찬 작업을 하고 있는 것 같은 흥이 내면 가득 차올라, 콧노래까지 나왔다. 삐에로의 코처럼 점점 빨개지는 그놈들 하나하나를 정성을 다해 매만지니, 가을빛까지 나를 도와준다.

홍시 빛 노을 질 무렵에야 그놈들을 베란다 탁자 위로 옮기고, 샤워룸 거울을 보니 내 얼굴이랑 팔뚝도 검붉게 타 있었다. 가슴은 설레었다. 침대에 들어 눈을 감아도 그놈들이 어른거렸다. 밤바람에 날아가진 않을까, 하며 베란다로 나가보았다. 그놈들은 별빛을 덮고 새빨갛게 까무룩 잠들어 있었다.

돌이켜보니 내가 15년 동안 살던 평택 과원의 밤하늘에도 별빛이 돋아 있었다. 그땐 별빛이 가슴을 데워주진 않았다. 그 당시에 난 그저 고추를 말렸었다. 다 말라가던 고추 위로 밤중에 폭풍우가 내리쳐서 두어 가마의 고추가 곰팡이로 돌변하던 경험도 몇 번 있었고, 옥상 콘크리트 바닥에서 샛노란 씨앗을 달그락거리던 그놈들을 세 아이들과 포대자루에 옮겨 담던 적도 있었다. 그리고 그가 떠나던 날도 난 보랏빛 등꽃 그늘 아래서 건고추의 꼭지를 따고 있었다. 두 살배기 막내는 온 마당을 휘저으며 아장아장 걸어다녔고, 난 추석날 고향의 시모에게 전해줄 고춧가루를 염두에 두고 한 눈으로는 홍고추 무더기를, 다른 한 눈으로는 천지분간 못하는 내 아가의 꽁무니를 쫓으면서, 조금은 부산한 상태에 처해 있었다. 그 와중에 불현듯 하늘이 무너지는 비보를 들어야 했다. 그러고 보니 내게 현실은 예고 없이 잔혹하게 왔다.

28년이 지난 그날의 일이 어쩜, 나의 삶을 송두리째 장악하고 있는지도 모르겠다. 붉은 고추만큼이나 맵고 축축한 시간들은 건조되고 빻아지는 경험을 거듭하고 있다. 그럼에도 제 생을 우리네 먹거리로 기꺼이 내어놓는 이 거룩한 모습은, 뭇 삶의 한 단편이기도 하다.

내일도 난 내게 할당된, 가슴에 얼얼하게 찍힌 화인 같은 붉은 고추를 말릴 거다. 가을햇살이 아무리 아깝다 해도, 볕을 너무 욕심내면 고추가 까맣게 타버린다. 고추에 스민 빛과 바람, 밤과 낮의 시간에 의해 고춧가루의 향과 맛과 색이 달라진다. 이놈들이 양념을 적절히 잘 버무리도록 돕는 게 지금 나의 책무다.

가끔 어두운 문 앞에서, 때론 밝은 빛 속에서 서성거리던 젊은 날부터의 응축된 시간들이, 이국의 빛과 바람을 빌어 온전히 가벼워지는 이놈들을 보면서, 잠시나마 나 자신을 응시하게 한다. 지금도 제 몸피를 줄이면서, 제 향과 색과 맛을 응축하는 이 식물을 보면서, 이놈들도 여전히 소망이 살아 있는 생명체가 분명하다는 생각을 하게한다.

나도 이놈들처럼 내 향이 내 몸에 적절히 쌓이면 언젠가는 내 몸도 건조되기 시작할 것이다. 아니 이미 건조가 시작되었을 테다. 어쩔 수 없이 내 밤과 낮의 시간이 적재된 향이 몸을 타고 고스란히 배어나올 테다. 우선은 이놈들이라도 부패되지 않고 빛 고운 향으로 잘 마르도록 손질을 해야겠다.

현대수필

The 수필

●… 삽시에 들이닥친 사고의 파장은 온 삶을 장악한다. 현실이 혹독할수록 소망이 절실해진다. 땀과 눈물의 모진 시간을 건너와 별빛에도 가슴을 데우는 시간을 맞는다. 그 시간의 자취는 치열하고도 거룩하다. 이국의 가을 햇살 아래 말린 건 홍고추만이 아니다. 빛과 바람을 품고 비로소 가벼워지려는 작가의 다짐에 경의를 보낸다./ 노정숙

회색, 그 모색의 시간

노혜숙 jwnhs@hanmail.net

오늘처럼 그무레한 날엔 얼큰한 뚝배기 국물에 풋술 곁들여 잡담을 나누고 싶어진다. 문득 전화를 걸어 날씨를 들먹이며 머뭇거릴 때 얼른 알아채고 곁을 내어줄 친구를 찾기도 한다. 속내를 다 털어내지는 못해도 회색 그 어스레한 마음을 다독일 수 있다면 그로써 족하리라.

장대비가 쏟아지던 어느 여름, 선재도에 간 적이 있었다. 바다는 저녁 사냥을 나선 잿빛 늑대처럼 물갈기를 휘날리며 거칠게 출렁거렸다. 선창을 비켜 마을로 난 길을 따라 바다 가까이 찾아들었다. 아카시 나무로 덥수룩하게 뒤덮인 산등성이, 그 아래 바다로 난 작은 길은 인적이 끊겨 있었다. 가파른 생의 마디에 숨을 고르고 싶었을까. 빗속에 차를 세우고 오래도록 바다와 독대했다. 낯선 장소에선 내가 더 선명하게 들여다보였다. 서늘한 자기 응시의 시간, 외로웠으나 자유로웠다. 하늘과 바다의 경계가 지워지고 세상이 온통 雨색이던 그때 하얀 낮, 검은 밤 사이에 회색이 존재함을 알았다.

돌이켜보면 건깡깡이로 살아온 지난 날은 처처가 회색 안개 속이었다. 나를 가린 것이 안개였는지 내 눈이 멀어 안개 속 같은 세상을 산 것인지 알 수 없었다. 더러는 갇힌 줄도 모르고 갇혀 살았을 것이다. 나를 가둔 대상은 여러 가지겠으나 십중팔구는 사람이었다. 사실은 실체도 없는 환영을 좇아 스스로를 가두었다는 게 맞을 터였다. 기쁨의 원천이면서 고통의 원인인 사람. 그럼에도 그늘이 잘 다스려지지 않는 흐린 날엔 사람 곁이 그리웠다. 상처 때문에 도망치기보다 부대끼면서 단단해지고 유연해지기를 바랐다. 인생살이는 여전히 안개 속이고 나는 지금도 실체와 환영의 구별에 영악하지 못하다.

지독한 회색 안개에 갇혀 길을 헤맨 적도 있었다. 지인의 장례식을 마치고 집으로 돌아오던 길이었다. 늦은 밤 외진 시골길인 데다 차량의 불빛조차 안개에 삼켜져 무용지물이었다. 눈을 뜨고도 전후좌우를 분간할 수 없는 공포. 차라리 차를 버리고 걸어가고 싶었다. 온몸의 신경과 감각이 브레이크와 운전대에 집중되었다. 왔던 길을 머릿속으로 그려가며 더듬더듬 감으로 방향을 잡아야 했다. 10분이면 도착할 거리를 한 시간 여를 헤매다 겨우 집에 도착했다. 후들거리는 다리로 쓰러지듯 누웠을 때 깨달았다. 삶이 얼마나 보이는 것에 의존해 있는가를. 낯선 상황에서 내 몸의 기능이 얼마나 무력한가를. 이튿날 나를 가두었던 안개 감옥은 환영처럼 사라졌다.

개구리처럼 온통 회색으로 뒤덮인 세상을 볼 수 있다면 생의 명도는 좀 더 분명해지고 안개 속을 헤매는 일 따윈 없을지 모른다. '개구리의 눈은 움직이지 않기 때문에 움직이는 사물만 인식한다. 이것은 처음 들어간 빛은 개구리의 시세포를 자극해 인지되지만 계속 비춰지는 빛, 즉 움직이지 않는 것은 인식하지 못하기 때문이다. 코앞에 파리가 앉아 있어도 알아챌 수 없다. 그러나 일단 파리가 움직이면 개구리가 보는 회색 세상에 움직이는 것은 파리뿐이다.' 개구리는 꼭 필요한 것만 보는 셈이다. 개구리 같은 시야를 갖고 있다면 삶은 훨씬 단순해지겠으나 다채롭게 바라볼 수 있는 지금이 백 번 좋다.

회색은 하양과 검정이 혼재된 색이다. 유일하게 완전한 중간색으로서 회색을 탄생시킨 양극의 색처럼 색상환에는 나타나지 않기 때문에 그림자 색이라고 표현하기도 한다. 중립이나 배신을 상징하는 회색분자라는 말이 거기서 나왔음직하다. 그러나 세상사는 흑과 백처럼 분명하지 않다. 헷갈림이 없는 선명함은 안정적으로 보이지만 자칫 극단적이 되기 쉽다. 선명하지 않은 다른 것들을 배제할 위험이 있는 것이다. 회색은 하양이나 검정처럼 극단에 서 있지 않다. 의식과 무의식을 중개하는 다리 역할을 하면서 여러 가지 색으로부터 파생되는 다른 색들을 수용한다. 모든 가능성을 열어두고 색채의 풍요로움을 삶의 아름다움으로 연결시키는 신비주의자의 색이다. 패션, 인테리어, 포장 등 디자인 측면에서 상당히 세련되고 고급스러운 색으로 각광받는 이유도 그 때문일 것이다.

나는 어떤 색깔의 사람일까? 나는 내 색깔을 잘 모른다. 하나의 색깔로 정의할 수 없는 여러 가지 색들이 내 안에서 충돌하기 때문이다. 빨주노초파남보, 상황에 따라 각기 다르게 드러난다. 상대는 자기의 느낌에 따라 내 색을 정의할 테지만 그것은 부분일 뿐 전체는 아니다. 아마 여러 색이 혼재되어 나타나는 색일 텐데 그 색이 어떤 건지는 나도 정확히 알 수 없다. 파격의 미도 마다하지 않지만 대체로 명도나 채도가 강하지 않은 수수한 색채감을 좋아한다. 선명한 색의 장점을 인정하되 다양한 색의 조화에서 더 안정감을 느낀다. 그런 내 성향이 회색과 닮은 거라면 굳이 부정할 생각은 없다.

생의 종점에 이르는 동안 여전히 흐리고 갠 날 있을 것이다. 흑과 백 사이를 오가며 회색지대에 머물기도 할 것이다. 다만 환영 속을 헤매었던 그 모든 시간이 허방을 딛고 일어서는 힘이 될 수 있기를 바랄 뿐이다. 뒤척이며 자기 안의 혼돈을 다스리는 시간, 회색은 어쩌면 그런 삶의 완충지대가 아닐까. 한바탕 비가 쏟아지려는지 낮게 내려앉은 하늘이 시끄무레하다.

현대수필

The 수필

●… 색채로 전하는 감성은 커튼 뒤 실루엣 같다. 회색은 『반지의 제왕』에 나오는 마법사 간달프의 상징색이다. 그는 심연으로 떨어지는 맹렬한 결투 후에 백색의 마법사로 부활한다. 혼돈을 뺀 회색은 편안하다. 검정에 기울든 흰 색으로 가든 마음결 따라 요동한다. 작가의 깊은 모색에 이끌린다./ 노정숙

가마우지와 왜가리
— 무위이무불위無爲而無不爲

박석원 barkswon@hanmail.net

우리 동네를 가로질러 흐르는 굴포천 천변은 우거진 숲과 잘 가꾸어진 산책길이 있어 많은 사람들이 즐겨 찾는 곳이다. 한가롭게 살고 있는 나 역시 오후가 되면 집콕을 벗어나 산책인 듯 운동인 듯 천변을 걷는다. 봄이면 잉어들이 떼 지어 올라오는 이곳은 물새들의 터전이기도 해서 사람과 새들이 공유하는 공간이다.

요 며칠 천변을 걸으며 눈에 띄는 두 마리의 새에 관심을 갖게 되었다. 가마우지와 왜가리라는 이름의 새이다. 같은 곳에 사는 새이지만 이들의 사는 모습은 하늘과 땅만큼 달라도 너무 다르다. 가마우지는 물속에서 고개만 내놓고 쉼 없는 자맥질로 물고기 사냥에 여념이 없는데 왜가리는 먹이에는 관심이 없는 듯 갈대숲 가장자리에 서서 먼 하늘만 바라볼 뿐 움직임이 없다. 바쁘게 사는 가마우지와 한가로운 왜가리의 모습을 보고 있노라니 어느 책에선가 읽은 사업가와 어부의 대화가 생각났다.

어느 한적한 마을의 부둣가에서 부유한 사업가가 어부가 잡아놓은 몇 마리의 물고기를 보고 물었다.

"이걸 잡는데 시간이 얼마나 걸렸나요?"

"잠깐이면 되지요."

"그럼 더 오래 일해서 많이 잡으면 좋지 않아요?"

"가족 먹여 살리고 친구들에게 몇 마리 나눠줄 정도만 잡으면 되지요."

"그럼 남는 시간엔 뭘 하는데요?"

"그야 책 읽고, 애들과 어울리고, 낮잠도 자죠. 그리고 저녁엔 마을에 나가 친구들과 술도 한 잔하고놀지요."

사업가가 답답하다는 듯 말했다.

"저라면 그 시간에 물고기를 더 많이 잡아서 돈을 모아 큰 배를 사겠소. 그러면 어획량이 늘어나 배를 몇 척 더 살 수도 있고 나중에는 큰 도시로 가서 편히 살 수도 있고요."

그의 말을 듣고 있던 어부가 궁금하다는 듯이 물었다.

"그렇게 하는 데 시간이 얼마나 걸리겠소?"

"한 15년에서 20년, 길어야 25년이면 되지 않을까요?"

"그러면 그 다음에는 뭐하지요?"

"그야 그 동안 고생했으니까 편하게 살아야지요. 책 읽고, 애들과 어울리고, 낮잠도 자야지요. 그리고 저녁이 되면 술집에 가서 친구들과 술도 한 잔하고 놀아야지요."

그의 말을 듣고 있던 어부가 말했다.

"지금 내가 그렇게 살고 있지 않소?"

어부의 사는 방식은 노자가 『도덕경』에서 말한 무위이무불위無爲而無

不爲라는 말을 떠올리게 한다. 이 말은 '무위하면 이루어지지 않는 것이 없다'라는 뜻이다. 무위란 아무것도 하지 않는 것이 아니라 어부처럼 애쓰지 않고 자연스럽게 살아지는 대로 사는 것을 말한다. 노자는 이를 무위자연無爲自然이라 하였다. 고기가 많이 잡히면 많이 잡히는 대로 적게 잡히면 적게 잡히는 대로 그에 만족하며 사는 것이다. 어부는 이런 생각을 하며 살지 않을까.

'인생 별 거 아니여, 사는 대로 사는 거지 뭐.'

반면 사업가의 사는 방식에서는 근면, 성실, 절약 등의 용어가 떠오르고 더 많은 것, 더 큰 것, 더 높은 곳 등의 지향점이 생각난다. 사업가는 이런 마음으로 살고 있는지도 모른다.

'인생은 열심히 살아야 하는 거여.'

어떻게 살아야 잘 사는 것인가. 사회적 통념은 사업가처럼 열심히 살아야 한다고 하지만 꼭 그렇게 살아야만 하는 것은 아닌 것 같다. 애쓰지 않고 살아지는 대로 사는 어부나 지향점을 향해 애써 사는 사업가나 궁극의 사는 모습은 같으니 말이다.

사실 물질적 풍요와 행복의 관계는 기본적인 의식주만 충족되면 크게 상관이 없다고 한다. 작지만 확실한 행복을 추구하는 '소확행'이나 단순한 삶을 희망하는 심플라이프가 회자되는 것은 이 때문인지도 모르겠다.

왜가리나 어부처럼 사는 것도, 가마우지나 사업가처럼 사는 것도 좋은 일이다. 선택은 각자의 몫. 바쁘게 사는 돈 많은 사장보다는 외진 산속에서 한가롭게 사는 욕심 없는 자연인이 더 부러운 것은 순전히 나의 취향이다. 그래서 빈 하늘만 쳐다보고 있는 왜가리가 좋아 보이고 눈길이 자주 가는가보다. 무위이무불위無爲而無不爲라는데 너무 열심히 살 일도 아니니다. 한낱 새도 실천하는 일을 어찌 사람이 실천할 수 없겠는가.

인간과문학

The 수필

●… 어떻게 살 것인가? 가마우지와 왜가리의 사는 모습을보고, 우리 삶의 방식을 돌이킨 저자는 '무위이무불위無爲而無不爲'의 노자老子적 삶을 수긍한다. "한낱 새(왜가리)도 실천하는 일을 어찌 사람이실천할 수 없겠는가." 결미의 한마디가 활구活句처럼 번뜩인다./ 맹난자

어머니의 기억

박종희 essay0228@hanmail.net

계절은 늘 누군가의 손을 잡고 돌아온다. 매화꽃이 세상을 물들일 때면 하얀 기억 속을 걷던 어머님 생각이 난다. 기억은 잊었어도 몸짓말로 나를 반기던 어머님이 올해도 어김없이 봄을 데리고 왔다.

빼꼼히 열린 병실 문 사이로 나를 발견하고는 쑥스러운 듯 당신 코를 잡아당긴다. 기다렸다는 마음을 들키지 않으려는 어머님만의 몸짓이다. 어머님 눈에 낯익은 눈부처가 들어앉는가 싶더니 이내 잇몸을 다 드러내며 까르르 웃는다. 병실에서 무에 그리 웃을 일이 있을까만 며느리를 웃게 하려는 어머님의 배려일 성싶다.

아버님이 돌아가셨을 때도 꼿꼿하던 어머님이 큰아들을 앞세우고 나서는 맥없이 들어앉았다. 불덩이 같은 오남매를 품어 키우느라 당신 몸이 녹아내리는 것도 모르고 살았던 어머님한테 아주 특별한 손님이 찾아온 것이다.

눈에 띄게 움직임이 줄어드는가 싶더니 어머님은 마침내 문을 닫아걸었다. 철통같이 벽을 친 어머님은 앉은자리에서 볼일을 보는 일이 일쑤였다. 퇴근하면 어머님과 씨름하느라 아침이 빨리 왔다. 남편과 나도 슬슬 지쳐갔다. 방향감을 잃고 당신의 시간에 갇힌 어머님을 바라보는 것이 마치 형벌 같았다.

하루가 다르게 낯설어지는 어머님이 음식에 집착하기 시작했다. 금방 드시고 돌아서도 헛헛해하며 밥 안 준다고 어깃장을 놓았다. 식탐이 늘면서 이상한 버릇도 생겼다. 어머님은 서랍에서 옷을 끄집어내 순서 없이 겹쳐 입었다.

편찮으시기 전에도 체격이 좋았는데 치매 증세가 나타난 뒤에는 몸이 더 무거워졌다. 과식하셨는지 방에 구릿한 냄새가 떠다녔다. 그날따라 어머님은 내복 위에 고쟁이를 입고 그 위에 바지, 몸빼, 한복 치마 등 아랫도리에만 서너 개를 껴입어 마치 눈사람 같았다. 몸도 성치 않은 분이 그 많은 옷을 어찌 입으셨는지. 나를 기다리는 지루함을 옷 껴입는데 몽땅 허비한 것처럼 벗긴 옷이 빨래통에 가득했다. 후유, 한숨이 나오고 울화가 치밀었다.

옷 벗기는 잠깐 동안에도 까르륵 웃던 어머님이 정색하시더니 다시는 옷을 많이 입지 않겠다고 하셨다. 그러나 그게 어디 당신 마음대로 되는 일인가. 옷이라면 보이는 대로 주워 입는 어머님은 중학생이던 딸애의 청바지를 입다가 뒤로 넘어져 낙상할 뻔한 일도 있었다.

그렇게 예고 없이 찾아온 치매는 호시탐탐 집안을 들쑤시며 엉망으로 만들었다.

우여곡절 끝에 어머님을 노인요양병원으로 모셨다. 처음 며칠은 집에 가겠다고 애를 태우더니 갈수록 소리내 웃고 노래도 곧잘 불렀다. 웬만해선 화내지 않고 늘 웃는 어머님을 간호사들과 간병인들도 좋아했다.

가끔 혀를 돌려 밥알을 뱉어내는 일 말고는 그다지 애먹이지 않던 어머님이 달라졌다. 간병인들이 어머님이 자꾸 옷을 벗어 걱정이라고 했다. 처음엔 대수롭지 않게 여겼는데 날이 갈수록 마음이 쓰였다.

출근하기 전에 어머님한테 들렀다. 담당 간병사가 어젯밤에도 옷 벗느라 잠을 못 자 이제야 주무신다며 시큰둥했다. 입을 반쯤 벌린 채 세상 모르고 주무시는 어머니를 보니 야속한 생각도 들었다. 도대체, 뭐가 문제라서 밤마다 옷을 훌러덩 벗어젖히는지. 어머님을 지키느라 눈에 핏발까지 섰다는 간병사의 뚱한 표정에서 두려움이 읽혀졌다.

아침도 거르고 까무룩 주무신 어머님이 기분 좋게 눈을 떴다. 모처럼 정신도 맑으신지, 작은며느리 왔다며 좋아하시던 어머니가 갑자기 뜻 모를 말씀을 하신다.

"나, 이제 옷 많이 안 입어."

"이거 봐, 옷 한 개만 입었어"라고 하시며 얇은 환자복을 하얀 속살이 훤히 보이도록 들추어보였다.

짧은 그 순간, 어머님의 표정과 겹쳐지는 풍경 한 장면이 있었다. 매일 밤 여러 개의 옷을 덧입고 실수해 옷 벗기느라 어머님과 내가 실랑이하던 모습이었다. 사람의 기억 중 상처가 컸던 것은 트라우마로 남는다더니. 설마, 어머님이 몇 년 전 그 기막히던 시간을 다 기억하시는 것일까.

절박하면 한계를 넘는 행동이 나오는 것처럼 옷을 벗기면서 매정하게 군것이 어머니 가슴에 박혔던 것 같다. 손놀림도 자유롭지 못한 어머님이 며느리 고생 안 시키겠다는 마음으로 내복까지 벗었다고 생각하니 명치끝이 뻐근했다.

생각해보니 그때 나는 어머님이 왜 옷을 덧입는지 알려고 하지 않았다. 밤낮없이 헝클어진 어머님의 머릿속은 헤아리지 못하고 옷 벗기고 빨래하는 것이 힘들다고 그저 나 힘든 것만 알아주길 바랐던 것만 같다. 한번쯤 손을 맞잡고 앉아 어머니 속을 시끄럽게 하는 것이 무엇인지 들어드렸으면 얼마나 좋았을까.

당시 어머님은 당신 목숨보다 귀히 여기던 큰아들을 언 땅에 묻고 맨몸으로 바람을 맞고 서 있었다. 어머님은 뻥 뚫린 가슴으로 숭숭 파고드는 매운바람을 옷으로라도 막아내고 싶었는지도 모른다.

환자복을 들추면서 무슨 장한 일이라도 해낸 것처럼 우쭐해하시는 어머님을 보니 지나온 시간이 한없이 부끄러워졌다. 갈수록 낯섦이 분명해지는 가족들 사이에서 당신이 지워지는 것도 모르던 어머님. 가까웠던 사람들이 하나둘 물설어질 때 얼마나 두려웠을까.

그깟 옷 껴입는 것이 무에 그리 대수라고 매일 잔소리하며 야박하게 굴었는지. 그 일이 있은 뒤에도 몇 차례 더 옷 벗는 일로 애를 먹이던 어머님은 더는 옷 벗을 걱정 없는 곳으로 떠나셨다. 세상에서의 무겁고 힘겨운 기억은 다 내려놓고 꽃잎처럼 가벼운 영혼으로 훨훨 날아가셨다.

나를 당신의 조카딸로 기억하면서도 내 눈에 들고 싶어 애쓰던 어머니가 그곳에서는 이제 편안하신지…, 매화꽃이 하얀 길을 내는 봄이 오면 어머님 생각에 밤이 더 길어진다.

수필오디세이

The 수필

●… 삶은 기억의 축적인 것 같다. 삶의 전부였던 큰아들을 잃은 뒤, 슬픔과 고통을 지우려고 아예 모든 기억을 지워버린 어머님, 그런 어머님을 보살피며 바라보는 일이 가족에겐 형벌 같은 시간이었을 것이다. 무겁고 힘겨운 기억 다 내려놓고 본인은 가벼운 영혼으로 훨훨 날아갔지만, 매화꽃이 하얀 길을 내는 봄이면 작가의 기억 속에서 회한으로 다시 살아나는 어머니. 누군가의 기억 속에 남아 있는 한 그 존재는 아직 살아 있음이다. 울림이 깊은 글이다./ 문혜영

강은 기억하지 못한다

송혜영 hisong999@hanmil.net

'단풍나무 그늘로 얼굴을 가리고' 평상에 누워 있었다. 가을 햇볕에 부실한 심신이 좀 여물어질까 이리저리 자반 뒤집기를 하고 있던 참이었다. 동네에서 들어본 적 없는 굵고 진지한 울림을 가진 목소리가 담장을 넘어왔다.

"…1.4후퇴 후… 피난… 중공군 참호… 다리 건너… 피바다… 도강작전… 피아간 사상자… 혹 좌방산 진지에……?"

묵직한 소리는 묻는 쪽이었다. 익숙한 새된 소리로 답하는 이는 옆집 아저씨였다.

"11살 때… 기억이… 빨갱이 처단… 중공군과 뒹굴어… 후퇴… 강 건너 진지가…."

예사롭지 않은 내용이었다. 특별한 날이 아니면 이제 거의 입에 올리지 않는 전쟁. 그 비극적인 대리전을 소재로 대화를 이끄는 낯선 이는 누구인가? 평상을 박차고 일어났다.

검게 그을린 얼굴에 국방색 군복을 입은 50대 후반 사내는 체구도 목소리 못지않게 단단해보였다. 어깨에 달린 은빛 무궁화 두 송이가 햇빛에 반짝 빛났다. 국방부 유해발굴감식단 소속으로 퇴역이 얼마 남지 않았다고 했다. 그는 주말만 빼고 전국을 돌며 국군유해발굴을 위한 정보를 수집하러 다니고 있었다. 군복을 벗기 전 한 구의 유해라도 더 거두고 싶어 나선 길이었다. 햇볕에 몸이나 굽고 있던 나의 지나친 한가함이 몹시 부끄러워졌다.

저녁 무렵 자주 산책을 나가는 강이 6·25 당시 피아간 엄청난 사상자를 낸 격전지였다는 걸 처음 알았다. 강 건너 산등성이에 중공군의 진지가 있었다고 했다. 중공군에게 동원된 민간인이나 국군포로가 진지에 잡혀 있다 변을 당했을 가능성을 점치고 있었다. 후퇴하며 시신을 구덩이에 묻고 갔다면 유골을 발굴할 수 있다고 보았다. 전쟁 당시 영민한 11살이었던 어르신은 중요한 정보제공자다.

진지로 추정되는 좌방산이 올려다보이는 강변으로 가보기로 했다. 댐이 생겨 깊어지고 느려진 강둑에는 연보라색 구절초가 드문드문 피어 있었다. 고즈넉한 가을 강은 전쟁 따위는 관심 없다는 태도였다.

1·4후퇴 때 밀려 내려갔다 다시 치고 올라오던 국군은 춘천 탈환을 위해 필사적으로 이 강을 건너야 했다. 중공군은 좌방산에 배수진을 치고 국군을 향해 화력을 집중시켰다. 강물은 핏물이었다. 대부분 왜 싸우는지도 정확히 모르는 중국 농민군과 '빽 없는' 우리 청년들의 피로 붉게 물들었다는 사실을 기억하지 못하겠노라 강물은 머리를 흔들었다.

좌방산 진지가 바로 올려다보이는 강기슭에 살았던 노인은 중공군과 함께 놀고 먹고 잤던 그때 기억을 소상하게 털어놓았다. 중공군은 후퇴 중에도 시신을 한 구도 남기지 않고 모두 수습해갔다. 산 정상의 호나 각 전투 호 속에 발견된 시신은 모두 우리 쪽이었다. 군번도 없던 치안대, 노무자는 전사자에서 누락되었기 때문에 그들의 생사는 알 길이 없다고 했다. 증언이 도움이 될 것 같다며 중령은 짚차로 자갈을 갈며 강가를 떠났다.

전쟁 직후 전국에 시체 썩는 냄새가 진동했다고 한다. 국가고 개인이고 정신이 없던 시절이라 시신은 방치됐다. 문둥병 환자들이 죽은 사람의 뼈를 먹어버린다는 소문도 무성했다. 휴전 일 년 후에야 전선정리사업이 이루어졌다. 말 그대로 정리만 했을 뿐 가족을 찾아줄 여력이 없었다. 그때 시신을 수습하러 산에 올라간 사람들이 그냥 묻어버린 경우가 허다했다. 전우들에 의한 개인적 유해발굴이나 어쩔 수 없이 부역했던 사람들이 입을 여는 경우에는 신원을 확인할 수 있었다. 하지만 본격적 정부 차원의 발굴은 강산이 다섯 번 바뀌고 난 후였다. 시작 무렵에는 다부동에서 갈퀴로 뼈를 긁을 정도였다.

국군의 유해는 지금까지 5,300여 구를 발굴했지만 가족을 찾은 경우는 열에 한 명꼴이다. 휴전된 지 70여 년. 이제 애틋하게 찾고자 하는 이도 없단다. 장가도 가지 않은 자식을 애타게 기다리던 부모는 벌써 세상을 떠났다. 오매불망 남편을 그리다 늙은 새댁은 저승에서 젊은 지아비를 만났다. 얼굴도 모르는 작은아버지나 당숙이나 고모부의 뼈를 찾은 사람들은 덤덤할 뿐이다.

흩어진 뼈와 삭은 철모와 수통, 인식표로 남은 그들이 대부분 연고자를 찾지 못할 정도로 세월이 흘렀건만 우리는 아직도 대치 상태다. 전쟁으로 인한 피해 당사자가 다 세상을 떠나야 진정한 화해가 이루어진다더니…. 이 질긴, 터무니없는 적의를 해소하는 시간이 아직도 더 필요한가보다.

중령이 좌방산에서 유해를 발굴했다는 소식은 못 들었다. 그 사이 전쟁의 기억을 소장한 인간도서관은 세상을 떴다.

사납고 무례하게 물길을 가르던 모터보트와 제트스키가 물러난 강은 호수처럼 고요하다. 문득 전사한 젊은이를 기리는 러시아 노래 〈백학〉이 떠오른다.

"우우우 우우 우우우 우…… 나는 가끔 병사들을 생각하지. 피로 물든 들판에서 돌아오지 않은 그들. 고향 땅에 누워보지도 못한 그들은 백학이 되었을 거야."

저무는 강을 나는 백로 한 마리.

'돌격 앞으로' 소리에 총알이 빗발치는 이 강을 건너다 '첨벙' 쓰러진 어느 병사인가….

에세이스트

The 수필

●… 한국전쟁은 끝나지 않았다. 조변석개하는 남북관계를 보면 전쟁 종식은 감감하다. 더 갑갑한 일은 70년이 넘었건만 국군 전사자 유해발굴은 여전히 지지부진하다. 저녁 무렵 자주 산책하는 강이 6·25 당시 격전지였다는 것을 알았다. 강물은 핏물이었다고 한다. 흩어진 뼈와 삭은 철모와 수통, 인식표로 남은 전사자가 아직 그냥 그 자리에 묻혀 있다. 필자의 안타까운 마음은 전사한 젊은이를 기리는 러시아 노래 〈백학〉을 떠올린다. '돌격 앞으로' 소리에 총알이 빗발치는 이 강을 건너다 '첨벙' 쓰러진 어느 병사를 아프게 추모하면서./ 조헌

그 눈빛

안춘윤 d-vora@hanmail.net

직업의 특성상 내밀한 대화나 상담을 하다보면 모든 삶은 긴 서사와 같다는 생각이 든다. 누구의 삶도 평이하지 않았고 특별했으며, 귀하지 않은 인생은 없었다. 어떤 삶도 완벽하지 않았고 누구도 풍랑 없이 바다를 건널 수 없었다. 지극히 평범한 생이 얼마나 소중한 것인지 타인의 인생에 내 삶을 반추하면서 안달하며 집착하던 것들을 슬며시 내려놓았다.

하지만 말기 암처럼 병이나 사고로 생의 막다른 곳으로 내몰린 사람을 만나면 말길을 찾기가 힘들었다. 살고 싶다는 강렬한 본능으로 더 선명해지는 의식은 오히려 고통스럽다고 했다. 예상하지 못했던 절망 앞에서 의연한 모습으로 버티는 것은 나이와 상관이 없는 것 같았다. 그럴 때마다 아주 오랜 기억 속에서 나에게 당신의 마지막 결정을 의뢰했던 어르신을 떠올렸다.

약국을 개업했다. 삼십대 중반, 경험이 없는 나는 약국 입지로 어디가 좋은지 몰랐다. 그저 조용하고 깨끗한 곳만 찾았다. 사람들 발길이

드문드문한 고즈넉한 골목길, 조용하고 한가한 약국이었다. 오랜 주택가 길은 낡고 가로등도 별로 없이 어두웠다. 조금 나가면 번화한 시장이었지만 그곳은 묘하게 외떨어진 섬이었다. 그 안에 스물다섯 평 되는 적막한 공간이 또 하나의 섬이었다.

병원에 근무한 경험을 살려 골목 주민에게 무료 상담을 해주기로 했다. 시간은 많고 손님도 없으니 적절한 조건이었다. 의료체계가 미흡했던 시기에 보건 상담과 진료 안내 등을 했다. 소문이 나면서 오지랖 넓은 동네아줌마는 다른 동네사람까지 데리고 왔다.

어느 날 팔십대로 보이는 할아버지가 자전거를 타고 오셨다. 깡마른 체격에 안경을 쓴 얼굴은 완고해보였다. 얼굴빛은 검고 입은 고집스럽게 닫혀 있었다. 이후 일주일에 한번씩 들러서 약을 사가셨다. 자전거를 타고 오실 때도 꼿꼿한 자세로 흐트러진 모습을 볼 수가 없었다. 항상 퉁명스럽게 할 말만 하셨다. 그분 앞에 서면 나는 늘 시험 보는 학생이었다. 몇 가지 증상만 툭 던지듯 말씀하고 내 대답을 기다렸다. 그러면 나는 언제나 고심하며 설명했다. 할아버지는 무표정하게 고개를 끄덕거릴 뿐이었다. 그러나 오실 때마다 안색은 점점 더 나빠졌다. 병원 방문을 권고했지만 소용없었다. 그렇게 한 해가 갈 때 즈음 할아버지의 발길이 끊어졌다. 가끔 아들이라는 분이 약을 가져가곤 했지만 할아버지를 꼭 닮아서 말이 없었다. 궁금했지만 한편으로 마음이 편했다. 병원에 다니신다는 말에 숙제를 끝낸 기분이었다. 그렇게 그 어르신은 잊혀졌다.

어느 날 아침 할아버지의 아들이 찾아왔다. 할아버지가 나를 꼭 모셔오라고 했다는 것이다. 갑자기 겁이 났다. 무엇이 잘못되었을까, 아무리 생각해도 짚이는 것이 없었다. 아들은 무뚝뚝하게 말했다.

"임파암 말기라 작년에 3개월밖에 못 사신다고 했는데 오래 버티셨으니 고맙죠."

나는 깜짝 놀랐다. 약사로서 전혀 몰랐다는 자책감과 충격으로 얼굴이 붉게 달아올랐다.

"고집이 세서 병원 모시려 해도 듣지도 않고 선생님께 할 말이 있다고 하시네요."

난감했다. 내가 그분에게 무슨 말을 할 수가 있을까. 마음이 복잡해졌다. 그러나 혼자는 못 간다고 막무가내인 할아버지의 아들 때문에 결국 따라나섰다.

그 집은 주택가 깊은 골목 막다른 곳에 있었다. 방 안에 들어서자 가슴이 쿵하고 내려앉았다. 괜히 왔다는 후회가 들면서 온몸이 떨려왔다. 아랫목 자리에 할아버지가 앉아 계셨고 자식들과 친지들이 빙 둘러앉아 있었다. 무겁게 내려앉은 침묵이 숨을 조여왔다. 임종을 지키려고 모인 분위기였다. 할아버지는 한눈에도 위중하게 보였다. 부러질 듯 뼈가 튕겨나온 팔다리에 피부는 검게 타버려 바싹 마른 지푸라기 같았다. 목 주변에는 임파선을 따라 크고 작은 혹들이 보였다. 나는 얼떨결에 가운데 앉게 되었다. 무릎을 꿇고 인사를 드렸다. 할아버지는 숨을 몰아쉬며 손짓으로 인사를 대신하였다.

"그동안 선생 덕분에 잘 지냈지. 나는 그냥 집에 있고 싶어."

할아버지는 마지막 힘을 모아 또박또박 말하셨다. 가족들이 병원으로 모시려 했지만 완강하게 거부하고 계셨던 것이다. 방 안의 모든 눈이 내 입으로 쏠렸다.

나는 순간 입술에 경련이 일었다. 방바닥을 짚고 계신 할아버지의 팔은 뼈만 남아 몸을 더 이상 지탱하기도 힘들었다. 온몸이 금방 부서져 내릴 것만 같았고 퀭한 할아버지의 눈빛은 간절했다. 나는 차마 보기 힘들어 고개를 푹 숙였다. 적막한 방 안에 할아버지의 거친 숨소리만 들렸다. 가슴이 먹먹했다. 나는 입이 바싹 말랐다. 너무 손이 떨려 주먹을 꽉 쥐었다. 소리가 나오지 않아 쥐어짜듯 간신히 말을 했다.

"할아버지 이젠 병원 가세요. 혼자 견디시기엔 너무 힘들어요."

죽음 앞 마지막 한 걸음을 준비하는 그분을 차마 쳐다볼 수 없었다. 연민이 통증처럼 가슴을 저미며 밀려왔다. 한참 어린 나에게 마지막 거취를 묻고 싶은 그 마음을 헤아리기 힘들었지만 그 눈빛이 애달팠다. 나는 울먹거리며 겨우 말을 이었다.

"꼭 가세요. 더 이상 제가 할아버지를 도와드릴 수가 없어요. 죄송해요."

나는 목이 메어 마지막 말은 혼자 삼켰다. 무슨 말을 하고 있는지도 몰랐다. 그저 혼자 겪고 있을 그 고통을 덜어야 하지 않을까 생각했다. 할아버지는 고개를 떨구며 무너지듯 누우셨다. 그리고 숨을 고르신 후 나를 애잔한 눈빛으로 바라보셨다.

"괜찮아요, 고마워. 선생 말대로 하겠소!"

한 달 정도 지났을까. 상복을 입은 할아버지 댁 만상제가 와서 인사를 했다. 할아버지가 고맙다고 전해달라고 하셨다고. 그리고 고통 없이 편안히 가셨다고 했다.

이후 나는 가끔씩 혼자 물어보곤 했다. '왜 할아버지는 당신의 마지막을 내게 물어보셨을까? 연륜 있는 의사도 노련한 약사도 아니고 누가

봐도 어설픈 골목 약국 약사에게….'

아마도 그분은 자식들과 함께 집에서 마지막까지 지내고 싶다는 마음을 나라면 헤아려주리라 믿으셨는지도 모른다. 그러나 그때는 차마 약사로서 그렇게 말씀드릴 수는 없었다. 그것은 할아버지에게 너무 가혹하다고 생각했기 때문이었다. 그때 젊었던 나는 가슴보다는 머리로 그분 고통을 덜어주는 것만이 최선이라고 생각했다.

그렇지만 무너지듯 흔들리던 할아버지 눈빛은 두고두고 마음을 아프게 했다. 그러면서도 나를 다독이듯 고개를 끄덕이며 바라보시던 그 눈빛도 잊을 수가 없었다. 실은 육신의 고통보다 지독하게 엄습하는 외로움이 더 두려우셨던 것은 아니었을까. 아니 사랑하는 이들을 의식이 남아 있는 순간까지 보고 또 보고 싶으셨던 것은 아니었을까. 지금이었다면 나는 할아버지에게 이런 대답을 해드렸을 것이다.

"할아버지! 원하시는 대로 집에서 가족들과 함께 지내세요. 아드님 곁에서 행복했던 기억들 모두 모아 가슴에 담아가세요."

살아온 길과 남겨진 흔적들이 서서히 페이드아웃되면서 원점으로 돌아가는 길, 그 고단한 길에서 바라보던 눈빛은 나를 언제나 막막하게 했다. 생과 사의 경계선에서 한 발자국씩 물러서면 우리는 서로가 이방인이었다. 경계선은 가깝고도 멀고 깊었다. 때로는 그 고독이 내게도 전이되어 깊이 묻어둔 상처가 욱신거렸다. 그래서 내가 할 수 있는 것은 그의 외로움과 나의 무기력함에 시달리면서 사람들로 북적거리는 약국에서 한순간을 함께하는 것이었다. 그리고 그 눈빛에 나의 간절함을 담아 대답하는 것이었다. 혼자가 아니라고.

에세이문학

The 수필

●··· 누군가의 인생에 결정적인 역할을 하는 것은 어려운 일이다. 하물며 그것이 임종에 이른 사람의 일일 때에야. 약사인 화자는 단골인 팔십대 노인 암 환자의 임종 장소에 대해 결정적 판단을 요청받는다. 집에서 마지막을 맞고 싶어하는 노인의 간절한 눈빛을 애써 외면하고, 고통을 덜어주기 위한 것이라 스스로를 변명하며 병원 행을 권했던 화자. 가슴보다 머리로 결정했던 그 최선책에 무너지듯 흔들리던 노인의 눈빛은 화자의 가슴에 화인으로 남았다./ 이혜연

클라고

윤기정 Yykj5001@hanmail.net

'클라고'는 '크려고'의 외할머니 식 발음이다. '클라고 그런다'는 말은 아플 때나 어머니에게 꾸중 들을 때면 어김없이 듣던 말이다. 나나 동생들이 아플 때면 이마를 짚고 하던 말씀인데 이상하게 힘이 되었다. '큰다'는 말이 까닭 없이 좋았다. 잘게 찢은 장조림 고기를 쌀죽에 얹어주는 호강을 누릴 때면 자꾸 크고 싶었다.

'클라고'는 꾸중을 들을 때면 어김없이 등장했다. "어머니는 가만 좀 계셔요. 애들 버릇 나빠져요." 할 때쯤이면 무릎을 펼 수 있는 시간이 되었다는 것을 우리는 알았다. 한번은 동생 하나가 까치발로 베개를 딛고 서서 아버지 양복 웃옷에서 동전 한 닢을 꺼내다 들켰다. 어머니에게 혼나고 있을 때 할머니의 '클라고'가 들렸다. 잠시 후 어머니의 웃음보가 터졌다. 나도 키득거렸다. "크면 베개 없어도 되는데"라는 내 말에 할머니도 웃고 동생도 따라 웃었다. 그 '클라고'가 평생 힘이 되는 한마디가 될 줄을 그때는 몰랐다.

나에게는 외삼촌이 없다. 외할머니는 막내사위와 함께 산 거였는데 그런 형편을 안 것은 좀 더 큰 뒤였다. 어쨌든 우리 형제에게는 그냥 할머니였다. 아버지가 파월 기술자로 갔다가 영정 사진 앞세운 작은 상자로 돌아오고 나서 방황이 시작됐다. 아버지의 부재와 블록 벽에 슬레이트 몇 장 얹은 변소 없는 무허가 단칸방과 끼니마저 간데없는 가난은 고등학생으로서 견디기 어려운 부끄러움이었다. 나는 끝없이 엇나가고 있었다. 가난보다 부끄러운 만이가 되고 있었다.

깜깜한 부엌, 부뚜막에 앉아서 어머니는 담배를 피웠다. 한 개비를 받아서 엉거주춤 선 채 나도 담배를 피웠다. 장남을 앞에 둔 어머니의 긴 한숨만 이어지고, 나는 숨쉬기조차 힘들었다. "클라고 그러니라." 할머니가 나가면서 던진 말씀이다. 할머니 동네 친구가 우리의 딱한 신세를 알고 당신의 단칸방에 할머니의 잠자리를 내어주어서 밤이면 그리로 겯유 했다. 담뱃불을 발로 비벼 끌 때 가슴에 조그만 불 하나가 켜졌다. '그래. 커보자.'

살면서 겪어내야 할 고비마다 그 말씀을 떠올리며 참아냈다. 이제는 몸도 마음도 더 클 일이 없지만 '클라고'만 떠올리면 신이 난다. 이만큼 살아오면서 마음의 지팡이가 된 말이 많지만 '클라고'가 으뜸이다. 이제는 사라진 옛 가족의 얼굴들, 어느 밤의 둥그런 촛불, 바람벽에 흔들리던 그림자, 60촉 전등을 꺼도 이불 속에서 이어지던 우리 4형제의 키득거림과 소곤거림, "어이들 자라. 잘 자야 크지." 윗목에서 들려오는 할머니의 웃음기 서린 목소리 끝에 해병대산을 넘어온 밤기차 기적소리 들으면서 잠들던 기억들, 행복한 장면들은 그 말에 모두 들어 있음이라.

손주 남매가 장난감 하나를 가지고 서로 제 것이라고 다투다가 끝내 싸움이 커진다. 애들 아비 어미가 나서기 전에 한쪽 팔에 하나씩 나눠

안으면서 아들, 며느리 말막음한다. "그러면서 크는 거야." 불현듯 할머니의 얼굴이 떠올랐다가 멀어져간다. 많이 컸다 하셨을까?

한국산문

The 수필

●… 바닥을 딛고 일어난 사람들은 안다. 그 터닝포인트엔 누군가의 진심이 담긴 말 한마디, 혹은 사건 있었다는 것을. '클라고'는 '크려고'의 외할머니 식 발음이다. 어린 시절 어머니의 꾸지람을 막아주고 불만에 찬 청소년기의 방황을 끝내게 해준 이 말은 작가에게 평생 힘이 되어주었다. 생의 이치를 통달한 어른의 말로 삶의 자세를 겸허하게 하고, 소년이 조부가 되어 '클라고'를 따라하는 모습에서 거룩한 사랑의 순환고리를 보여주는 글이다. 절제된 감정과 함축된 문장이 오히려 긴 여운을 남긴다./ 정진희

지렁이가 품은 우주

이방주 nrv2000@hanmail.net

새벽 산책길에서 딱한 중생을 만났다. 젓가락으로 입에 올리다 흘린 자장면 사리 같다. 꿈틀꿈틀 힘겹게 기어간다.

지난 밤 폭우에 땅속 지렁이 은신처에 빗물이 괸 모양이다. 물구덩이에서 살 만한 곳을 찾아 지상으로 나오셨을 것이다. 블록 위에 물이 없으니 숨쉬기는 괜찮겠다. 그런데 여기는 처참한 죽음이 기다리고 있는지도 모른다.

아파트 산책로는 입주민들이 새벽부터 산책을 한다. 폭우가 내리고 하늘이 말끔하게 갠 날 아침에는 걷는 사람이 더 많다. 시간이 좀 지나면 아이들이 자전거를 탄다. 쓰레기 수거차량의 바퀴는 지렁이 눈으로는 가늠할 수 없을 만큼 무지막지하다. 새벽 총알배송을 생명으로 아는 택배차량을 지렁이가 피하는 것은 불가능하다. 운동화에 밟혀 으깨지고 자전거 바퀴에 치어 끊어지고 택배차에 치어 으스러지고 무지막지한 바퀴에 눌려 흔적도 없이 사라진다. 이것이 지렁이의 딱한 운명이다.

다시 땅속으로 들어가라. 들어가라. 제발 들어가세요. 염불 외듯 해도 지렁이 귀에 경 읽기라 제 가던 길만 간다. 더 안전한 곳은 어딜까 궁리하고 고심하며 죽을힘을 다해 기어간다. 내 말은 못 들은 척 그냥 간다. 얘야, 네게는 내가 신이니라. 이렇게 높은 곳에서 널 내려다보고 있지 않느냐. 나는 너의 미래도 보이느니라. 내 말을 들어라. 그래도 지렁이는 가던 길을 간다. 딱한 중생의 미래가 보인다.

깜짝 놀랐다. 더 높은 곳에서 나를 내려다보는 진짜 신이 있지 않을까. 맞다. 바로 저만큼 위에서 나를 내려다보면서 '가지 마라. 거길 가면 안 되느니라. 그리 가면 네가 으깨지고 끊어지고 으스러지고 흔적도 없이 사라진다.' 나의 운명을 내려다보며 안타까워하는 신이 저 위에 있는 것 같아서 나는 안절부절못한다.

어디를 밟을까. 어디로 발을 옮겨야 땅이 꺼지지 않을까. 어느 쪽에 시선을 두어야 눈부시지 않을까. 나는 우왕좌왕한다. 방부목 쉼터를 밟으면 '우지끈' 무너질 것만 같다. 앞으로 나아가기 두렵다. 지렁이에게서 나의 운명을 돌아본다. 지렁이나 나나 우주의 눈으로 보면 미물이다. 사람도 지렁이도 우주 안에 하나다. 한 마리 지렁이가 우주의 섭리를 다 품었다. '一中一切多中一/ 一卽一切多卽一/ 一微塵中含十方/ 一切塵中亦如是(하나 가운데 모두가 있고 모두 가운데 하나가 있네. 하나가 곧 모두이고 모두가 곧 하나이네. 한 낱 작은 티끌이 시방세계를 머금었고 일체의 티끌마다 시방 세계가 담겨 있네.)'

딱한 중생에게 법성게의 한 말씀을 듣는다. 나도 어디로 가고 있는지 모르니 그대와 다를 게 없다.

수필과비평

The 수필

●… 지렁이를 부감俯瞰하는 시점은 물리적인 시점이 아닌 작가가 재구성한 사유의 시점이며, 특정 대상의 묘사에 머무르지 않고, 방향성을 상실한 인간 존재로서의 자각에 도달하기까지 특이한 관점과 해석을 통한 입체적 구성이 돋보인다. 에피소드에서 벗어나 진리의 세계를 압축한 결미의 법문은, 미물로서의 인간 존재를 깨닫는 적절한 표상에 다다른다. 작품의 모티프가 된 대상의 재현을 넘어 철학적 관점으로 접근하여 확대한 문학적 변용deformation을 통해 정서적이며 철학적인 해석으로 독자의 공감을 불러온다./ 엄현옥

서른을 기억하다

이필영 2391210@hanmail.net

"이렇게 살 수도 없고 이렇게 죽을 수도 없을 때 서른 살은 온다."

서른의 소회를 밝히면서 청년기자가 인용한 詩다. 그는 삼십이립三十而立도 가져왔다. 공자는 서른에 마음이 확고해져 자립을 이뤘다고 하는데 자신은 아직도 자아의 직립보행이 어렵다고 한다. 그 시대와는 비교 자체가 무의미할 만큼 지금의 서른은 사회적 생장이 더디다고 토로한다. 서른의 고민이 시간이 지날수록 내면적인 고뇌에서 밥이 목전인 생계형 고민으로 옮겨간다고, 앞으로의 인생에 적잖은 불안감을 드러낸다.

노트에 시를 천천히 옮겨 적으며 한 글자 한 글자 음미해본다. 아득히 멀어진, 그 시를 입에 달고 살았던 나의 서른이 그곳에 슬그머니 들어앉는다.

인간이든 동물이든 숨탄것들은 밥을 얻기 위해 평생을 고군분투한다. 시간이 지나면 밥이 가벼워질까. 경험상 밥은 앞이 내다보이지 않는 굽잇길이었다. 인간은 죽을 때까지 밥의 감옥에 갇힌 영어의 몸일지도 모른다. 쌀 미米는 한 톨 쌀에 농부의 손길이 여든여덟 번 닿았다는 뜻을 지녔다고 한다. 밥벌이의 길은 그만큼 지난하고 엄혹하다.

이십대의 절반을 빚을 갚는 데 소모했다. 친척에게 보증을 서준 것이 화근이었다. 도시와 농촌의 집이 경제적 가치에서 엄청난 차이가 있다는 것을 실감하기 전이었고 보증의 검은 그림자인 동반추락은 더더욱 몰랐을 때였다. 어느 날 친척은 파산했고 연대책임을 물어 은행은 월급을 차압했다. 딱하게 여긴 경리과에서 은행과 수습책을 강구해보았지만 뾰족한 수는 없었다. 그날부터 보이지 않는 손아귀가 나를 직장에 가두고 노역을 시키는 꼴이 되었다. 빚더미에 짓눌린 신경이 나날이 날카로워졌고 공적 대화 이외에는 일체 입을 다물었다. 출근할 때마다 빚만 갚으면 떠돌이로 살겠다는 맹세를 뇌까렸고 부서가 다른 직원들과 마주치기 싫어서 항상 눈을 내리깔았다. 날과 달이 오가는 지리한 날들을 '사표'라는 짱돌을 쥐고 버틴 끝에 겨우 빚이 소멸됐다. 이십대를 마감하는 12월의 어느 하루였다. 며칠이면 서른이 되겠구나. 습기라곤 찾아볼 수 없는 건조한 터널 속에서 저 혼자 저문 청춘이 발밑으로 툭 떨어졌다.

눈을 뜨는 순간 차가운 쇠사슬이 손발을 철커덕 옭아매는 것 같은 전율이 전신을 휩쓸었다. 서른의 아침이었다. 이게 뭐지. 쇠사슬의 차가움에 손목을 털었다. 무엇엔가 배반당한 느낌이 머릿속을 스멀거렸다.

어떤 현실에 처해 있던 이십대는 그 현실성을 불구하고 열망과 몽상, 이성과 감성이 맞부딪는 양날의 칼날 위를 걷는 것 같은 번득이는 순간들이 있다. 온갖 열망들이 현실과 이상의 경계 위에서 아슬아슬 곡예를 펼치기도 한다. 현실에 굳건히 두 발을 딛고 우뚝 서기를 바라면서도 방랑의 단편적 삶도 구가해볼 수 있는 스스로에게 도취되는 시절이다. 그런 도저함이 뒷걸음으로 물러가고 당면한 현실에 지배당하는 지극히 산문적인 나이가 도래했다는 건조한 목소리가 허공을 빙글빙글 돌았다.

하루, 이틀, 사흘, 날이 갈수록 사직서의 뚜렷하던 글자가 어룽거렸다. 누가 살아보지 않은 미래를 예단할 수 있으랴. 따뜻한 밥상을 마주하면 하얀 종지에 불안의 그림자가 반찬처럼 담겨 오도카니 나를 주시했다. 궁핍에 시달렸던 지난 날이 앞날에도 닥칠 것 같은 두려움이 등줄기를 타고 내렸다. 빚더미에 짓눌리는 악몽까지 더해졌다. 한때일 망정 회오리처럼 떠돌고 싶었던 공언이 물거품처럼 스러져갔다. 밥줄에 목매고 사는 이것만이 생의 전부인가. 그렇다고 세 끼 밥이 가벼운가. 다람쥐 쳇바퀴 같이 살지언정 안정되게 살아야 한다는 밥의 속삭임이 쟁쟁거리면 불안은 더욱 부풀려졌다. 내가 진실로 살고 싶었던 삶의 문체는 어떤 것이었을까.

높은 언덕 꼭대기 밑에서 나는 선술집을 하겠다/ 거기서 회색 눈을 가진 모든 사람들이 쉴 수 있도록/ (중략) / 아아 이것은 이상한 환상

빈센트 밀레이의 詩「선술집」을 만난 순간 섬광처럼 꿈 하나가 장대에 걸렸다. 그날부터 이상한 환상은 나의 미래가 되었다. 먼저 가족을 위한 곳간을 채워놓는 것이 급선무였다. 밤이면 선술집에의 방랑을 꿈꾸고 아침이면 말짱한 얼굴로 출근하여 충직하게 세 끼 밥을 벌었다. 곳간이 채워지면 나는 떠돌이로 살아보리라. 하지만 술떡처럼 부풀어

주기를 앙망한 밥의 공간은 쉬이 채워지는 것이 아니었다.

오늘 서른의 소회를 쓴 청년이 예감한 생계에 대한 불안은 대다수의 사람이 죽을 때까지 매달고 사는 평생의 불안이다. 인간은 각자 기준에서 삶을 판단하고 선택하며 살아간다. 그러나 선택의 여지가 없는, 끝내 버릴 수 없는 단 하나의 기준이 밥이 아니던가. 밥은 굶어보지 않고는 그저 익숙한 일상일 뿐이다. 익숙해서 현실적 중심축임에도 종종 가변에 있기도 한다. 밥벌이에 나설 나이가 되어서야 밥은 구체적인 현실이 되어 눈발처럼 자욱하게 앞을 가로막는다. 삶의 의미 추구가 내면에서 이루어지느냐, 외부에서 이루어지느냐가 진지한 이와 속물의 차이라는 언사가 있다. 과연 그럴까.

먹고사는 문제와 관련되는 순간 사람들은 우스갯소리도 웃고 넘기지 않는다. 정부 정책에 있어서도 한쪽으로 기울지 않는 평균치의 논리로 여론의 방향에 지대한 역할을 하는 오피니언 리더들도 내 밥그릇이 줄어드는 정책에는 돌변한다. 적과의 동침은 물론이고 내 밥알을 세느라 순식간에 왕왕거리는 떼거리로 변한다. 진지함이니 속물이니 하는 말이 무색해진다.

회식 자리에서 취기가 돌면 사는 게 무엇이냐고, 늘 같은 질문으로 끌어들이는 한두 사람이 있게 마련이다. 나는 늘 세 끼 밥 먹는 일이라고 심드렁하게 답한다. 부서가 달라 나를 잘 모르는 사람은 인간의 삶을 고작 세 끼 밥에 한정짓느냐고 목소리를 높인다. 나는 밥을 야무지게 한 숟갈 떠서 높이 들었다가 천천히 입 안으로 넣으며 인간이 뭐 세 끼 밥버러지 외에 무엇이 더 있는 줄 아느냐. 알고 있으면 내놓아보라고 내뱉는다. 누군가는 허탈하게 웃고 누군가는 술을 벌컥벌컥 들이키는 와중에 나는 또 밥 한 숟갈을 고봉으로 떠서 높이 들어올린다. '제 밥그릇 잘 비우고 제 밥그릇 잘 씻는 일이야말로 선禪의 경지'라는 타인의 글을 읊조린다. 밥버러지란 거친 표현에 대한 미안함이다. 모두가 밥 너머에 무엇이 있으리란 막연하고 아릿한 바람을 갖고 살지만, 밥은 한 술 한 술에 세상만사를 끌어안은 채 완강히 입을 다물고 있다.

서른 이후를 되돌아본다. 밥 먹고 산 날들이 전부였다. 선술집에의 꿈은 아직도 장대에서 펄럭거린다. 꿈의 설정은 결단코 실현을 목적하는 것만은 아니었다. 시시때때로 너울거리는 삶의 불안을 견뎌내는 자기기만이었고 일종의 방어기제가 아니었을까. 알게 모르게 편리와 편안이 의식을 야금야금 지배했고 세상사 쉽지 않다는 온갖 이유를 갖다 붙이는 여우꼬리 같은 노회함이 장대를 타고 올라가 눈알을 굴려대며 꿈을 유예시킨다.

밥 너머에는 무엇이 있는가.

수필미학

The 수필

●… 친척에게 보증을 선 것이 화근이 되어 작가는 이십대의 절반을 빚 갚는 데 소모했다. 빚이 소멸되던 날과 함께 찬란해야 할 이십대는 저물고 서른 살이 왔다. 빈센트 밀레이의 시 「선술집」을 만나면서 가졌던, 빚을 다 갚으면 선술집을 하겠다는 꿈은 아직도 실현되지 못한 채 장대에서 펄럭인다. 처연한 경험은 작가로 하여금 '내가 진실로 살고 싶었던 삶의 문제는 어떤 것'이었을까를 묻게 했다. 견뎌야 하는 현실 앞에서 기계처럼 시간 위를 걸었던 작가의 절박함과 간절함이 생생하다./ 한복용

생존곡선

홍범식 bshong@amc.seoul.kr

세상은 희망과 절망이 빚어내는 불협화음의 무대다. 분만실의 울음소리와 장례식장의 곡소리, 수술실과 중환자실의 기계음은 인간의 생물학적 단면들로 기호화된 음계다. 조우하는 강렬한 자극들은 피로한 반복 속에 '민감소실'되기 쉽지만 치열한 문학은 이를 포착한다. 치료과정의 중요한 데이터들은 논문으로 쓰여진다. 의학저널에 실리면 참고문헌의 세계에서 교류되고 다른 환자의 치료에 영향을 준다. 문학이나 의학이나 아파했던 자가 아픈 자를 치유하는 것이다.

전임 대통령이 5년 임기를 못 마친 채 탄핵되어 수감되었고 촛불로 탄생한 새 정부가 혁명적 역사를 설계하던 시절 어느 늦은 밤이었다. 컴퓨터 모니터 위의 생존곡선에 집중했다. 카플란-마이어 생존곡선은 환자가 사망에 이르는 시간을 분석하는 통계기법이다. Y축은 생존율, X축은 시간이다. Y축의 100퍼센트 생존율에서 시작된 선은 위태롭게 수평을 유지하다가 X축의 시간을 따라 아래로 뚝뚝 떨어졌다. 항암치료 후에 수술을 받은 환자들의 5년 생존율 곡선이다. 변수에 따라 삶과 죽음이 뒤섞이며 곡선들은 달리 그려졌다.

다음 날 긴 비행을 앞두고 있었다. 냉정하리 만큼 일목요연한 표와 그래프의 간결성에 만족해하면서 컴퓨터 창을 닫고 눈을 붙였다. 그러나 잠시 후 뚫어져라 바라보던 그 곡선들은 출렁이며 머릿속에 어른거렸다. 선을 그려낸 한 점 한 점의 환자들이 곡선에서 뛰쳐나와 미끄러져 내렸고 표와 그래프에서 얼굴을 내밀며 웃고 울기도 했다. 곡선을 이루는 수많은 개별적 점들의 실체가 빚어내는 아우성이 환청처럼 들려왔다.

하강하는 비행기 옆으로 산맥이 출렁였다. 능선의 실루엣은 주식 그래프를 닮았다. 오르락내리락 산세는 인생의 고락처럼 이어졌다. 저 계곡에서 사고 저 꼭대기에서 팔아야 된다. 무상하게 출렁이는 기회와 후회의 연속. 그러나 그 출렁거림의 실루엣은 필연코 바닷가에서 소멸한다. 해발고도 제로 속으로 소멸해가는 바닷가 산세를 XY축에 넣어보았다. 아무리 떨어져도 끝끝내 X축에 닿지 않는 주식 그래프가 그때만큼은 부러웠다. 비행기는 하강곡선을 그리다가 긴 여정에 종지부를 찍으며 마침내 생존율 제로인 X축에 닿았다.

두바이에서 케이프타운행 비행기에 오르면서 묘한 흥분에 휩싸였었다. 인류가 그려온 생존곡선의 시발점을 찾아간다는 상상 때문이었다. 아프리카에서 발원한 인류는 세대와 시대를 걷고 걸어 한반도에 이르렀을 것이다. 나는 두 번의 10시간 남짓한 비행으로 미래에서 온 우주인처럼 기원의 땅에 사뿐히 내려앉았다. 아프리카 대륙의 남단, 케이프타운은 바닷가 바위틈에 점점이 박힌 조개무리처럼 위태로운 아름다움으로 반짝였다. 산 정상이 연마기로 갈아놓은 것처럼 평평한 '테이블 마운틴'을 중심으로 바닷가를 향해 내달리며 솟구친 '라이언 헤드' 봉우리를 요리조리 감돌며 도심지는 이어졌다.

컨벤션센터의 대회의실에서 젊은 독일 여성 의학자가 전이된 방광암의 치료 결과를 발표했다. 슬라이드는 생존곡선으로 가득 찼다. 몇 가지 항암제를 병합하거나 순차적으로 투여하는 기법에 따라 조금씩 모양을 달리하는 생존곡선들은 그 어떠한 것도 통계적으로 유의미한 결과를 보여주지 못했다. 5년 생존율은 숙연하게 낮았다. 회의장에 절망감이 감돌았다. 여러 병원들의 임상 데이터가 합쳐진 다기관 연구라 하더라도 환자 수가 놀랍도록 많았다. 1년, 2년 시간이 가면서 뚝뚝 떨어져 내리는 생존곡선에는 국경이 없었다. 그녀가 찾고자 한 것은 생존곡선을 길게 늘어뜨리는 방법이었을 것이다.

남아프리카공화국은 소수 백인이 부를 독점하고 있다. 대부분인 흑인들의 부모세대가 절망의 곶이라 저주했던 희망봉이 본연의 뜻으로 불리게 된 것은 넬슨 만델라가 대통령이 된 이후였다. 평균수명은 40세가 겨우 넘는다. 젊은 여자의 에이즈 감염률이 높아 출생 때 감염이 빈번하다. 전 국민의 20퍼센트가 에이즈를 앓거나 보균자여서 이로 인한 사망률이 매우 높다. 항바이러스제의 혜택은 먼 나라 이야기다. 부실한 에이즈 정책과 흑인들의 독특한 성문화는 변혁이 필요해 보였다. 높은 에이즈 비율에도 아랑곳하지 않고 케이프타운대학 부속 '그루트 슈어' 병원 의사들은 수술에 매진하고 있었다. 세계 최초의 심장이식수술로 의학 발전에 기여한 이 나라 국민들의 생존곡선이 테이블 마운틴의 평평한 정상처럼 길게 늘어질 날을 상상해보았다.

케이프타운의 세련된 도심을 조금만 벗어나면 화려한 포도밭의 향연이 이어진다. 완벽에 가까운 떼루아를 갖춘 이 땅에서 검붉은 핏방울과 같은 '피노타지'와 굵은 땀방울처럼 영근 '슈냉 블랑'을 거두어들였을 흑인 노동자들의 거친 손이 떠올랐다. 도심과 와이너리 사이에는 어김없이 '타운십'이라 불리는 빈민가가 지평선처럼 이어져 있었다. 아침이면 흑인들은 버스와 열차를 타고 도심의 레스토랑과 교외의 와이너리로 일을 떠났다. 호텔이나 식당의 종업원들은 모두 흑인이었고 활달한 모습에 친절이 몸에 배어 있었다. 하얀 이를 드러내며 웃는 모습엔 순수함이 깃들었다. 짧은 수명을 살다가는 저들의 삶은 어떤 것인지, 평균수명 80세를 넘겼지만 두 배 이상 높은 자살률을 보이는 한국인의 삶은 또 어떤 것인지 손에 잡히지 않았다.

희망봉을 박차고 오른 비행기 속에서 이런저런 생각에 뒤척였다. 창문 커버를 올리고 칠흑처럼 어두운 공간을 내다보았다. 지구의 생존곡선 위에 이 시대를 한 점으로 찍었다가 무한한 우주의 시공간에 지구라는 푸른 점 하나를 찍어보기도 했다. 상상력으로도 그려낼 수 없고 개념으로만 인식되는 무한이라는 시공간은 두려움으로 다가왔다. 원근을 알 수 없는 멍한 어지러움에 얼른 커버를 닫아버렸다. 달력 수십 권의 부피로 가늠되는 인간의 유한성에 고개를 떨구었다. 이미 사라진 달력들에 대한 아쉬움과 남은 권 수를 알 수 없는 막막함 때문인지 무턱대고 스마트폰을 꺼내 달력 화면을 열어 미래로 계속 넘겼다. 화면은 2036년에 이르자 더 이상 넘어가지 않았다. 2036년 아내의 생일은 일요일이었다. 그날의 스케줄 화면을 열어 '축하해요' 네 글자를 입력하고 저장을 눌렀다. 손가락 끝을 물끄러미 쳐다보며 잠시 앞날의 행복을 꿈꾸다가 '오늘' 표시를 눌러 현실로 귀환했다. 미래는 공백으로 스마트폰

속에 있었다.

케이프타운에 다녀온 뒤 4년이 흘렀다. 면역치료제를 적용하면서 전이성 방광암의 치료 결과는 향상되고 있다. 전직 대통령이 수감된 지도 4년이 넘었고 뒤따른 정부는 5년째를 맞았다. 새로 구입한 스마트폰의 달력 화면은 2100년까지였고 그 해 내 생일은 일요일이었다. 유한성의 소외에 갇힌 우리 모두에게 1년은 고귀하고 하루하루는 소중하다. OECD 1위의 자살률이 이어지는 사회에 2년째 팬데믹이 덮쳤다. 변이 바이러스로 하루하루가 고달파도 삶을 이어가야 한다. 바위에서 투신해야 했던 대통령과 감옥에 수감된 두 대통령을 지닌 우리 사회의 원한과 갈등은 파편화된 반도에서 살아가는 한국인들의 생존을 질적으로 위협한다. 의견과 주장이 난무하고 사실은 왜곡된다. 진실은 두렵기에 창을 닫고 커튼을 친다. 천진과 순수함은 언제부터인지 불편한 것이 돼버렸다. 페르소나 위에 하얀 마스크를 쓰고 길을 나선다. 지금 아프지만 기억해야 한다. 점점이 매달린 생존의 곡선은 위태롭지만 손을 놓아선 안 된다. 아파한 자만이 아픔을 치유할 수 있다. 내일부터는 줄줄이 수술이 이어진다. 생존곡선은 지금도 그려지고 있다.

에세이문학

The 수필

●… 그래프 상으로 암 환자의 생존곡선은 Y축을 생존율로, X축을 시간으로 하고 있다. 이 그래프는 환자가 사망에 이르는 시간을 비교 분석함으로써 Y축을 최대한 수평으로 유지시킬 수 있는 치료법을 찾기 위한 자료로 쓰인다. 의료인인 화자는 그 그래프의 곡선에서 대상이 된 환자 한 사람 한 사람의 아우성을 듣는다. 생존곡선 위에서 아우성치는 이가 암 환자뿐이랴. 우리 모두는 그 곡선이 오래도록 수평을 이루기를 염원하며 하루하루를 버티고 있는 생물학적 존재일 뿐이다./ 이혜연

대장간을 엿보다

허정진 sukhur99@naver.com

단원 김홍도의 〈대장간〉 그림을 보신 적이 있나요. 18세기 말, 조선 후기 시대에 제작된 채색 민화랍니다. 설마 시골 장터에서 대장간 구경 한번 안 해본 사람이 있으려고요. 대장간은 쇠를 녹여 각종 연장을 만드는 곳으로 야방이나 야장간이라고도 한답니다.

그림에는 풀무나 화덕, 소탕燒湯 외에 세세한 배경은 없지만 일하는 사람들의 표정과 동작이 사실적으로 잘 묘사되어 있더군요. 앳돼 보이는 젊은이가 긴장된 눈길로 화덕에다 풀무질하고, 나이 든 집게잡이는 벌겋게 달구어진 쇳덩어리를 집어서 모룻돌 위에 올려놓고, 힘 좋은 메잡이 두 명이 긴 나무 자루의 쇠메로 번갈아 내리치는 그림입니다. 손님인 듯한 사내가 지게를 벗어놓고 큼직한 무쇠 낫을 숫돌에 쓱싹거리며 벼리고 있는 모습도 보이고요.

"쩡 쩌엉 따앙 땅" "쉬이이익 피지지직" 하며 쇳덩어리를 두드리는 망치질과 물속에 넣어 담금질하는 소리가 번갈아 들려오는 것 같아요. 일하는 사람들의 움직임과 호흡이 기차 바퀴 구르는 소리처럼 잘 맞아떨어지는 음률에 치열한 삶의 숨결이 느껴집니다. 그림에는 없지만 동네 애들이나 수선을 맡긴 사람들이 주변에 모여들어 있겠지요. 대장간 안의 시큼한 쇳내와 근육질의 일하는 모습이 볼 만했을 겁니다.

못 만드는 게 있을까 싶네요. 칼이나 창, 화살 같은 무기류는 나라에서 관장했겠지만 생활도구나 일하는 연장 같은 것은 모두 동네 대장간에서 취급했겠지요. 부엌칼, 도끼, 쇠가위, 쇠바퀴, 자물쇠, 대후비개, 마름쇠, 물미, 문고리, 호미, 삽, 괭이, 낫, 보습, 가래, 대패, 자귀, 톱, 쇠스랑, 갈고리, 장도리, 작두, 망치 등등. 호미만 해도 어디 종류가 한두 가지인가요. 왼손잡이용 호미, 큰 호미 작은 호미, 풀만 콕콕 찍어내는 끝이 뾰쪽한 호미.

그 당시에는 새 것만 만든 게 아니었다네요. 장날이면 집집이 무디어진 농기구나 연장들을 들고 나와 벼리기도 하고, 낡은 곳 수선도 하고, 이참에 아예 성냥해서 새로운 것을 만들기도 하였답니다. 대장간의 묘미는 내가 원하는 대로 즉석에서 주문생산이 가능하다는 것 아니겠습니까. 아마 사람의 마음 빼고는 다 만들었을 겁니다. 그리스 대장장이 신 '헤파이스토스'도 워낙 손재간이 좋아서 눈에 보이지 않는 그물까지 만들었다고 하지 않습니까.

세상일에 대충 대충이 어디 있었겠습니까. 쇠를 선택하는 일, 풀무를 조절해 불의 온도를 맞추는 일, 메질과 망치질, 쇠의 강도를 결정하는 담금질이 모두 제대로 되어야 제대로 된 물건이 나오는 법이었겠지요. 낫 한 자루를 만들자면 천 번의 망치질이 있어야 한다고 하네요. 쇳덩어리가 일곱 번 이상 불구덩이에 들어가고, 한번 들어갔다 나오면 백 번 넘게 망치질해야 탄생하는 것이었으니까요. 그렇기에 무쇠 낫은 요즘의 스테인리스 낫과는 비할 바가 못 되겠지요. 알묘조장揠苗助長. 적당히, 빨리 만드는 것이 더 쉬운 세상에 시간이 걸려도 제대로 만들어야 하는 장인정신을 오늘날 인생살이에도 배우고 싶네요.

쓸데없고 공연한 행동을 가리키는 '부질없다'라는 말도 대장간에서 나왔다고 하죠. 강하고 단단한 쇠를 얻기 위해서 쇠를 불에 달구었다 물에 담갔다 하기를 여러 번 해야 하는데 제대로 불질하지 않은 쇠는 물렁물렁하고 금세 휘어지기 때문에 아무짝에도 쓸모가 없기 때문이랍니다. 인생이란 것도 역경과 시련을 견뎌내는 과정을 겪으면서 더욱 강해지고 당당해지는 것인가 봐요.

옛날 대장간은 혼자서 할 수 있는 일이 아니었겠네요. 최소한 풀무잡이와 집게잡이, 메잡이 등 3명 이상의 대장장이들이 팀을 이루어야 가능한 일이었습니다. 신참은 아무래도 풀무질부터 배워야 했을 겁니다. 대장간의 불은 절대 꺼뜨리면 안 되니까 그것도 쉬운 일은 아니었겠지요. 숯불이 괄아야 제구실을 할 텐데 불땀이 약해지면 선배들에게 혼나면서 눈물깨나 흘렸을 겁니다. 예전에는 다 그랬듯이 어깨 너머 눈썰미로 배우는 도제식 훈련이잖아요. 저 그림의 집게잡이를 보세요. 연륜이 있어 보이는 얼굴에서 많은 경험과 기술을 쌓은 장인의 기품이 느껴집니다. 혼자 허리춤에 염낭을 차고 있는 걸로 봐서는 주인 노릇도 겸하나봅니다.

숨이 차 헐떡이는 저 메잡이의 표정이 안타깝네요. 입에서 허기진 단내가 나는 것 같아요. 그래도 여름은 아닌 것 같아 다행입니다. 힘쓰느라 앞가슴 드러난 메잡이 외에는 복장이 단정한 것을 보니 계절이 아마도 해토머리 초봄쯤 된 모양이에요. 겨우내 잠들었던 만물이 살아 움직이고 이제는 논밭갈이에 나서야 할 시기겠지요. 들녘에는 쑥이며 고사리며 새싹들 빼꼼히 고개를 내밀었을 테고요. 그때쯤 대장간은 농사 연장들 준비로 더욱 바빴을 겁니다. 일을 마치면 주막에 가서 탁주 한 사발씩 하며 하루를 털어냈겠지요. 어쨌든 예나 지금이나, 네 일이든 내 일이든 각자의 삶이 행복했으면 좋겠어요.

일하는 사람 모두 묵묵한 표정들입니다. 한석봉 어머니가 말없이 떡가래를 썰어보이는 불립문자처럼 제 할 일들 알아서 하느라 눈짓 몸짓으로 침묵의 언어를 대신하고 있네요. 누군가 내뱉는 대장간의 목소리는 판소리의 수리성처럼 껄껄한 쉰 목소리일 것 같아요. 그렇지만 그 소리에는 따뜻한 포용과 배려를 품고 있겠죠. 용광로처럼, 세상 모든 것을 다 받아들이는 통섭과 융합의 소리가 울려올 것 같습니다.

무쇠를 진흙보다 쉽게 다루는 대장장이들. 뜨거운 불과 강한 쇠를 다루려면 얼마나 힘이 들었을까요. 아마도 무쇠보다 더 단단한 팔뚝과 뚝심을 가졌을 거예요. 그래도 자긍심은 있었을 겁니다. 대장간이 있어야 농사든 건축이든 생산과 경제 활동이 가능하고, 무기가 있어야 마을과 나라를 지켰을 테니까요. 그 대장간을 모태로 오늘날 거대한 용광로나 제철소가 만들어지고 자동차 공장이나 조선소가 되어 우리의 삶을 더 부강하고 풍요롭게 만드는 모태가 되지 않았겠습니까.

대장간은 어쩌면 삶의 에너지가 만들어지던 곳이 아니었을까요. 이글이글 타오르는 불등걸이 시뻘건 불길이 치솟는 분화구 같지 않나요. 옛날 기마민족의 말발굽 소리처럼 지축을 흔들며 울려오는 망치질은 또 어떻고요. 그곳은 뭔가 멈춰서는 안 되는 곳, 힘과 동력을 생성하는 심장부 같은 곳, 그래서 불굴과 불멸을 상징하는 정신적 메타포를 가끔 느끼지 않았던가요. 베르디의 오페라 〈일 트로바토레〉 중에서 희망차고 역동적으로 울려퍼지는 '대장간의 합창'처럼.

살다보면 사는 게 힘이 들 때가 종종 있지요. 한적한 곳에서 슬픔을 위로받는 것도 좋지만 오히려 대장간으로 달려가서 힘들고 지친 삶을 용기로 극복하는 것도 괜찮지 않을까 싶어요. "훅훅" 달아오르는 열기와 쉬척지근한 땀내만 느껴도 당장 심장이 "쿵쿵쿵", 두 주먹에 힘이 불끈 솟아날 것 같지 않나요. 살면서 가끔은 텅 빈 마음에 대장간을 들여놓곤 한답니다.

선수필

The 수필

●… 그림 속 대장간에서 열기가 피어난다. 일하는 사람들 몸으로 풍기는 언어에서 우리는 지친 일상에 위로를 받고 역동의 힘을 얻는다. 300년 전에 풍속의 알짬을 그린 화가와 그 그림에 숨을 불어넣어 우리 곁에 데려온 작가는 예술인이다. 하여 모든 예술은 불멸이다./ 노정숙

2022 빛나는 수필가 **60**

The 수필

선정위원장	맹난자
선정위원	문혜영, 엄현옥, 이혜연, 조 헌, 노정숙, 정진희, 한복용
발행인	조현석
디자인	푸른영토
	—
발행일	2022년 01월 01일
발행처	도서출판 북인
주소	04002 서울 마포구 동교로19길 21, 501호(서교동 460-34)
전화	02-323-7767
팩스	02-323-7845
E메일	chlsuk123@hanmail.net
	—
ISBN	979-11-6512-044-3 03810
값	13,000원